打造讓人一眼看懂的

視覺化圖表

李杰臣 著

先分析，再圖解，
打造出一看就懂的視覺化圖表

- 常見的圖表類型與適用資料剖析
- 行業別的配色搭配與字型解析
- 豐富的解說與案例思考

果禾文化

打造讓人一眼看懂的視覺化圖表

作　　者　李杰臣

企劃編輯　黃郁蘭
執行編輯　黃郁蘭
版面構成　郭哲昇
封面設計　CATBELL ART

業務經理　徐敏玲
業務主任　陳世偉
行銷企劃　陳雅芬

出　　版　松崗資產管理股份有限公司
台北市忠孝西路一段 50 號 11 樓之 6
電話：(02) 2381-3398
傳真：(02) 2381-5266
網址：http://www.kingsinfo.com.tw
電子信箱：service@kingsinfo.com.tw

ISBN　978-957-22-4432-6
圖書編號　UM1503
出版日期　2015年 (民 104 年) 7 月初版

國家圖書館出版品預行編目資料

打造讓人一眼看懂的視覺化圖表 / 李杰臣
著. -- 初版. -- 臺北市 : 松崗資產管理, 民
104.06
面； 公分
ISBN 978-957-22-4432-6(平裝)

1.圖表 2.視覺設計

494.6　　104010734

CHAPTER 1
你了解資訊視覺化嗎？

CHAPTER 2
靈感的來源與創意的思維

CHAPTER 3
資訊視覺化中的基本圖解模式

CHAPTER 4
資訊視覺化中的結構性圖解模式

CHAPTER 5
色彩與資訊圖表

CHAPTER 6
解析資訊圖表中的文字元素

CHAPTER 7
資訊圖表中的版式設計

CHAPTER 8
綜合化的資訊圖表設計

CHAPTER 1

你了解資訊視覺化嗎？

在真正閱讀本書之前，你知道什麼是資訊視覺化嗎？你可能知道一點，卻並不是真正瞭解？

為了讓你真正認識資訊視覺化這一學科，本書將從最簡單的理論性概念進行介紹，並告訴你一些設計資訊檢視前，必須瞭解的重點，以及準備工作。

1.1 認識資訊視覺化

在生活與工作中，每天都面臨著各種各樣的資訊，這些資訊包括各種資料，以及各種文字類資訊（我們也可將其稱為某種概念）。試想，如果直接將這些資訊呈現在觀者眼前，是不是太過乏味了呢？但如果我們能將這些資訊進行視覺化處理，以資訊圖表的方式呈現在觀者眼前，是不是更能提高他們的閱讀興趣，同時也讓他們更容易消化與理解呢？

資訊視覺化的定義與意義

簡單來說，所謂資訊視覺化就是將各種各樣的資訊轉化成形象生動的圖表效果，這便是資訊視覺化的定義，讓觀者能夠從圖表中直覺並快速地接受並理解這些資訊，這就是其存在的意義。

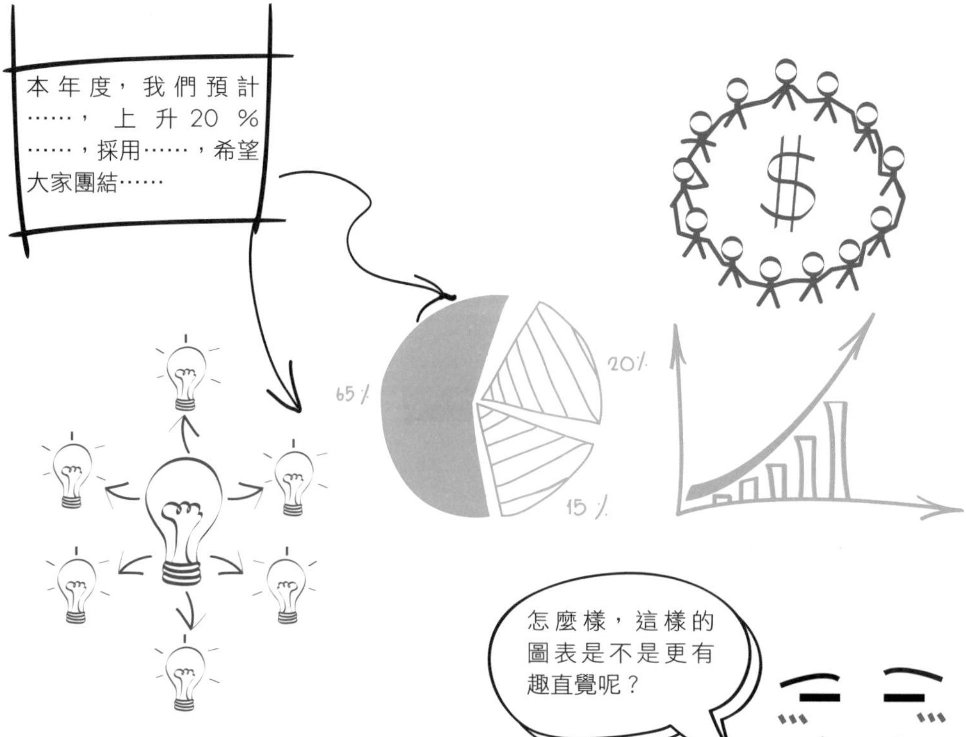

資訊圖表的發展歷史

在大多數人們的認知當中，資訊視覺化是近幾年才開始逐漸熱門起來的一門學科，殊不知，資訊圖表其實也有著獨屬於它的深厚歷史底蘊。接下來，來了解資訊圖表最初的起源，又是經歷怎樣的變遷才發展至今！

- **西元前 30000 年**：在石器時代晚期，早期人類在洞穴壁上繪製出了動物圖形，而這也是最早的資訊視圖
- **西元前 3000 年**：埃及的象形文字，成為了早期資訊圖表的最佳範例。
- **西元 1350 年**：中世紀的法國哲學家尼克爾・奧雷姆創作了一種圓形圖樣，該種圖樣是用來解釋物體運動規律。
- **西元 1510 年**：李奧納多・達文西用插圖配合文字，創作出了人體解剖指南。
- **西元 1786 年**：蘇格蘭建築師威廉・普萊費爾在 1786 年出版的《The Commercial and Political Atlas》開啟了資訊視覺化的新紀元，該圖書首次採用圓形圖等來表達資料類資訊。
- **西元 1850~1870 年**：1857 年，英國護士和統計學家弗羅倫斯・南丁格爾採用長條圖與圓形圖，來解釋克里米亞戰爭中士兵的傷亡人數與死因，借此來説服政府，改善軍隊的衛生狀況。
- **西元 1850~1870 年**：法國建築師查理斯・約瑟夫・密納德設計出了大量資訊資訊圖，最為著名的一幅用來表現拿破崙入侵俄國的活動。
- **西元 1930~1940 年**：在這段時期，資訊圖表開始逐漸出現在英國的主流新聞媒體上。
- **西元 1970~1990 年**：ISOTYPE（國際文字圖像教育系統）出現了，現今公共場所的識別符號基本是由其演變而來。
- **21 世紀**：時至今日，資訊圖表無所不在，工作、街頭、報刊……

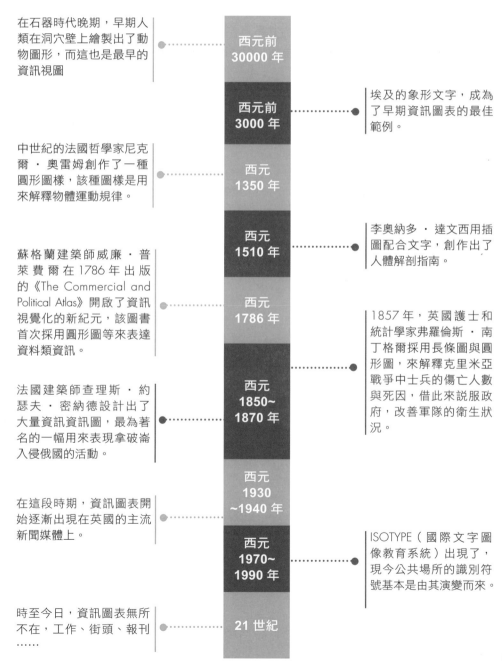

1.2 認識自己的大腦

> 閱讀至此，你可能會產生這樣一種疑問，相較於直覺的資料、文字，為什麼資訊圖表更容易被人們所接受？如果你想弄清其中的奧秘，那麼首先你要真正認識自己的大腦。

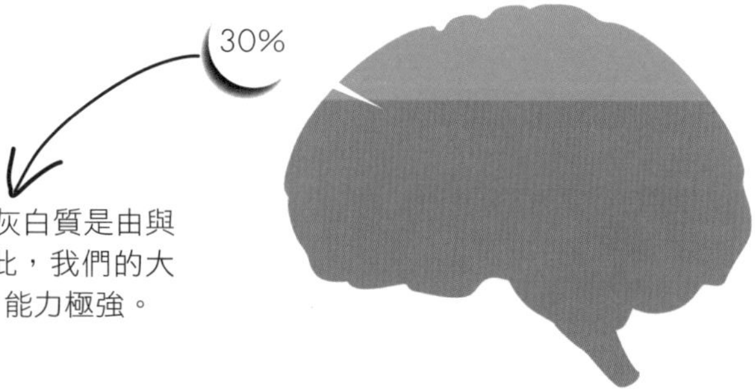

在我們的大腦中，約有 30%的灰白質是由與視覺相關的神經元所組成，因此，我們的大腦在處理與視覺有關的工作時，能力極強。

換一個角度——當我們分別閱覽內容相同的兩組資訊時

運動計畫：1 點鐘開始做仰臥起坐與伏立挺身，2 點鐘開始游泳。

當我們在閱覽文字時，大腦會進行一系列的解碼活動，而後將文字內容與我們記憶中的圖像、感知等資訊進行對比匹配，進而獲取資訊，我們可將這一過程看作為一種循序處理流程。

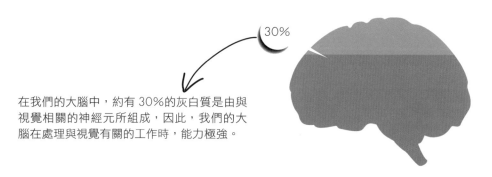

當我們在資訊圖表時，大腦會對圖像進行同步處理，進而簡化資訊接收過程。

綜上所述，大腦處理資訊圖表比文字資訊（包括資料與文字）更加簡單、快速。

1.3 釐清溝通對象的資訊需求

在設計資訊圖表之前，首先你要知道你所設計的資訊圖表究竟是給誰看，而它究竟又存在著哪些資訊需求，如果你對以上兩個要點的答案界定不清，那麼可能會導致你所設計出的資訊圖表的有效資訊傳遞效率大幅度降低。

你的資訊圖表給誰看？

如果我們將資訊圖表的受眾，看作你的溝通對象，那麼你需要知道你究竟代表誰？你又在與誰進行溝通？

如果你是代表某家企業進行資訊圖表的設計。那麼，你的溝通對象可能存在以下幾種類型：

以上便是每一個企業，皆需要面對的不同溝通對象。當然，溝通對象的類型，會隨著你所代表的主體的變化而變化，此處不再一一列舉。在實際的設計中，你可根據主體的變化，來進行調查與歸納。

溝通對象的諮詢需求

在確認了對應的溝通對象以後，便需要我們對不同類型的溝通對象的資訊需求逐一進行分析，以便於我們確定圖表中究竟要增加哪些資訊。

顧客

這類溝通對象一般對產品或服務的特性與定價、客服流程、富有創意的企業概念等資訊具有濃厚興趣。

潛在顧客

這類溝通對象通常對公司歷史、產品或服務的特性與定價、商業和服務模式，與同行業競爭對手的優勢等資訊具有濃厚興趣。

求職者

這類溝通對象一般對企業的文化與組織構架、商業模式，以及公式的歷史、價值觀等方面的資訊具有濃厚興趣。

員工

這類溝通對象通常對公司的商業模式、作業流程、培訓規劃、組織結構、工資福利等資訊具備濃厚興趣。

合作伙伴

這類溝通對象往往對公司的產品或服務的供應鏈、配送服務等資訊具有濃厚興趣。

管理層

這類溝通對象往往對公司的目標實現情況、生產狀況等資訊具備濃厚興趣。

媒體

這類溝通對象通常對產業研究成果、企業的創意概念、組織結構等資訊具備濃厚興趣。

注意：資訊需求也會隨著溝通對象的變化而變化！

1.4 資訊圖表的基本類型

提及資訊圖表，我們的腦海往往會閃現出各種各樣的圖表效果，但你有沒有試著對這些圖表進行歸納與概括？接下來，便逐一歸納出生活與工作中較為常見的圖表類型。

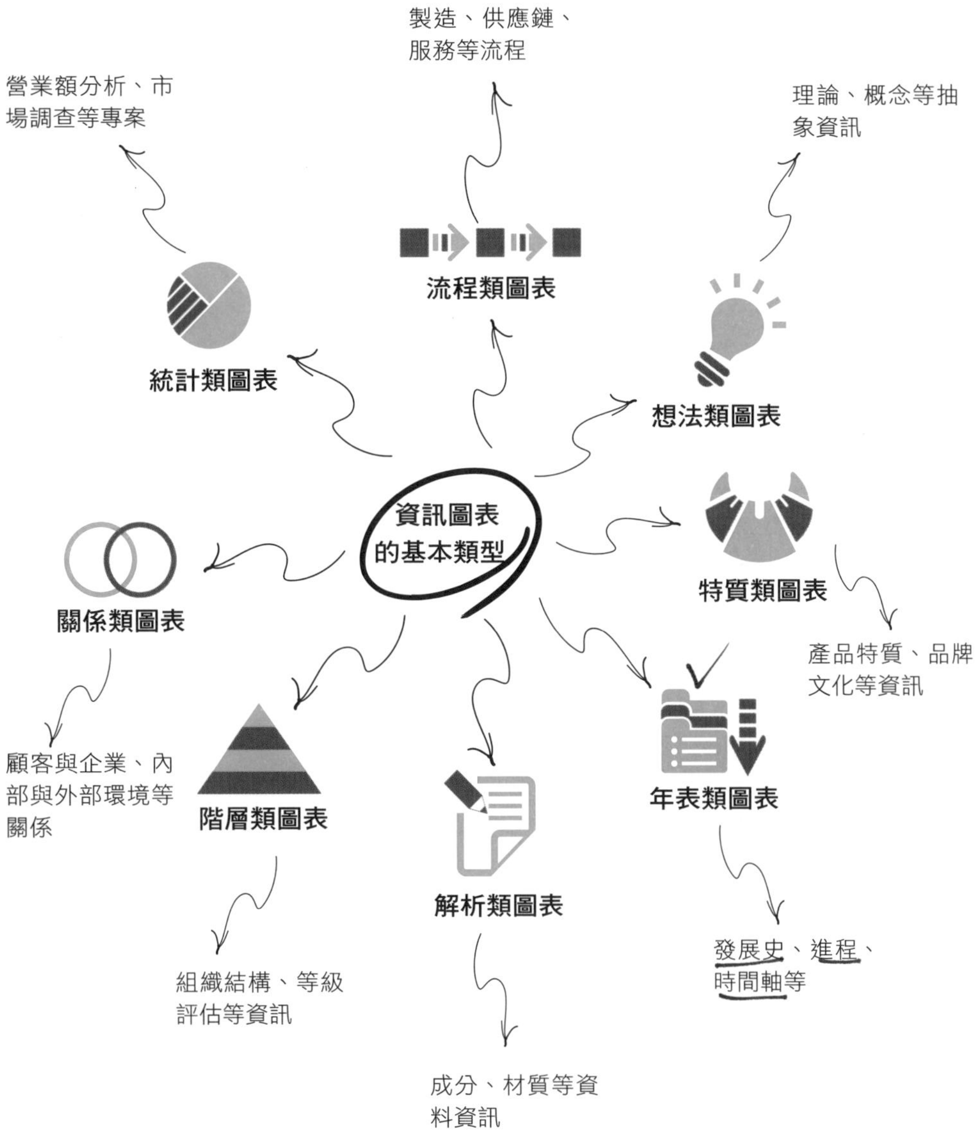

1.5 資箭頭的重要性

此處不得不提到一個極為重要的設計要素——箭頭，在資訊圖表的設計中，箭頭符號能發揮多種作用，如指示、強調等。

箭頭的繪製形式多種多樣，每一種都有著獨屬於其自身的特色。

📖 在資訊圖表中，箭頭還可以這樣用……

01. 註解作用

02. 交流作用

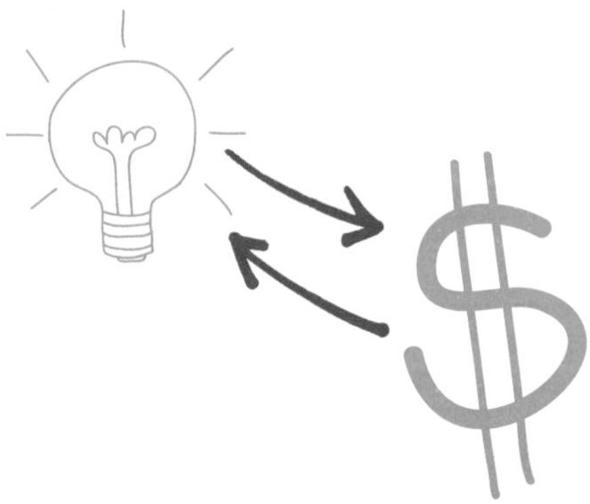

03. 分解作用

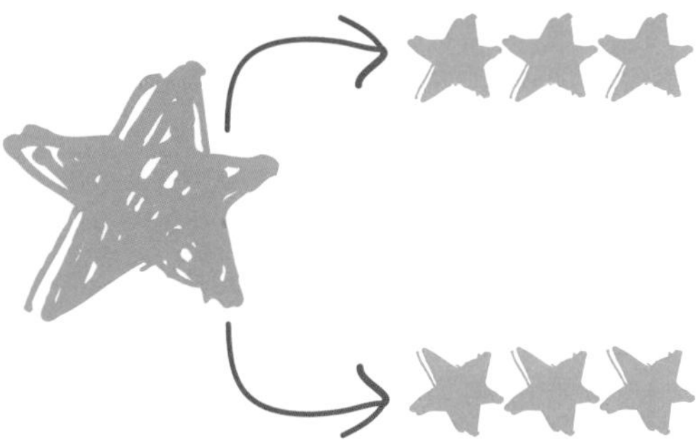

04. 強調作用

05. 推移作用

06. 上升或下降示意作用

07. 循環作用

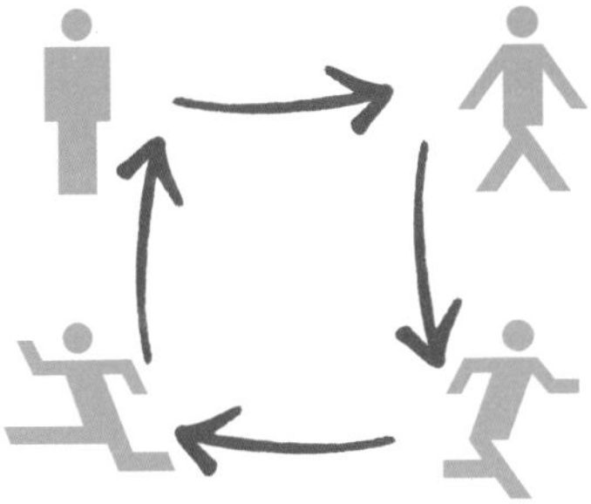

08. 對比作用

1.6 資訊圖表的設計工具

閱讀至此，相信你對資訊視覺化這一門類已經有了一個較為深入的瞭解與認知，接下來將告訴你一些製作資訊圖表的工具，讓你在實際的設計中，更加得心應手。

專業辦公人員

如果你是一個專業的設計人員，並且能夠熟練地操作各類辦公軟體，那麼可考慮使用 Word、Excel、PowerPoint，以及 Visio 軟體來繪製圖表。

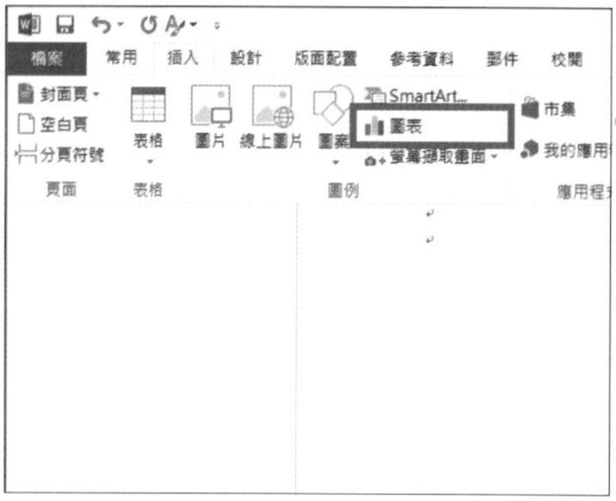

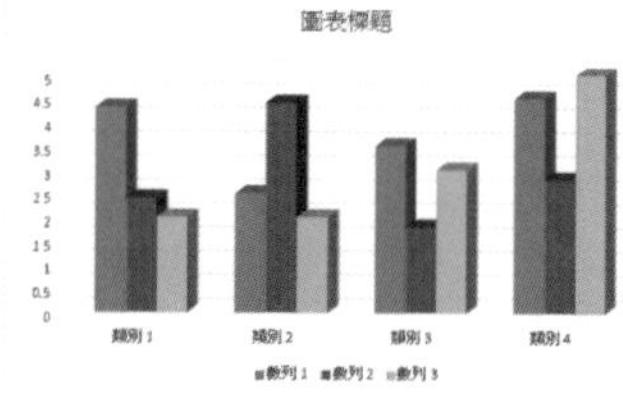

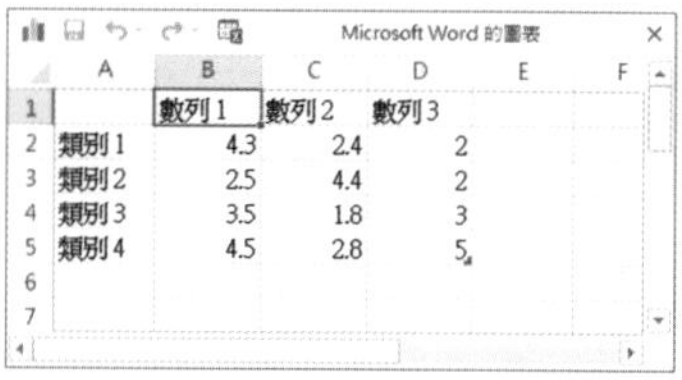

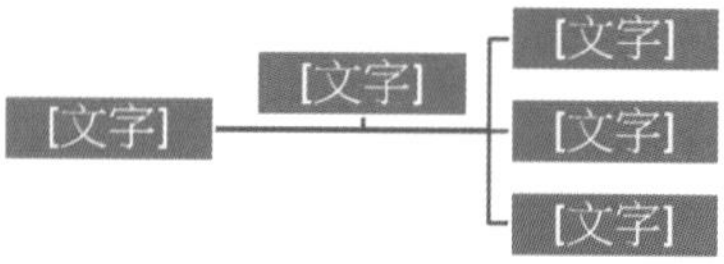

Word（Microsoft Office Word）是一款備受辦公人員青睞的辦公軟體，這款軟體雖然以文字處理作為主要功能，但其同樣能用於繪製圖表與一些結構性圖表。

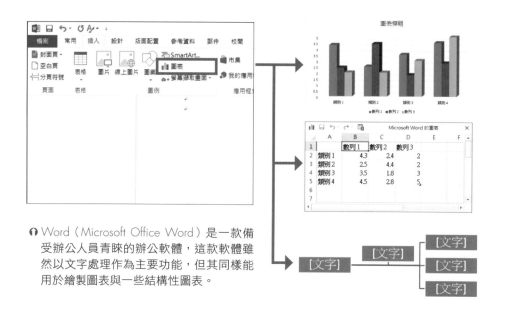

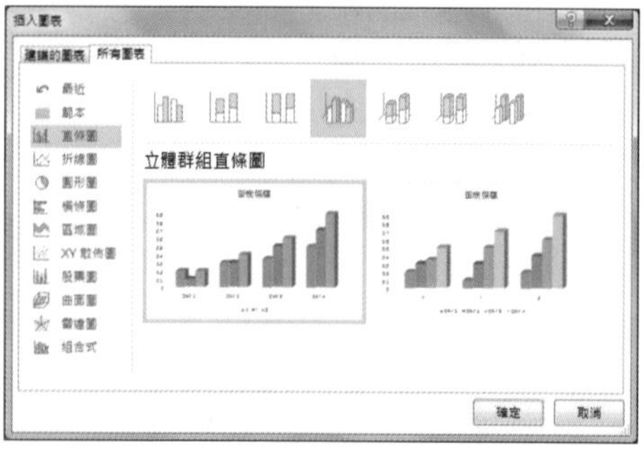

Excel（Microsoft Office Excel）是一款試算表軟體，許多辦公人員常常用它來處理各種資料、統計分析，以及一些輔助決策操作。在該款軟體中，我們可以透過插入各種圖表，來達到資訊圖表化的效果。

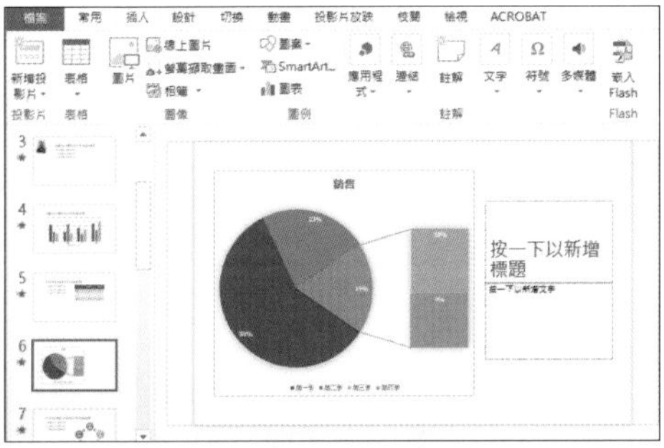

Power Point（Microsoft Office PowerPoint）是一款簡報的軟體，但使用者可根據自身需求，在文件中插入各種素材，抑或是繪製一些相對簡單的形狀結構，來達到圖解資訊的目的。

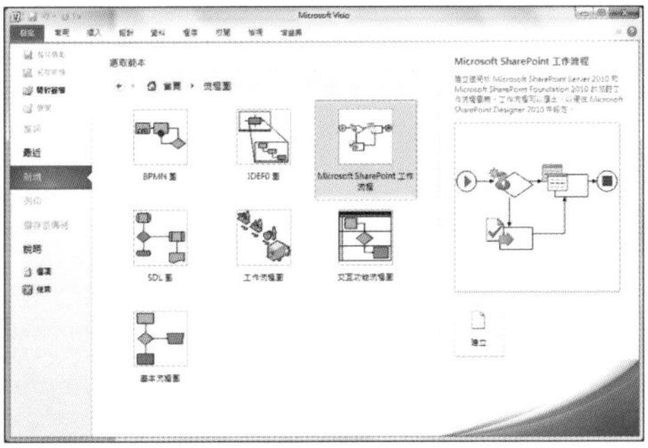

Visio（Microsoft Office Visio）是一款便於辦公人員將複雜的資訊、系統、流程進行簡單可視化處理的軟體，在該款軟體中，用戶可以按照自身需求，生成多種圖表、組織結構圖、日程表。

專業設計人員

如果你是一個專業的設計人員，並且能夠熟練地操作各類圖像軟體，那麼你可考慮使用由美國 Adobe 公司推出的設計類軟體 Adobe Illustrator、Adobe InDesign、Adobe Photoshop 來繪製資訊圖表。

Illustrator，簡稱 AI，專業向量繪圖工具。在資訊圖表的繪製過程中，AI 可繪製出各種各樣的圖表元素。

InDesign 是一個用於專業排版領域的軟體，簡稱 ID。在資訊圖表的設計中，ID 主要用於版面編排與整體規劃。

Photoshop，簡稱 PS，屬於影像處理軟體。在資訊圖表的設計中，PS 主要用於製作某種特效圖像，其目的是提升圖表的創意度與美感。

不具備任何設計技能

如果你是新手，且對各種影像處理軟體並不熟悉，那麼可以考慮使用網頁版或單機版的應用程式來製作資訊圖表。以下介紹幾款較為實用的免費線上程式。

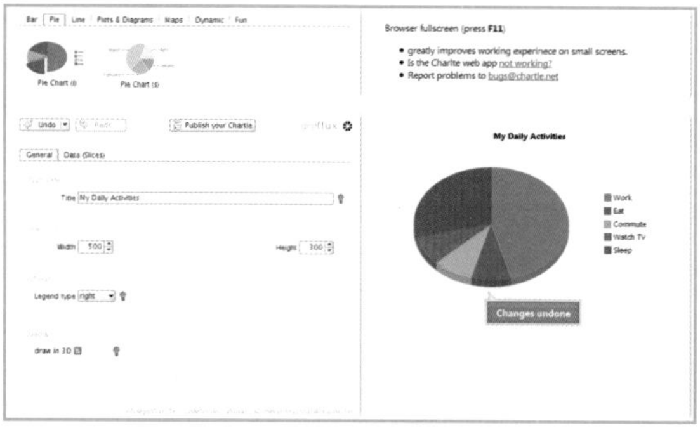

Chartle
http://www.chartle.net

- 一款走簡單路線的線上圖表製作工具，該款軟體不需要註冊，便可立即使用，無須專業知識，只需要選擇圖表類型，再設置出相關的資料，便可生成各式各樣的圖表。並且這個程式還可儲存、發佈、嵌入製作出來的圖表。

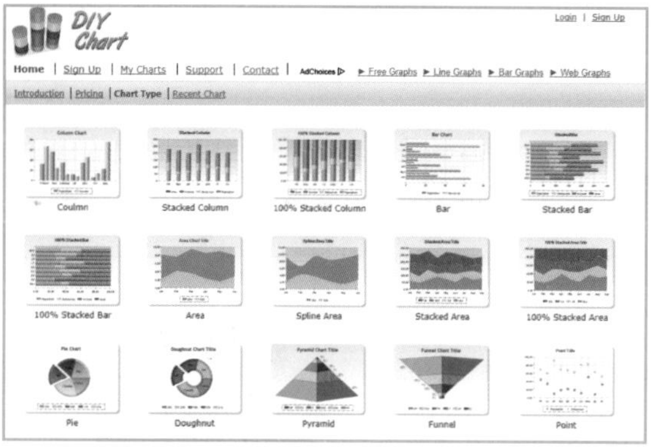

DIY Charts
http://www.diycharts.com

- 一款簡單而高效的線上設計工具，可製作出各種各樣的圖表類型，其中包括圓形圖、金字塔結構、點狀圖、泡泡圖、直條圖等。

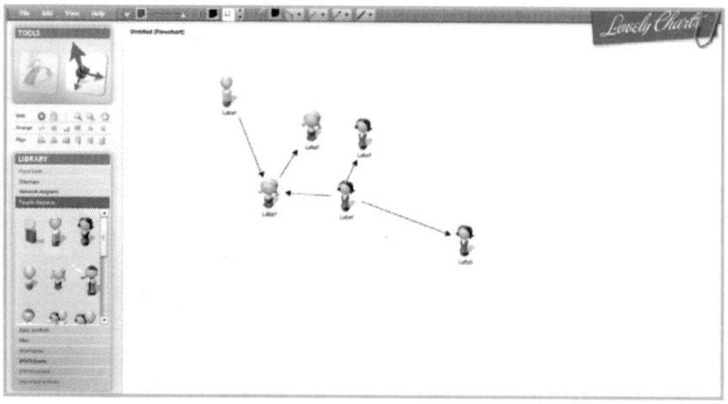

Lovelycharts
http://www.lovelycharts.com

- 一款線上圖表製作工具，其大致提供了六大系列的圖表製作類型，分別為流程圖、網站地圖、網路圖、人物關係、多元式、表單。該網站需註冊。

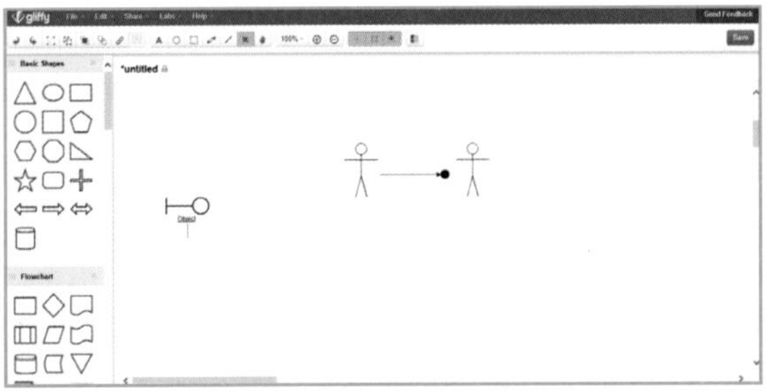

Gliffy
http://www.gliffy.com

- 一款可用於建立流程圖、網路圖、組織圖、文氏圖等圖表的線上設計工具，操作上也比較流暢。

1.7 資訊圖表化的風險

在此之前，我們一直在強調資訊視覺化的優點，但我不得不承認資訊圖表化其實也存在著許多風險，這些風險來源於許多細微之處，而如果設計師不能及時發現它，並加以修正，那麼可能會造成對自身，甚至溝通對象不可預計的損失。

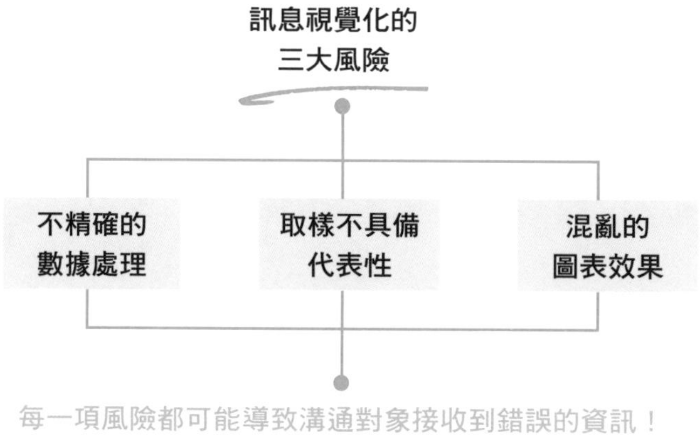

CHAPTER 2

靈感的來源與創意的思維

在真正著手設計之前，先一同探討視覺化設計中的靈感與創意。設計的靈感從何而來？設計中究竟又隱藏著哪些創意思維？帶著這些疑問，我將在本章中與你一同探討與解密，並希望你在閱讀本章後，設計思維能夠更加開闊，得到昇華。

2.1 靈感與創意的重要性

閱讀至此，你可能會存在著這樣一種疑問，為什麼我們要花一整個章節來探討十分抽象的靈感與創意，而非直接進入設計流程。我想告訴你的是，一個成功的資訊圖表，一定具備十足的創意，而這些創意需要靈感的支撐！否則，你設計出的資訊圖表，便是一幅沒有靈魂的作品。

創作途徑

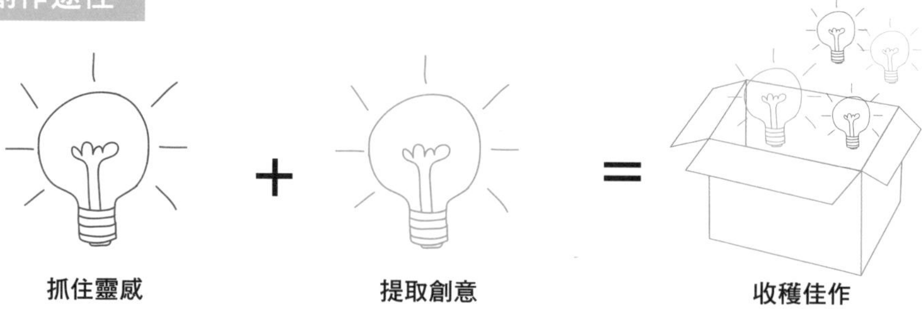

必備條件

在我看來，要想打造出一幅優秀的資訊圖表，那麼有兩個條件必不可少，易懂與趣味！

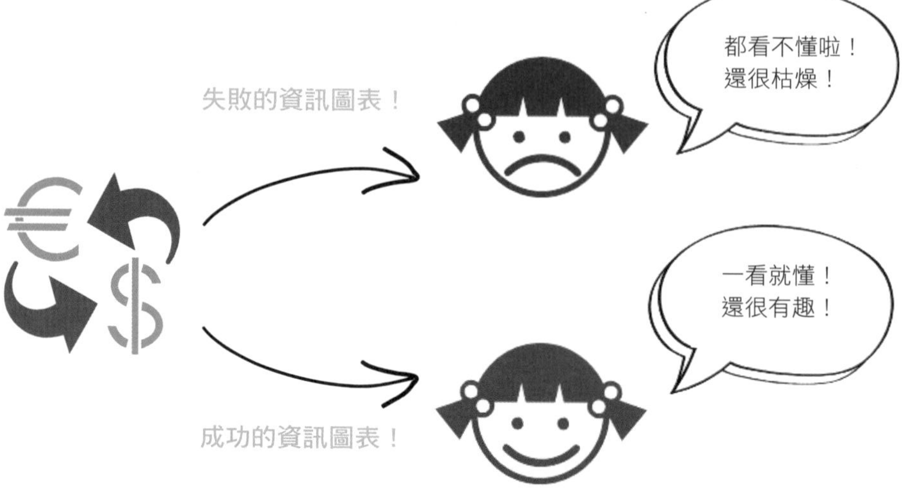

2.2 設計的靈感從何而來

設計的靈感從生活中來，設計的靈感從他人的作品中獲取，設計的靈感可能來源於天馬行空的一瞬間。

從生活中獲取靈感

在我們的日常生活中，一些常常被我們所忽略的事物往往會成為我們設計當中靈感的來源，例如，一棵樹。

樹木的生長結構，其實存在著許多與資訊結構關係相似之處。例如，我們可借助樹木的生長結構來展現影響企業的發展因素。

影響企業的發展因素

根是樹木生長之本，將影響企業發展的四大因素比作樹木的根部，將樹木的生長狀況比作企業的發展狀況，這樣的設計，形象且生動地展現出了影響企業發展的四大因素與企業發展狀況的關係。

怎麼樣，設計的靈感是不是在我們生活中隨處可見呢？

從他人的作品中獲取靈感

左圖截自於 Amaztype 圖書搜尋引擎。在 Amaztype 圖書搜尋上圖書時，搜尋到的相關結果便會排列成檢索詞的首字母。

該圖表的創意核心主要表現在文字與圖元素的混合編排——將圖形元素拼湊為文字形態。

接下來，我們試著將前面獲取的創意理念，化作自身的設計靈感，並運用在其他圖表化作品的創作中……假設需要將以上靈感運用在某個以「Christmasgift（聖誕禮物）」為核心的圖表設計中……

Christmas gift

從關鍵資訊「Christmas gift」中，提取出關鍵字母「**g**」。

選擇多種與聖誕禮物相關的圖形元素，拼湊出字母「**g**」。

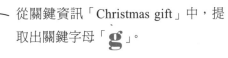

由於本片語相對較長，因此不適合全部替換為圖形效果，但這種單字母的圖形化設計，取得了一種畫龍點睛般的效果。

從天馬行空的一瞬間獲取靈感

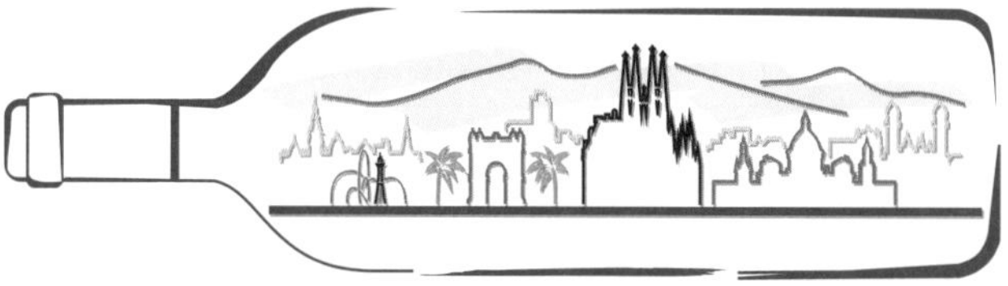

在某年、某月、某日酣睡的午睡之後，我不禁回味起了那睡夢中絢麗的世界，在夢裡，我們所在的世界不再是那一顆水藍色的星球，而是在一個透明的玻璃瓶中……

為了避免忘記這天馬行空般的世界，我草草地將它記錄了下來。

在很久之後的某一天，當我在設計某幅視覺化作品時，我突然想起了那個夢境，並從中抓住了一絲靈感，於是我迅速找到了當時繪製出的草稿……

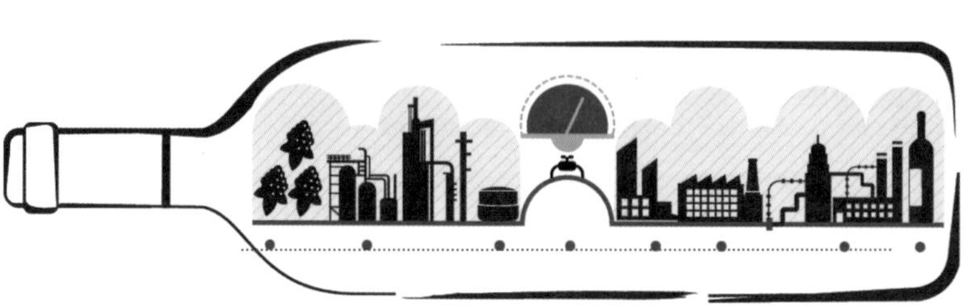

XX 紅酒工廠生產流程示意圖

2.3 視覺化的創意思維

> 在靈感缺乏的前提下，掌握以下基本的創意觀念，是打造完美資訊圖表的有效途徑！

「借代」的手法

在資訊視覺化的設計當中，「借代」是一種最為常見，也是最為基礎的創意手法，其本質就是用一種事物代替另一種事物，而我們這裡所要講到的「借代」，主要是指將文字資訊或資料資訊替換成視覺化的圖元。

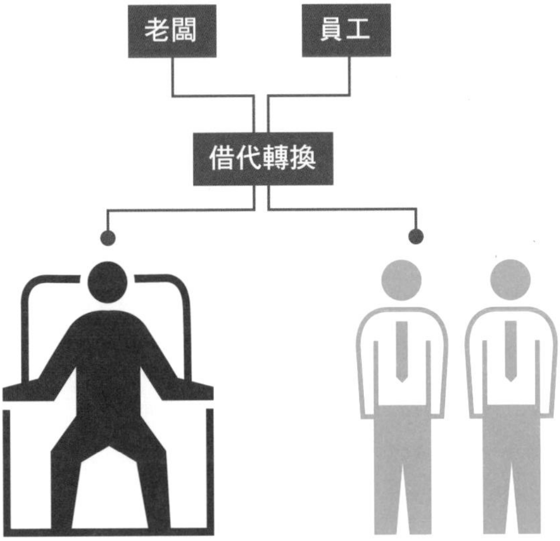

「隱喻」的技巧

隱喻，又可稱為暗喻，簡單來說就是用一種事物暗示出另一種事物，但在資訊圖表的設計中，我們所要講到的「隱喻」技巧，更多的是指用某種事物來暗示出一種關係或是理念。除此之外，隱喻的運用一定是建立在大眾認知上的。

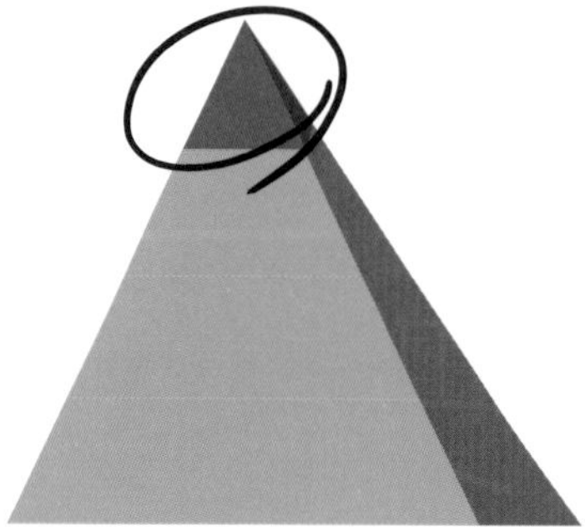

在我們的印象當中，規整的正三角體——金字塔結構，代表著一種層級關係，特別是金字塔的頂端，更是一種權力與地位的象徵。

接下來，我們試著將前面透過借代手法所獲取的圖形元素，按照金字塔的結構進行編排，這樣一來，我們便可透過金字塔結構所蘊含的寓意，暗示出老闆與員工間的微妙關係。

老闆與員工的關係示意圖

「擬人」的途徑

擬人，一種文學上常用的修辭手法，如果將它帶到資訊視覺化的設計中，那麼就能讓原本枯燥的文字或資料，具備生動的人格化特徵。

擬人的方法有許多種，接下來將介紹兩種相對常見的擬人方法，希望能為你今後的設計提供一定的參考！

方法一：增加對話方塊

增加對話方塊是視覺化設計中，最簡單且最常用的一種擬人化設計方法！

員工對企業的期望與需求

方法二：增加擬人化的表情或肢體元素

增加擬人化的表情或肢體元素，能讓圖表變得更加生動有趣，而這也是擬人化設計的方法之一。

XXX 服裝連鎖店在四大城市中的年銷售額情況

注意：在直條圖上增加不同的人物表情，借此來表現出四家店面對自身營業情況的實際感受。

誇張的對比

在一定事實基礎上，透過特殊的設計手段，對事物元素的形象、特徵等方面，進行誇大或縮小的處理，這便是我們這裡所要講到的誇張式的創意方式。

一般來說，誇張的塑造，往往是建立在對比之上的，當然，這也不是絕對的。

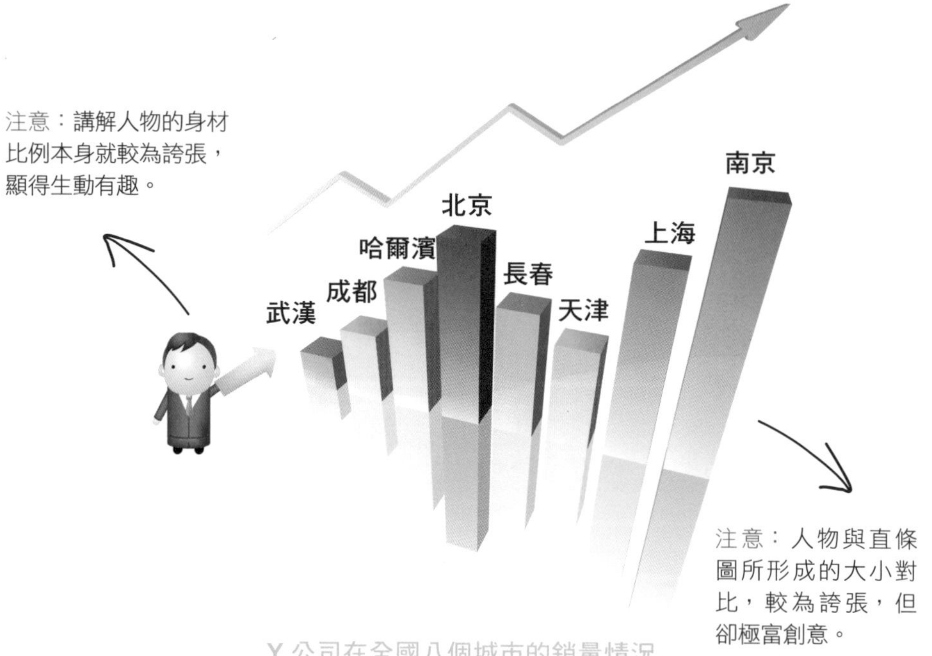

注意：講解人物的身材比例本身就較為誇張，顯得生動有趣。
武漢
成都
哈爾濱
北京
長春
天津
上海
南京
注意：人物與直條圖所形成的大小對比，較為誇張，但卻極富創意。

Y 公司在全國八個城市的銷量情況

CHAPTER 3

資訊視覺化中的基本圖解模式

資訊視覺化領域裡，圖表自始自終佔據著不可動搖的地位。一個合適的圖表模式，可大幅度提升觀者對資料結構的理解與分析，當然，如果圖表模式選擇不當，就便會適得其反。接下來，將針對日常生活中較為常見的圖表類型進行講解。

3.1 直條類圖表

直條圖表是我們在日常生活中最常見的一種圖表，其通常是由縱坐標顯示數值項，橫坐標標註資訊類別。

直條類圖表

在資料資訊的圖解過程中，直條圖常常被設計者用於顯示一段時間內的資料變化，抑或是顯示各項之間的對比情況。

直條圖表的種類繁多，我們大致可將其分為群組直條圖與堆疊直條圖兩大類。

群組直條圖（下圖）適合用來表現不同項目或不同時間段內的數值大小。

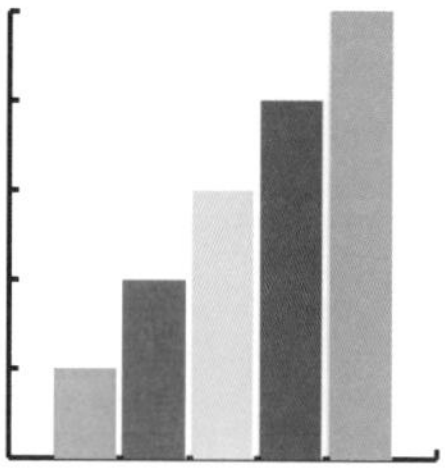

堆疊直條圖（下圖）適合用來表現不同項目或不同時間段內的數值相對關係。

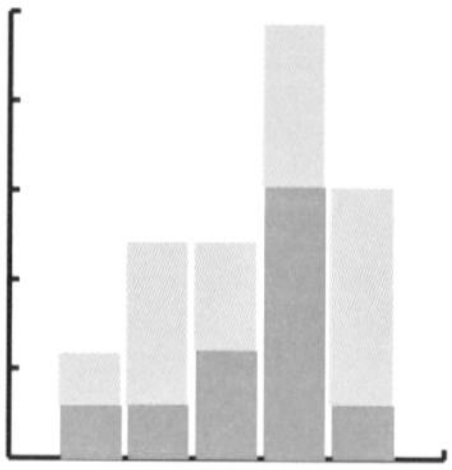

群組直條圖與堆疊直條圖除了可以表現不同項目或不同時間段內的單組數值情況，還可用來表現多組（兩組及兩組以上）資料值情況。

堆疊直條圖的使用，大致存在以下兩種情況：①突出強調每個專案（每個時間段）的總數值與不同組成成分的數值；②突出強調每個專案（每個時間段）的不同組成成分在整體中的佔有比例。

在瞭解了直條類圖表的基本資訊以後，你是否知道應該將這類圖表模式用在什麼地方？接下來，透過實際案例中，了解直條類圖表要怎樣運用吧！

群組直條圖的實例運用

🗀 假設需要透過群組直條圖表來表達某銷售小組本年度一至五月間的銷售額比較情況。

待圖解訊息

某銷售小組本年度一至五月的銷售比較情況

月份	一月	二月	三月	四月	五月
銷售總額（萬元）	100	110	95	120	130

分析後結果

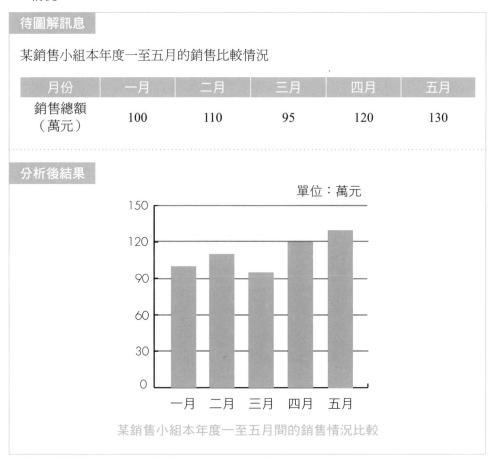

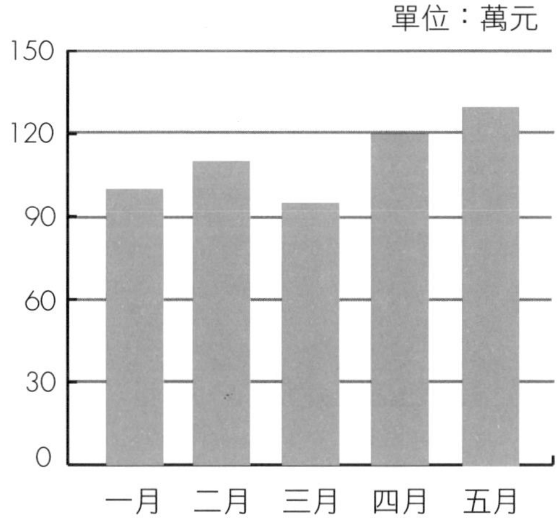

某銷售小組本年度一至五月間的銷售情況比較

□ 又假設需要透過群組直條圖表來表達 A 公司本年度一至五月間的收入與支出的比較情況。

待圖解訊息

A 公司本年度一至五月間的收入與支出的比較情況

	一月	二月	三月	四月	五月
收入總額（萬元）	120	155	125	160	145
支出總額（萬元）	110	95	140	100	130

分析後結果

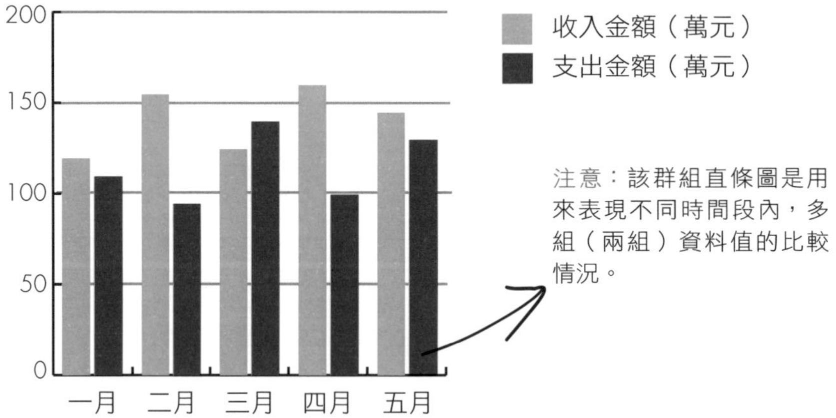

A 公司本年度一至五月間的收入與支出情況比較

📖 你的群組直條圖還可以這樣設計……

你可以將這種圖表稱之為上下對稱群組直條圖。

一般來說，這類直條圖僅能用來表現採購與銷售、預算與實際、收入與支出等雙項類資料。

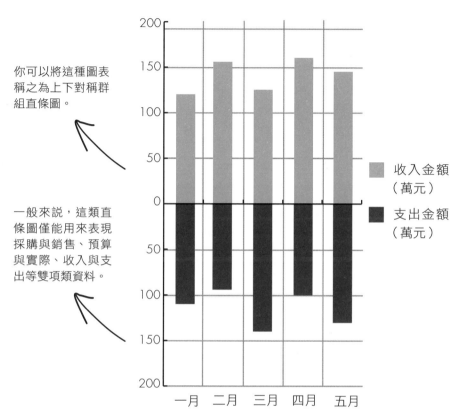

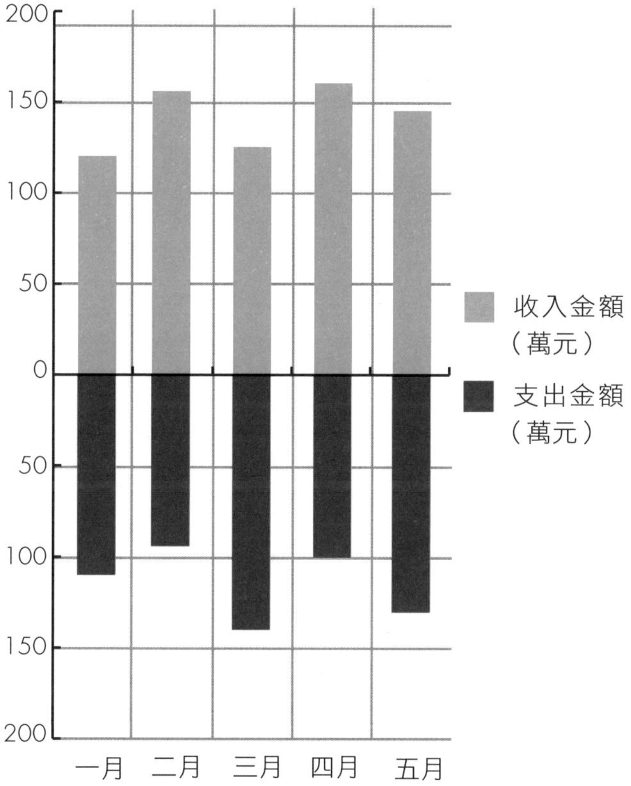

A 公司本年度一至五月間的收入與支出情況比較

注意：用於表現不同項目（不同時間段內）中的多組資料值情況的群組直條圖與堆疊直條圖的設計手法類似，因此，在後面堆疊直條圖的介紹中，我們便不再對該類型堆疊直條圖的設計手法進行詳細介紹。

在群組直條圖的設計中，存在著這樣一種情況——某一資料十分突出，進一步影響其他資料的比較情況。

🗀 假設需要透過群組直條圖來表達 B 公司 2013 年第四季的營業收入比較情況。

待圖解訊息

B 公司 2013 年第四季的營業收入情況

	第一季	第二季	第三季	第四季
收入總額（萬元）	120	1080	220	180

第二季是該公司的銷售旺季，因此，該季度的收入總額較大。

分析後結果

右圖所示的群組直條圖只能突出第第二季的收入情況，卻不方便與其餘三個季度的收入資料進行比較。

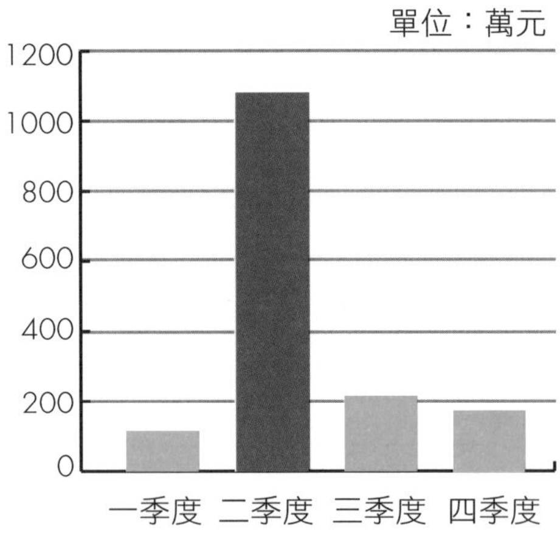

B 公司 2013 年第四季的營業收入比較情況

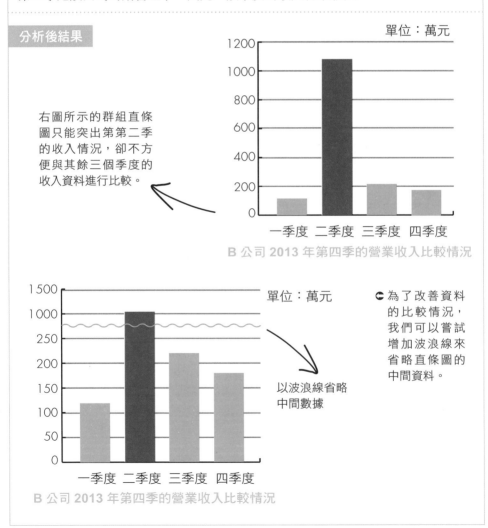

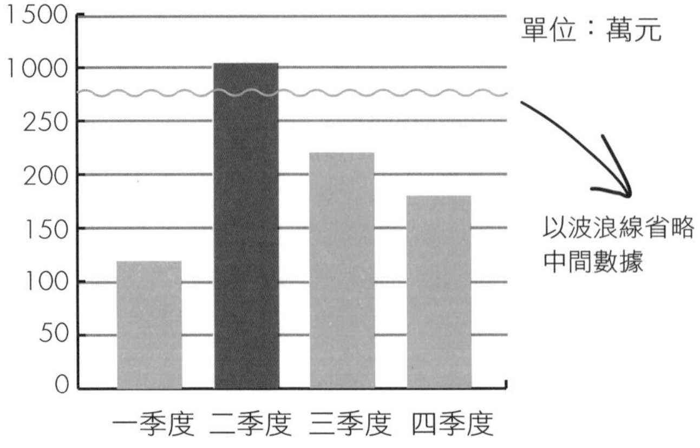

B 公司 2013 年第四季的營業收入比較情況

為了改善資料的比較情況，我們可以嘗試增加波浪線來省略直條圖的中間資料。

堆疊直條圖的實例運用

假設需要透過堆疊直條圖來表達出 C 公司 2013 年第四季中的三種主打產品的銷售情況。

待圖解訊息

C 公司 2013 年第四季中的三種主打產品的銷售情況

日期 / 銷量	一季度	二季度	三季度	四季度
X 產品（萬件）	5	7.8	6.2	3.3
Y 產品（萬件）	6.8	9	7.5	7.7
Z 產品（萬件）	5.5	10.2	8.8	6.5

分析後結果

注意：該堆疊直條圖是用來表現每個時間段的總數值與不同組成成分的數值。

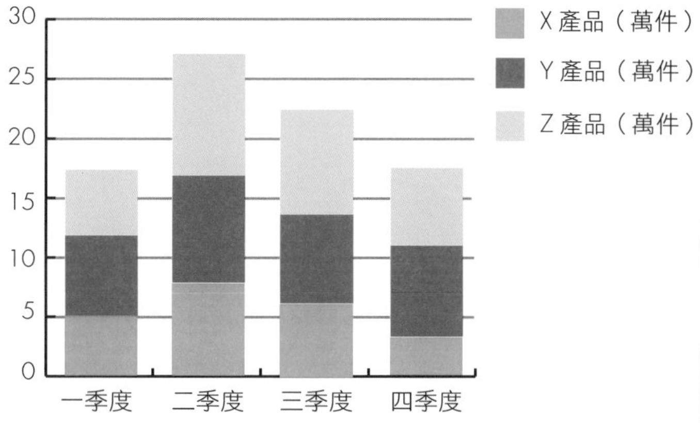

C 公司 2013 年第四季中的三種主打產品的銷售情況

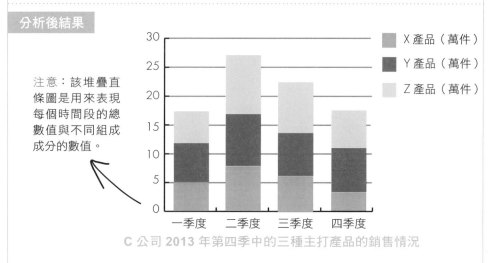

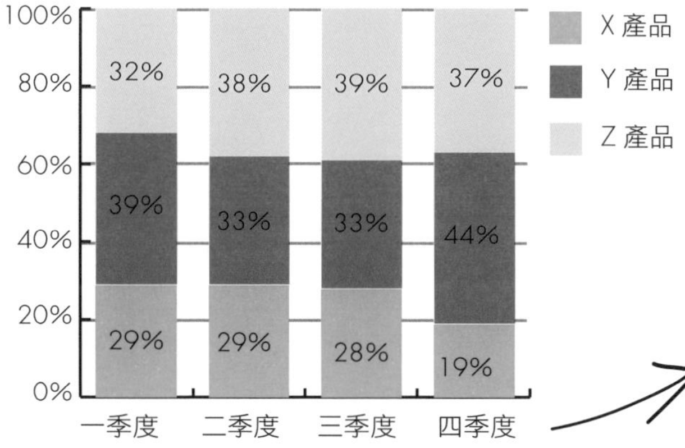

C 公司在 2013 年第四季中三種主打產品的銷售比例情況

根據前面所提供的待圖解資訊，我們還可以用堆疊直條圖來表達每季度三種主打產品分別在該季度銷售總量（這裡僅僅是指三種主打產品的銷售總量）中的佔有比例。

注意：該堆疊直條圖是用來表現每個時間段的不同組成成分在整體中的佔有比例。

📖 直條圖還可以這樣設計（以下僅提供基本框架，具體數值可根據實際情況進行添加）

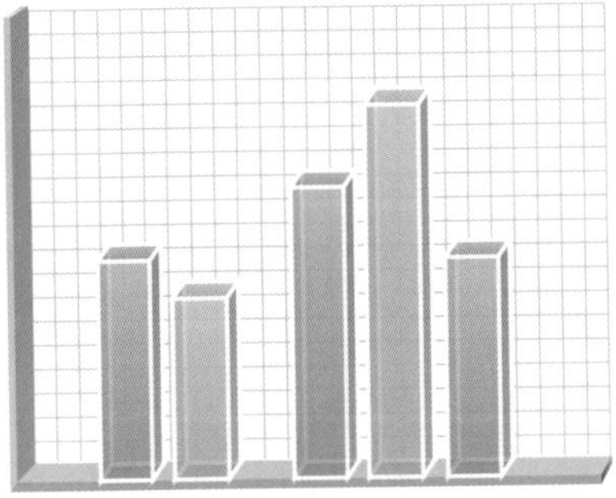

立體水晶立方體

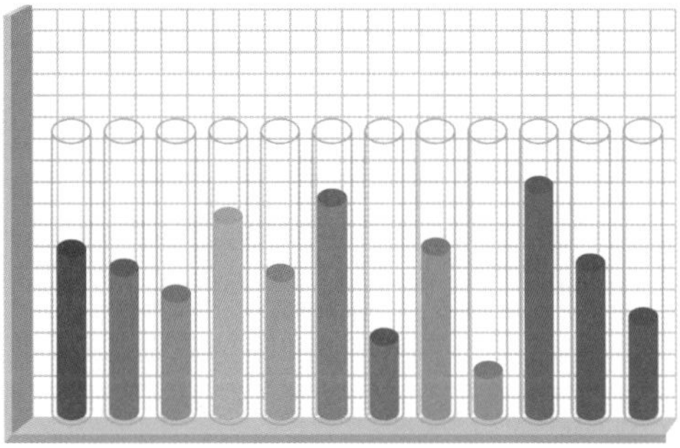

立體彩色試管

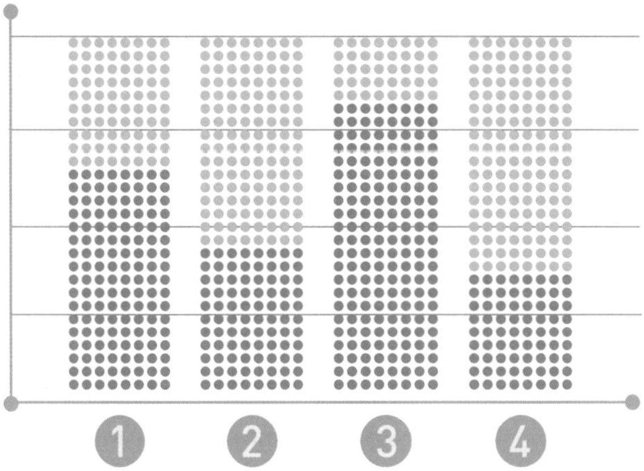

聚點堆疊柱

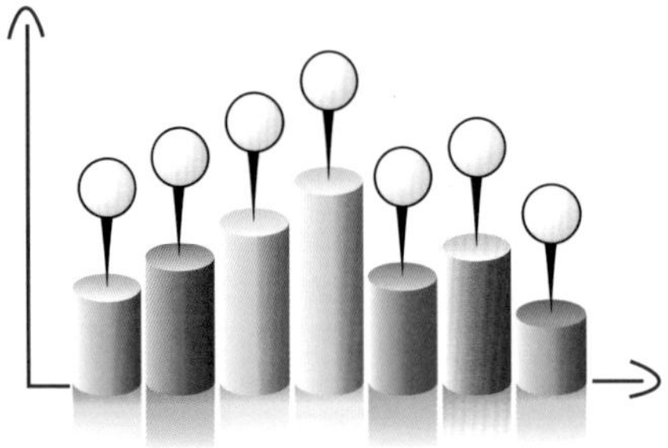

加標註的多彩圓柱體

由近至遠的立方體

3.2 橫條類圖表

橫條類圖表

雖然橫條圖與直條 圖都是用來表現資料間的 比較情況，但橫條圖並不注重時間的考慮，偏重於專案之間的資料比較。如果項目名稱過長，相較於直條圖而言，橫條圖更加適用。

橫條圖其實就是將直條圖進行 90° 旋轉後所得到的一種圖表。一般情況下，橫條圖是由橫坐標顯示數值，縱坐標標註項目。

與直條圖表相似，大致可將橫條圖表分為群組橫條圖與堆疊橫條圖兩大類。

群組橫條圖（下圖）常用於比較項目間的數據。

堆疊橫條圖（下圖）適合用來表現不同項目間的數值相對關係。

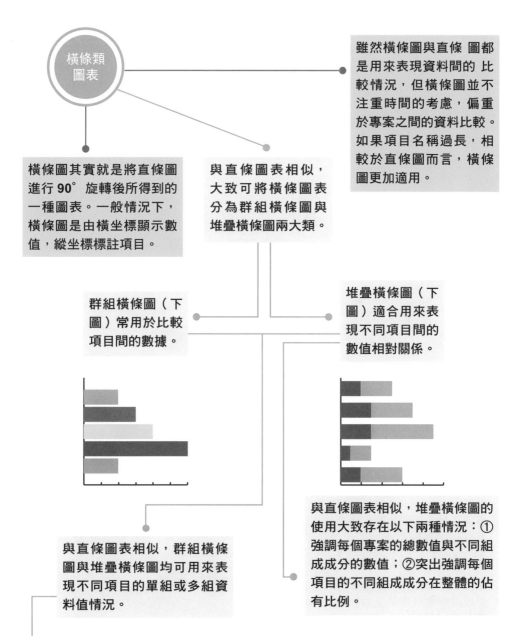

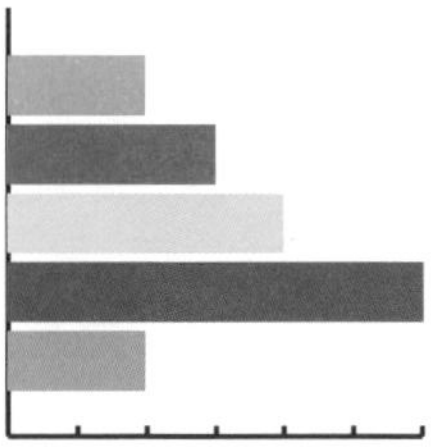

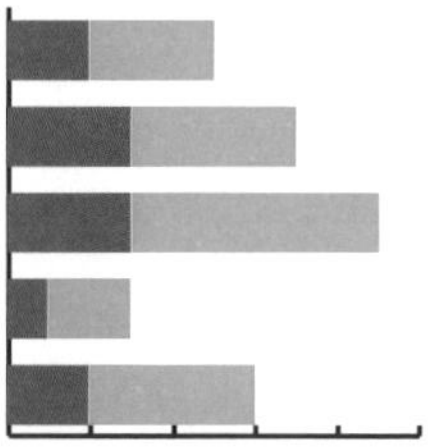

與直條圖表相似，群組橫條圖與堆疊橫條圖均可用來表現不同項目的單組或多組資料值情況。

與直條圖表相似，堆疊橫條圖的使用大致存在以下兩種情況：①強調每個專案的總數值與不同組成成分的數值；②突出強調每個項目的不同組成成分在整體的佔有比例。

注意：用於表現不同專案中的多組資料值情況的橫條圖，其設計手法與前面我們在直條圖（群組直條圖）中所提及的設計手法類似，因此，在之後的實例運用中，我們不再對該類型橫條圖的設計手法進行介紹。

群組橫條圖的實例運用

▭ 假設需要透過群組橫條圖表來表達某銷售小組在一月份時，每個成員的銷售額比較情況。

待圖解訊息

某銷售小組一月份每個成員的銷售額情況

姓名	小劉	小張	小陳	小王	小李
銷售額（萬元）	11	15	20	12	16

分析後結果

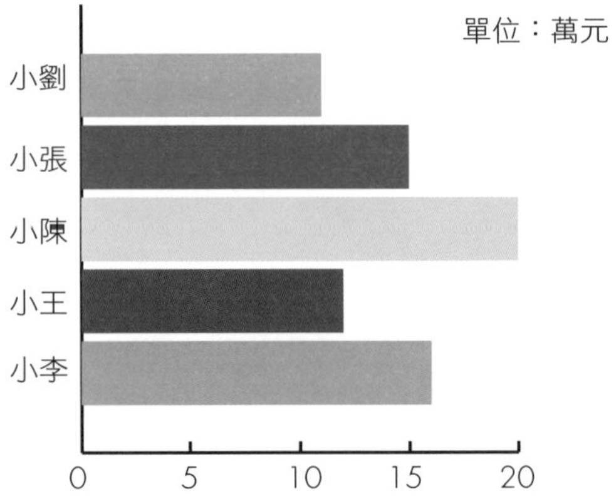

某銷售小組一月份每個成員的銷售額比較情況

在不考慮時間順序的情況下，可對圖表中的專案重新進行排序（從大至小或從小至大），進一步讓圖表變得更加美觀，且對比效果也更加明顯。

注意：該編排技巧同樣適用於以專案排序為主的直條圖表的設計中。

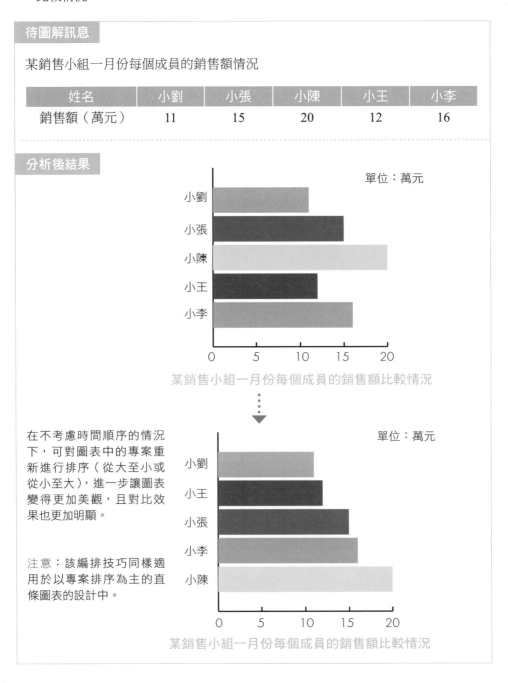

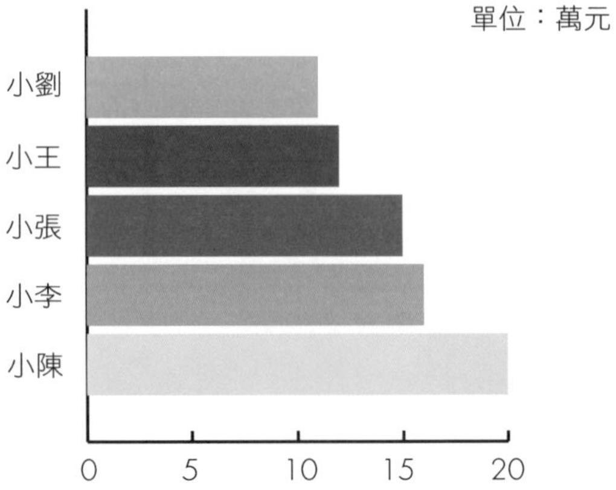

某銷售小組一月份每個成員的銷售額比較情況

堆疊橫條圖的實例運用

🗁 假設需要透過堆疊橫條圖來表達 X、Y、Z 三種品牌的米在 A 公司旗下三家連鎖超市的月銷售情況。

待圖解訊息

X、Y、Z 三種品牌的大米在 A 公司旗下的三家超市的月銷售情況

門店 品牌	福氣 連鎖超市	團圓 連鎖超市	朝日 連鎖超市
X 品牌（袋）	250	220	280
Y 品牌（袋）	280	260	270
Z 品牌（袋）	190	220	220

分析後結果

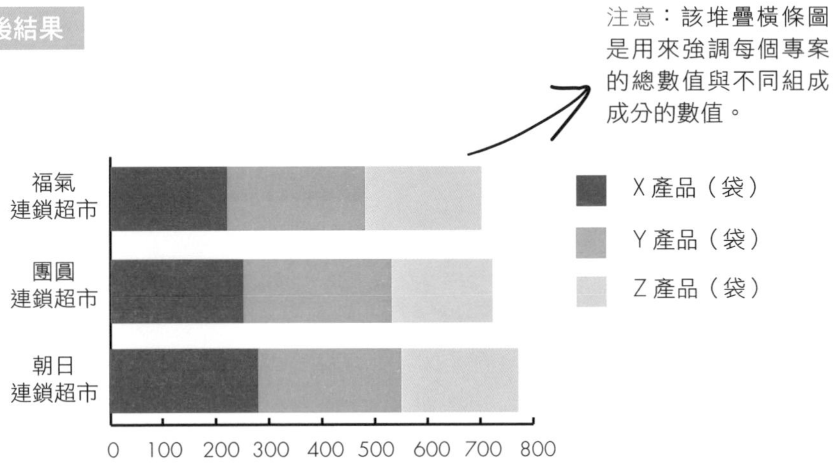

X、Y、Z 三種品牌的大米在 A 公司旗下的三家連鎖超市的月銷售情況

🗁 又假設需要透過堆疊橫條圖來表達不同年齡階段的健身方式。

待圖解訊息

據調查，不同年齡階段的人群的健身方式情況

健身方式 年齡階段	爬山	游泳	跑步	其他
20—35 歲	18%	28%	22%	32%
36—50 歲	22%	25%	26%	27%
50 歲以上	15%	12%	18%	55%

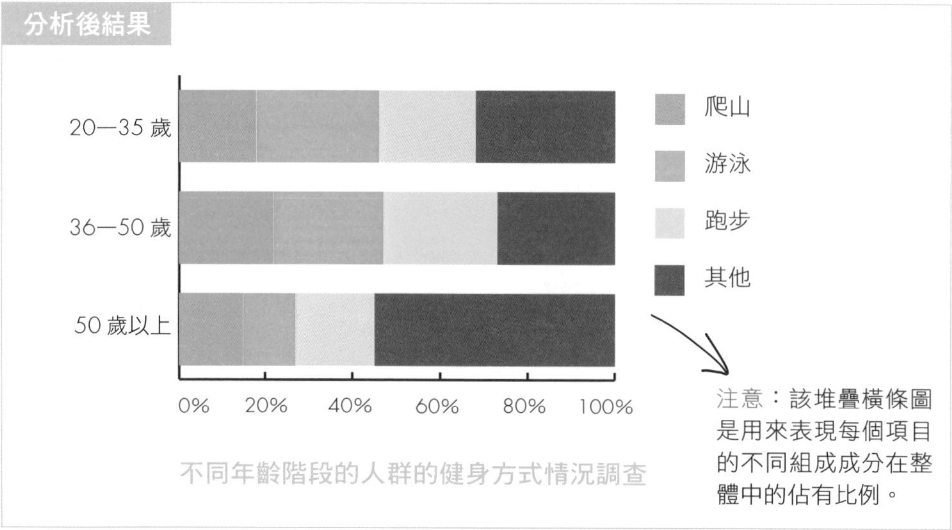

🕮 橫條圖還可以這樣設計（以下僅提供基本框架，具體數值可根據實際情況進行添加）

折疊的紙條

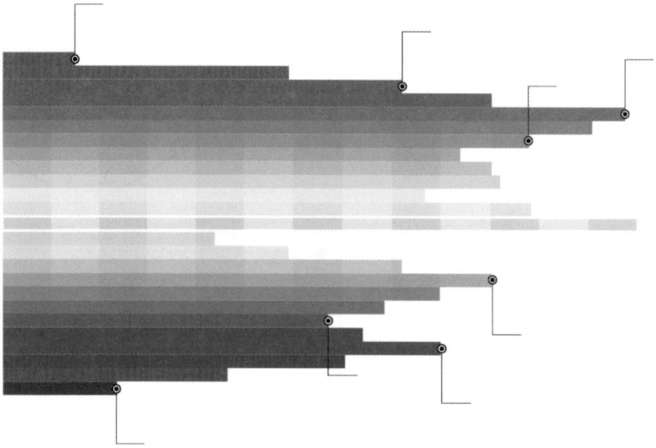

漸層的進度條

3.3 圓形類圖表

圓形類圖表

圓形圖是用於顯示一個資料數列中，各項目在整體中所佔有的比例關係。

圓形圖有許多子類型，大致可將其歸為一般圓形圖與子母圓形圖兩大類。

一般圓形圖（下圖）主要是用於表現單個數值與整體數值的比例關係。

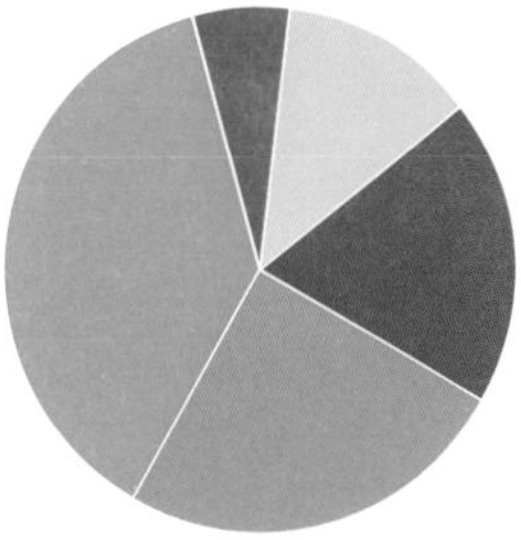

在看不清比例較小的資料，抑或是需要對餅狀圖中某個專案的資料進行細化分析時，便可採用子母圓形圖進行表示。

子母圓形圖（下圖）主要是由主圖表與輔助圖表所構成的，其中輔助圖表最常見的表現方式為圓形圖與堆疊柱兩種形式。

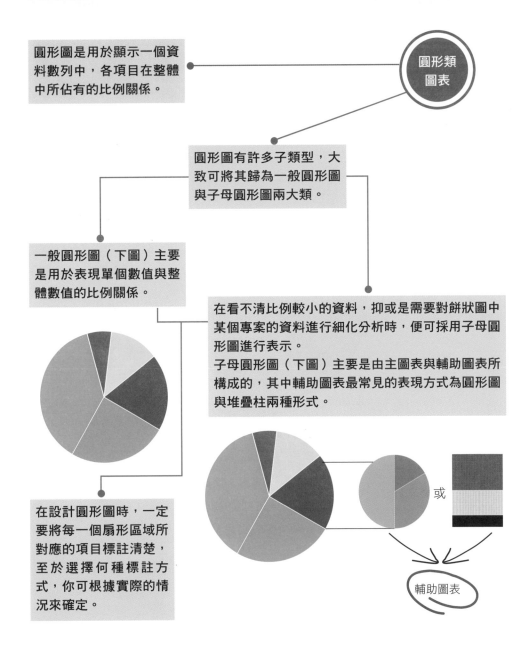

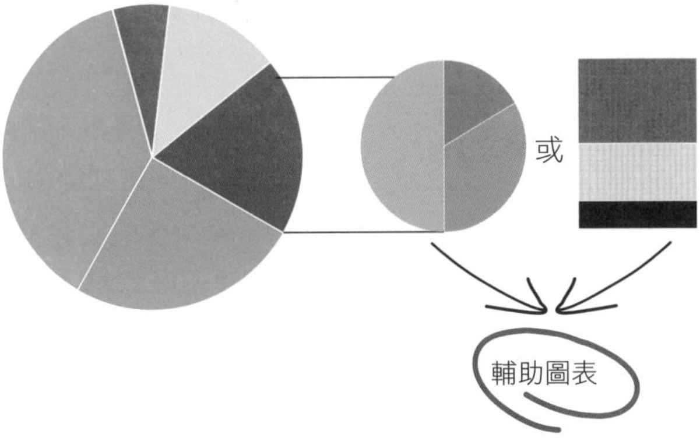

在設計圓形圖時，一定要將每一個扇形區域所對應的項目標註清楚，至於選擇何種標註方式，你可根據實際的情況來確定。

瞭解圓形類圖表的基本類型以後，你是否有一種躍躍欲試的衝動？接下來就透過實例來掌握圓形類圖表的基本設計手法！

堆疊橫條圖的實例運用

🗀 假設需要透過一般圓形圖表來表達 A 電器行在今年第一季各種電器的銷售比例狀況。

待圖解訊息

A 電器行今年第一季各種電器的銷售比例狀況

電器名稱	電視	洗衣機	冰箱	微波爐	空調	其他
銷售數量（台）	450	362	401	260	520	300

分析後結果

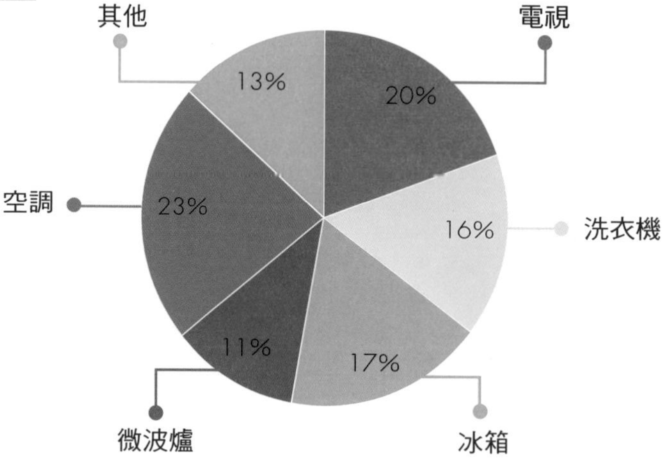

A 電器行今年第一節度各種電器的銷售比例狀況

🕮 如果你想強調圓形圖中的某個（多個）專案，那麼可以考慮採用以下兩種方式：❶ 將其所屬的扇形區域分離出來；❷ 將其餘扇形合併，僅留下需要強調的扇形區域（該設計手法僅適合用於表現少量專案在整體資料中的比例關係）。

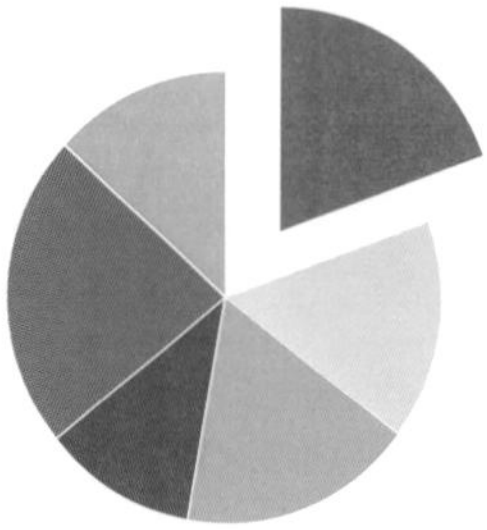

分離法

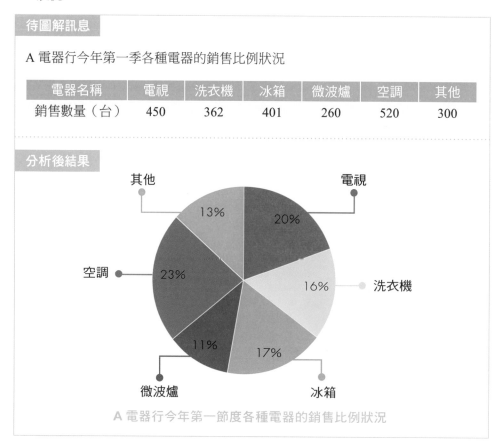

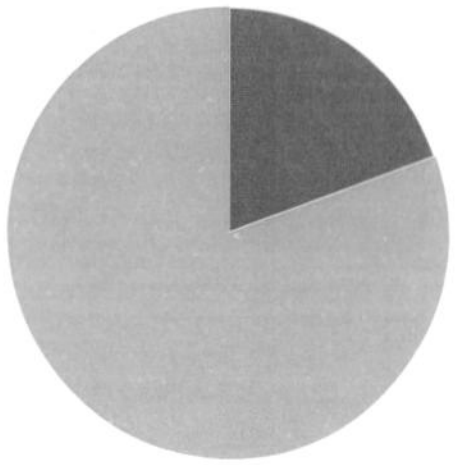

合併法

堆疊橫條圖的實例運用

假設需要透過一般圓形圖表來表達 A 電器行在今年第一季各種電器的銷售比例狀況。

待圖解訊息

A 電器行今年第一季各種電器的銷售比例狀況

項目	展會租賃	住宿	餐飲	車旅	佈展	會展消耗	其他
實際花費（元）	6000	1850	1450	1300	700	1144	660

項目	展架	寫真	花卉租賃	桌椅租賃
實際花費（元）	180	240	100	180

分析後結果

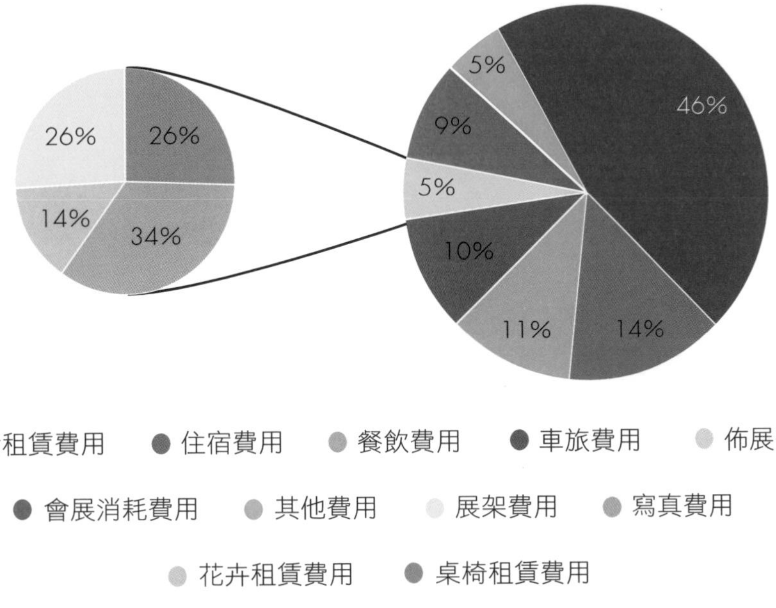

B 公司在 XX 博覽會上參展期間的實際花費狀況

📖 圓形圖還可以這樣設計（以下圖表僅提供基本框架，具體數值可根據實際情況進行完善）

彩色分離圓形圖

分離的圓形

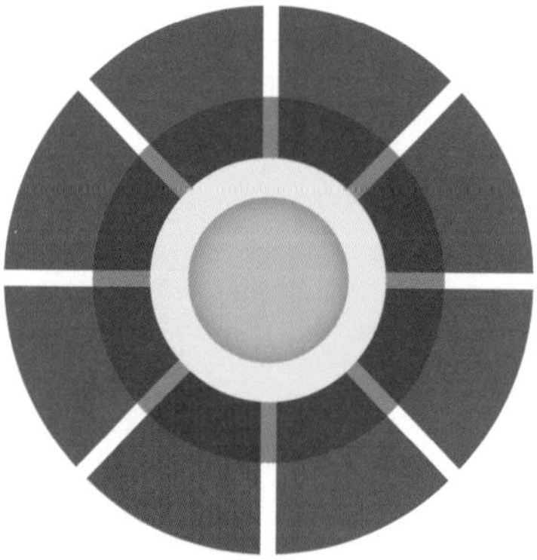

層疊的圓

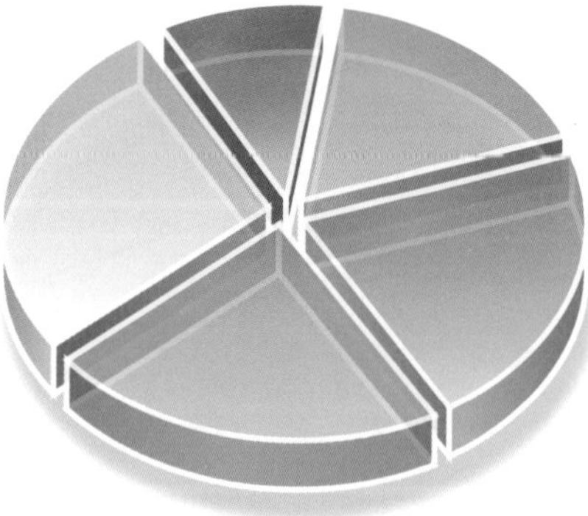

水晶立體圓形

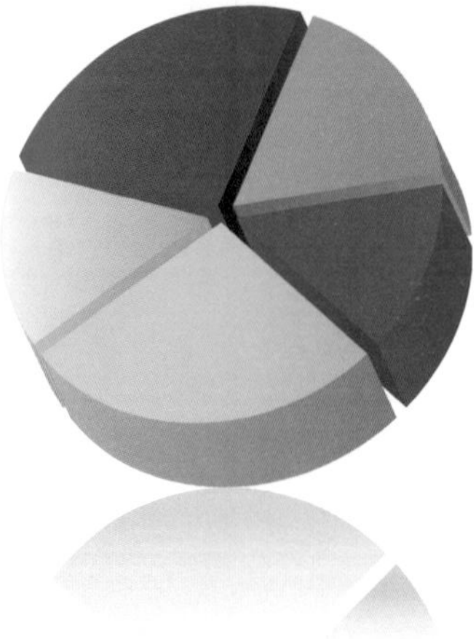

傾斜排放的立體圓形

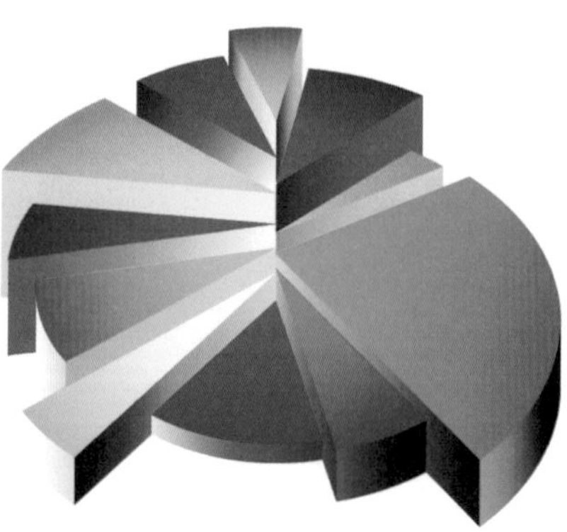

參差不齊的多層立體圓形圖

3.4 環圈類圖表

環圈圖與圓形圖間有許多相似之處，皆是用於顯示資料間的比例關係。從構成上來說，圓環圖其實就是將圓形圖的中心區域切除後的部分。

環圈類圖表最大的特色在於它能繪製超過一列或一行的資料。

環圈類圖表

從環數上來劃分，我們可將環圈類圖表分為單環式環圈圖與多環式（兩環及以上）環圈圖。

單環式圓環圖（右圖）常用於展現一列或一行專案的資料比例關係。

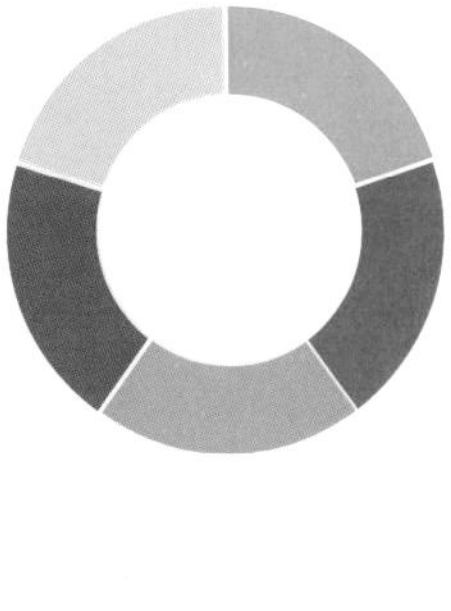

多環式環圈圖（右圖）常用於展現多列或多行專案的資料比例關係。

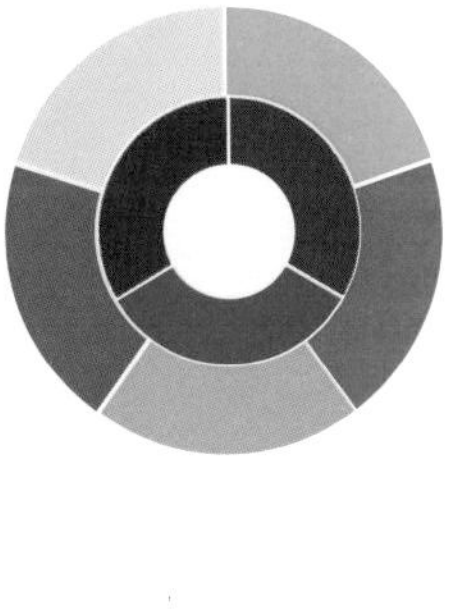

從形態上來劃分，我們可將環圈類圖表分為緊密型環圈圖與分離型環圈圖。

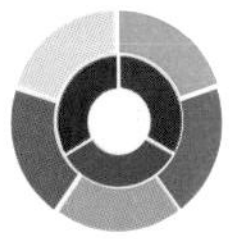

構成環圈的每一塊弧形區域皆連接得相對緊密，且秩序性較強，以上便是構成緊密型環圈圖（上圖）的基本要求。

分離型環圈圖（上圖）主要是用在資料強調中，其設計手法類似於環圈圖中的分離法。

單環式環圈圖的實例運用

▱ 假設需要透過單環式環圈圖來表達 S 健身房在 2013 年第四季的新會員辦理比例情況。

待圖解訊息

S 健身房 2013 年第四季的新會員辦理比例情況

季度	第一季	第二季	第三季	第四季
新會員辦理量（人）	220	380	420	180

分析後結果

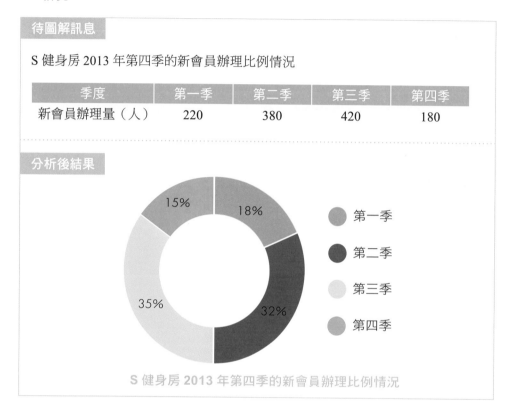

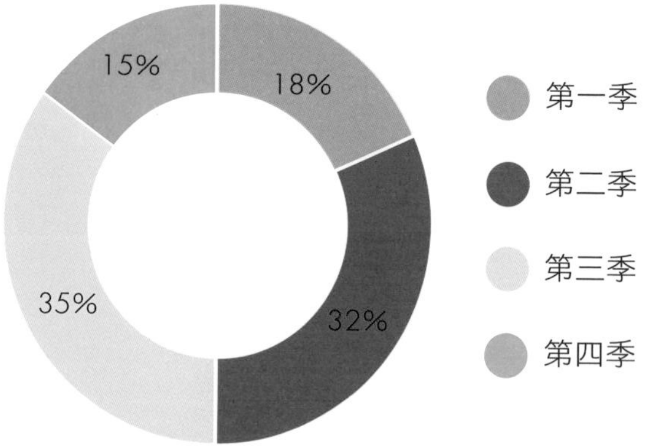

S 健身房 2013 年第四季的新會員辦理比例情況

多環式環圈圖的實例運用

▱ 假設需要透過多環式環圈圖來表達隸屬於 R 企業旗下的四家子公司近兩年（2012 與 2013 年）的年利潤比例狀況。

待圖解訊息

R 企業旗下的四家子公司近兩年的年利潤比例狀況

年利潤	甲公司	乙公司	丙公司	丁公司
2012 年（萬元）	222	300	180	279
2013 年（萬元）	250	310	225	335

分析後結果

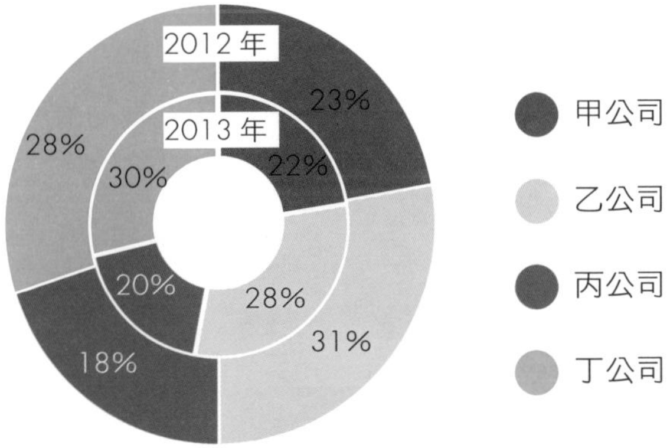

甲、乙、丙、丁四家子公司近兩年的年利潤比例狀況

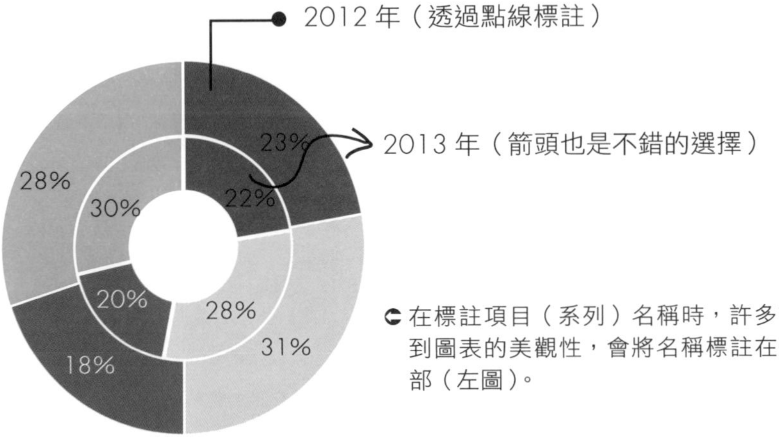

➲ 在標註項目（系列）名稱時，許多設計者考慮到圖表的美觀性，會將名稱標註在環圈圖的外部（左圖）。

前面所列舉的兩組環圈類圖表，皆為緊密型環圈圖。假設需要針對丁公司在 2012 年所佔有的利潤比例進行強調，則可以使用分離型環圈圖的設計手法。

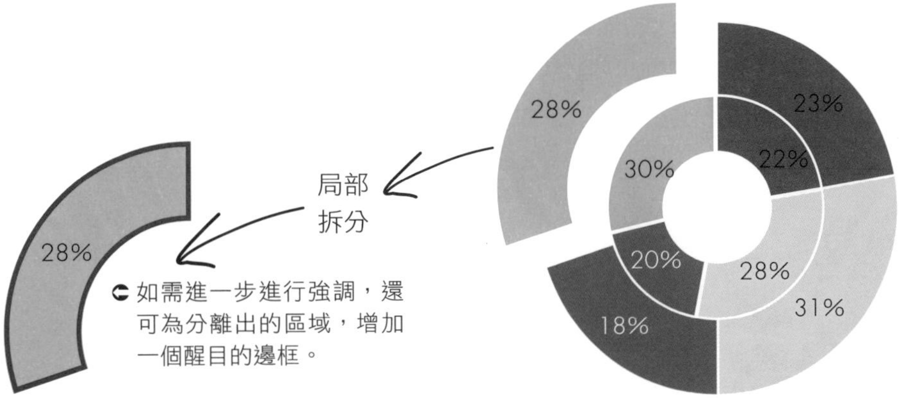

➲ 如需進一步進行強調，還可為分離出的區域，增加一個醒目的邊框。

📖 環圈圖還可以這樣設計（以下僅提供基本框架，具體數值可根據實際情況進行添加）

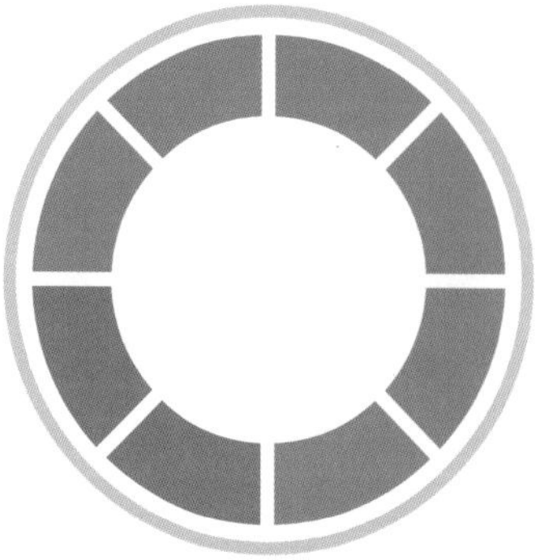

平均分割的環圈

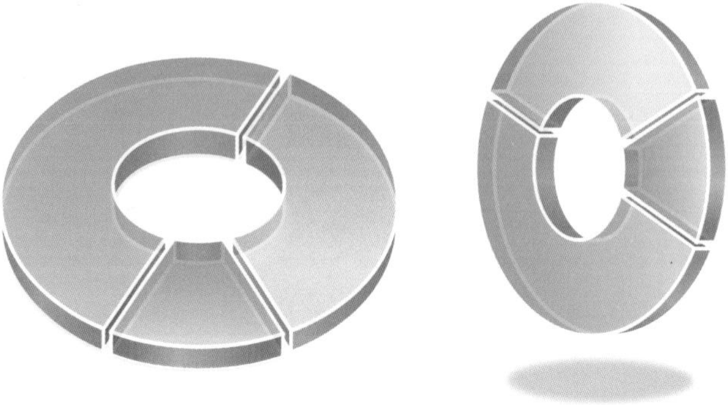

水晶立體環圈

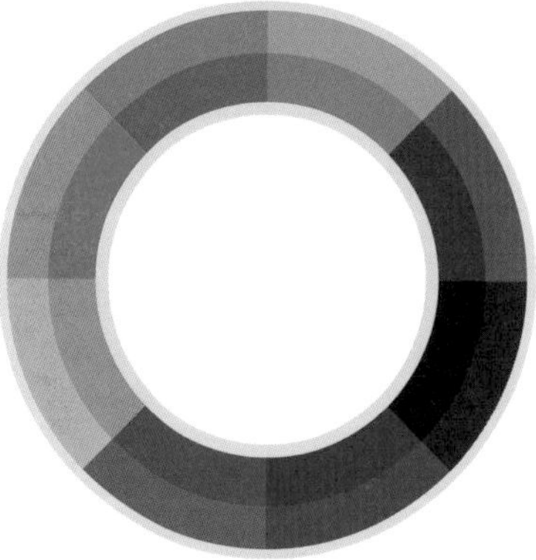

顯現凹凸感的環圈

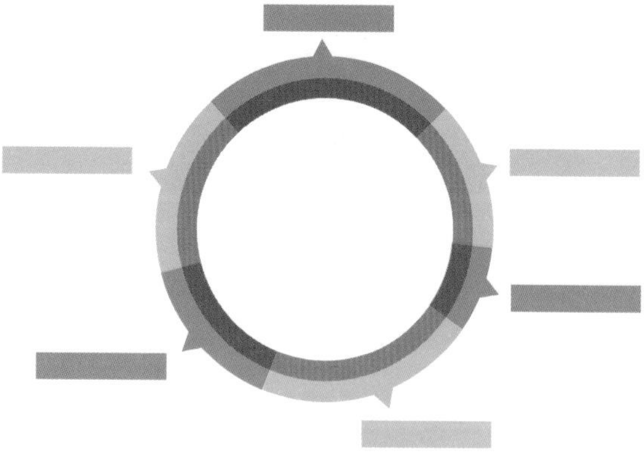

顯現凹凸感的環圈、方框

變形、正六邊形

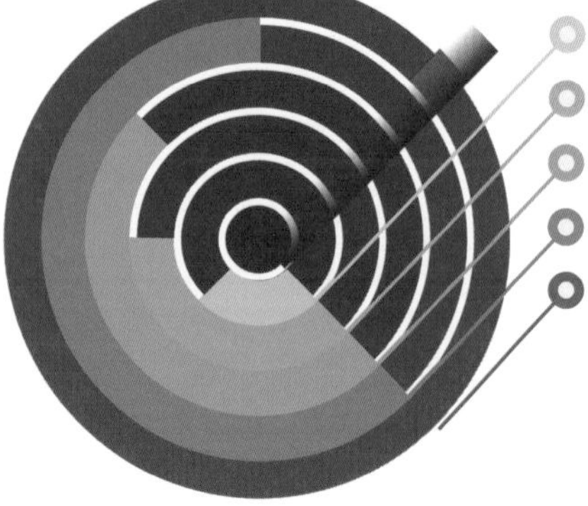

多層靶心

3.5 折線類圖表

折線類圖表

折線類圖表，顧名思義，主要是透過折線元素將所要展現的資料進行視覺化、圖形化處理。

折線類圖表的最大特點是透過折線的傾斜來強調數值增減速度與變化趨勢。因此，在一般情況下，折線類圖表是表現資料隨時間推移變化的基本圖表類型。

折線類圖表的子圖表類型較多，為了便於理解，我們大致將其分為一般折線圖與堆疊折線圖兩類。

一般折線圖（下圖）適用於顯示各種隨時間或有序類別而變化的連續資料。

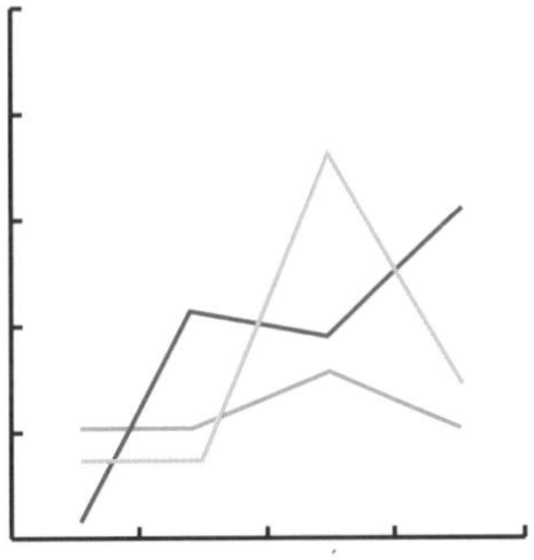

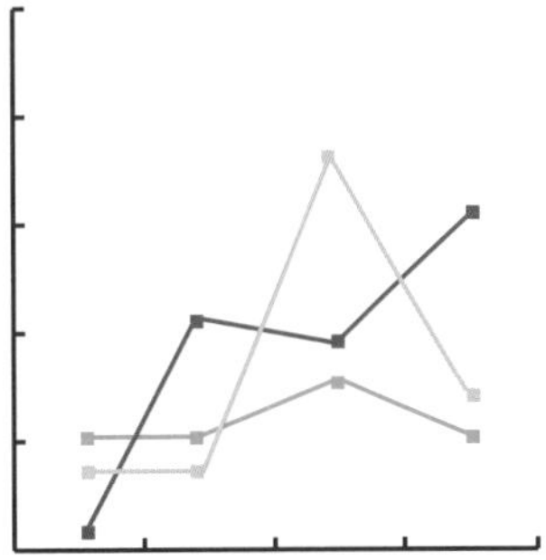

堆疊折線圖（下圖）主要用於顯示隨時間或有序類別而變化的連續資料及若干資料系列，在同一時間上（類別上）的數值總和與發展趨勢。除此之外，還可用來表示同一時間上（類別上），各項目與整體數據間的比例變化。

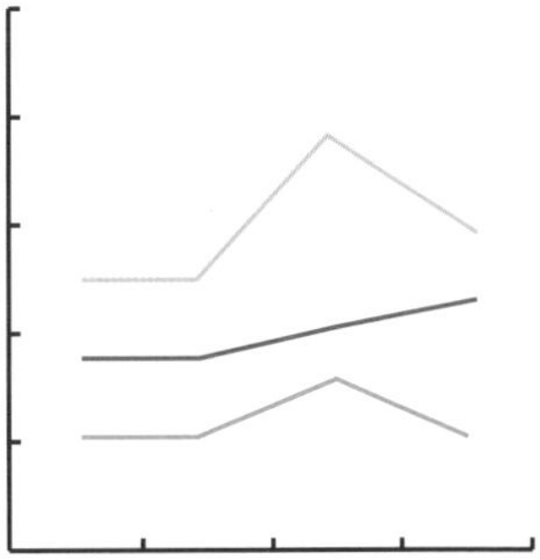

不論是一般折線圖還是堆疊折線圖，皆可根據實際需求，為其增加資料標記（左圖）。

在資訊視覺化的設計中，使用折線圖對資料進行分析，能讓讀者快速抓住某組資料的變化趨勢。因此，接下來將透過實際的案例告訴你折線圖的運用手法與編排技巧。

一般折線圖的實例運用

🗁 假設需要透過一般折線圖來表達 Y 超市週末全天不同營業時間段的客流量增減趨勢。

待圖解訊息

根據抽樣調查，Y 超市週末全天不同營業時間段（該超市的營業時間為 8:00—22:00）的客流量增減趨勢見下表：

時間	8:00	9:00	10:00	11:00	12:00	13:00	14:00	15:00
客流量（人）	450	660	950	1100	850	820	1200	1350

時間	16:00	17:00	18:00	19:00	20:00	21:00	22:00
客流量（人）	950	1 150	1 250	750	220	820	1200

分析後結果

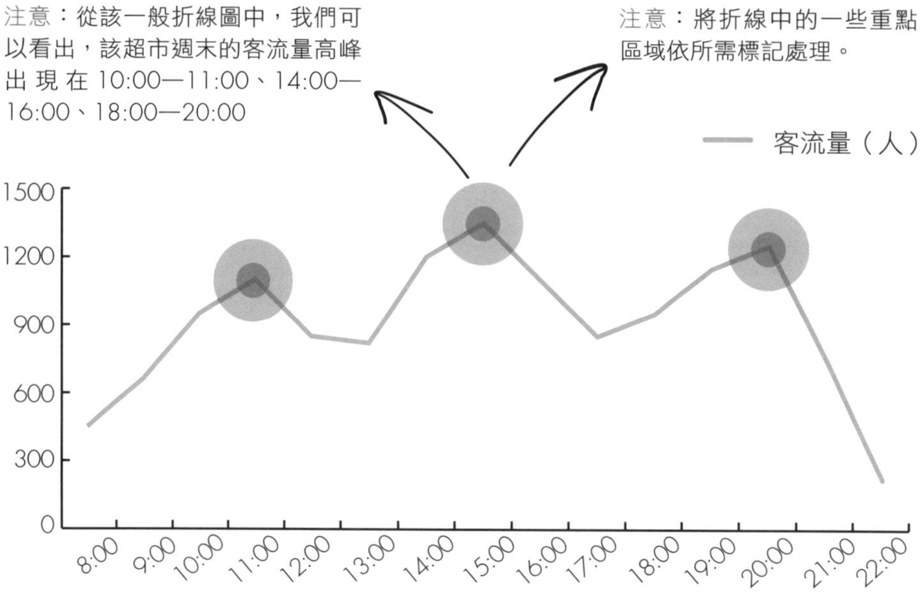

Y 超市週末全天不同營業時間段的客流量增減趨勢

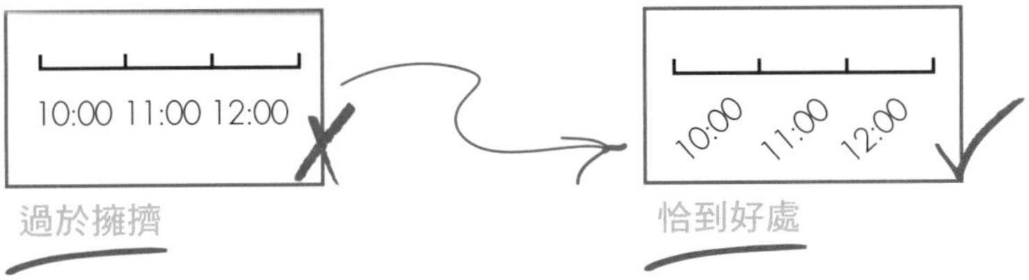

當我們在坐標軸下方為圖表增加專案名稱時，可能會由於版面空間、項目名稱過長等多方面因素的限制，導致項目名稱無法正常排列，在這種情況下，你可以考慮將專案名稱傾斜排放，但同時需要保證每個專案名稱的傾斜角度一致，且名稱長度的差異不會過大。

在折線圖的設計中，資料標記橫向位置的選擇，是決定折線的初始位置（初始資料標記）的關鍵所在。不論你將資料標記的橫向位置設定在何處，皆需要找準時間或有序類別的名稱與資料標記的對應關係。一般來說，資料標記橫向位置的選擇，大致存在以下三種情況。

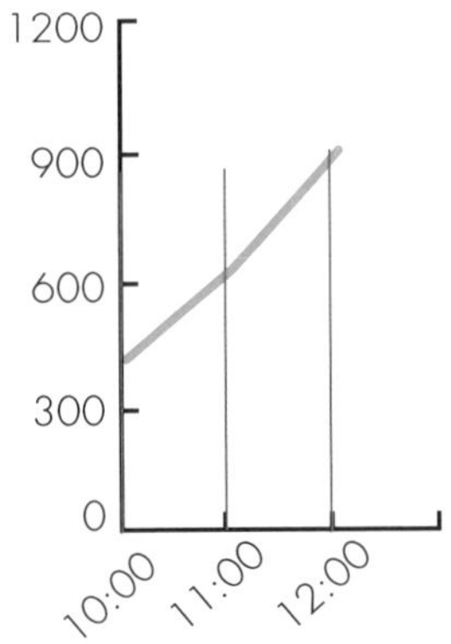

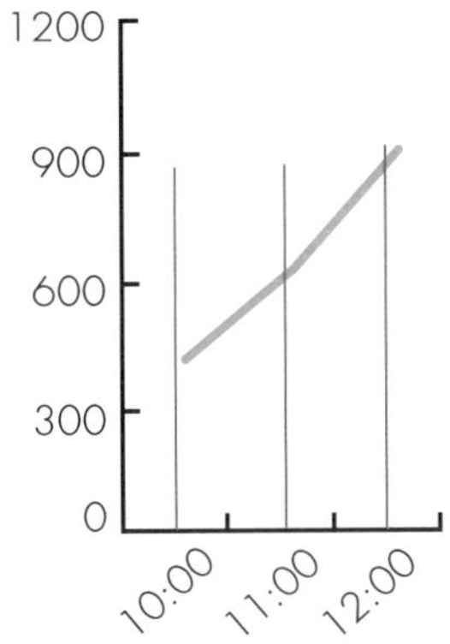

1 當第一個時間（有序類別）名稱位於縱軸的正下方，而時間（有序類別）名稱依次位於橫軸間隔符號的正下方時，本圖表的資料點應設定在橫軸間隔符號的中垂線上，初始數據點則位於圖表的縱軸上或縱軸與橫軸的交點上。

2 當圖表中的時間（有序類別）名稱依次位於橫軸兩個間隔符號的下方居中區域時，本圖表中的資料點應設定在橫軸兩個間隔符號間的垂直中線上，初始資料點則位於「0」點與第一個間隔符號間的垂直中線上。

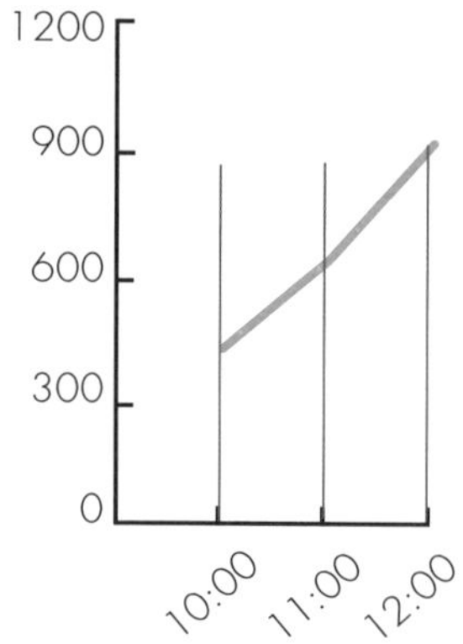

3
當圖表中的時間（有序類別）名稱依次位於橫軸間隔符號的正下方時，本圖表中的數據點應設定在橫軸間隔符號的中垂線上，初始資料點則位於第一個項目符號的垂直中線上。

注意：前面所列舉的三種方案中，方案 2 與方案 3 更為常見哦！

堆疊折線圖的實例運用

假設需要透過堆疊折線圖來表達 D 公司所推出的三款主打產品的年銷售趨勢。

待圖解訊息

根據抽樣調查，D 公司所推出的三款主打產品的年銷售趨勢：

月份 / 產品型號	一月	二月	三月	四月	五月	六月
甲產品（袋）	520	620	580	500	540	640
乙產品（袋）	480	500	550	530	600	620
丙產品（袋）	500	480	450	520	520	600

月份 / 產品型號	七月	八月	九月	十月	十一月	十二月
甲產品（袋）	680	520	550	490	540	600
乙產品（袋）	640	520	480	560	480	620
丙產品（袋）	620	520	550	500	480	580

分析後結果

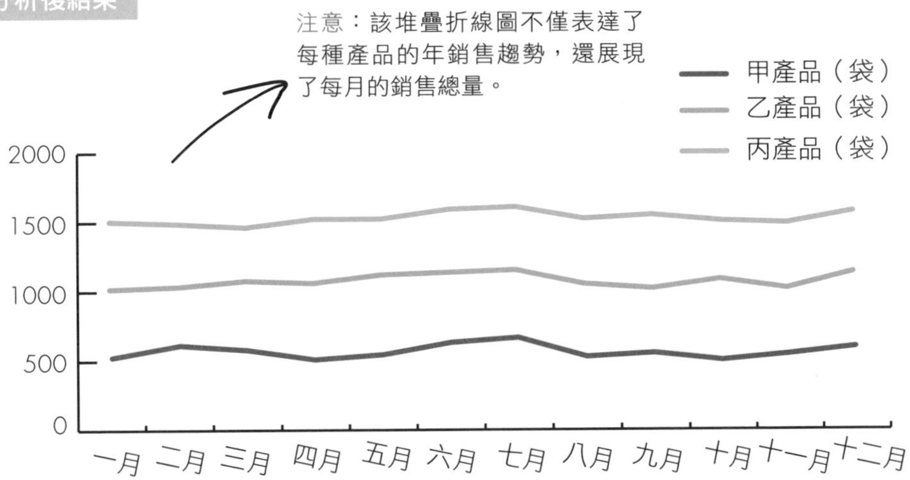

D 公司三款主打產品的年銷售趨勢

如果我們為上面所繪製的堆疊折線圖，增加資料標記。

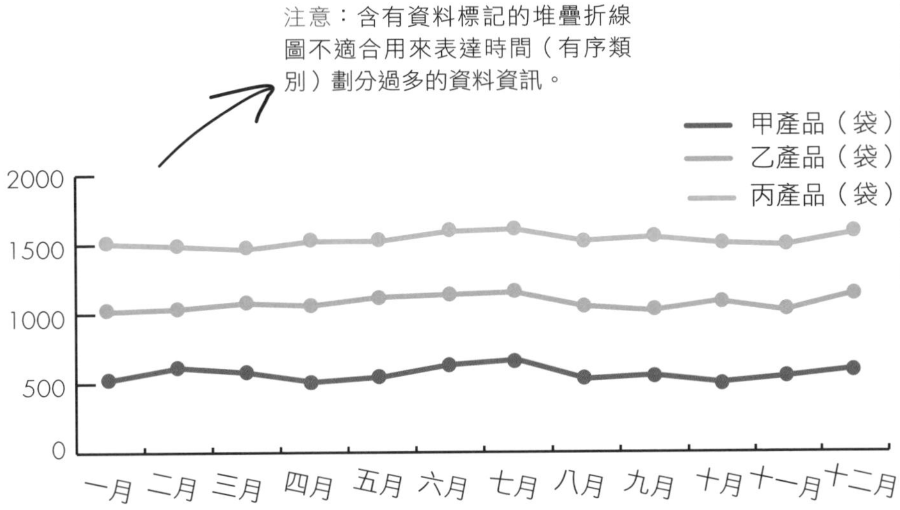

對比上下兩種折線圖，我們大致可得到這樣一種結論：無資料標記堆疊折線圖看上去更加流暢，可呈現出相對清晰的整體變化趨勢；含有資料標記堆疊折線圖適合用來表述資料間的變化趨勢，以及隨著時間或有序類別的演進，各專案資料與整體資料間的比例變化。

在堆疊折線圖的設計中，為了幫助觀者快速找準每一時間段或有序類別與各資料標記的對應關係，可考慮為其增加多條連接垂線。

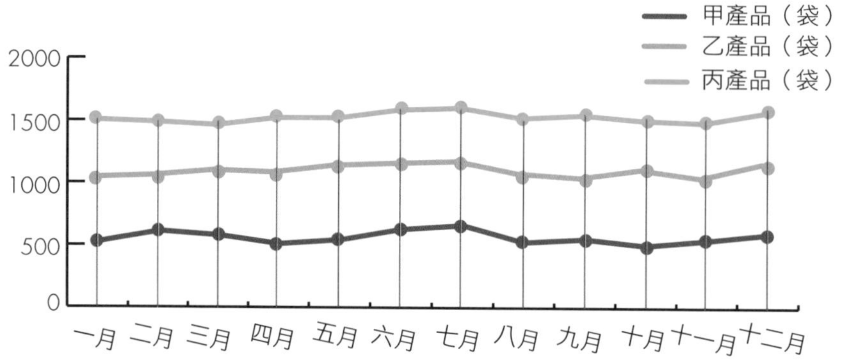

另外，在堆疊折線圖的運用中，還存在著一種運用較為廣泛的折線圖類型——百分比堆疊折線圖。

🗀 假設需要透過百分比堆疊折線圖來表達 G 工廠各廠房的生產量完成情況。

待圖解訊息

G 工廠各廠房和其生產計畫與實際生產情況：

廠房 生產情況	一廠房	二廠房	三廠房	四廠房
計畫生產（件）	1600	1400	1500	1200
實際生產（件）	1450	1150	1000	1100

分析後結果

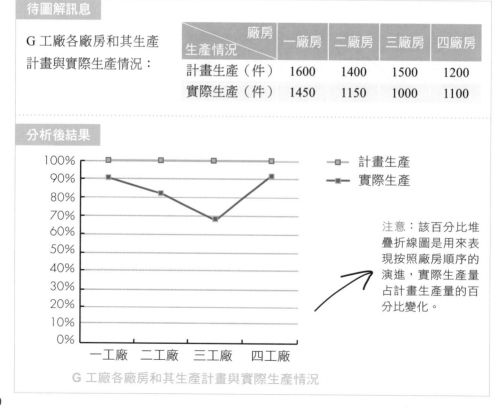

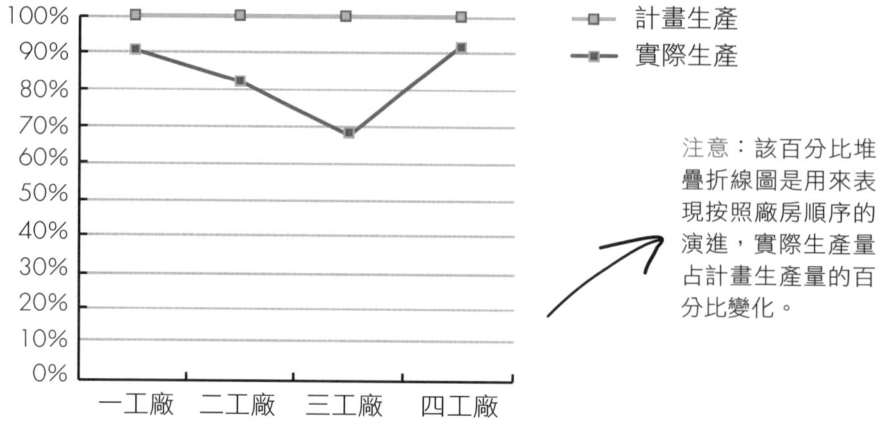

G 工廠各廠房和其生產計畫與實際生產情況

📖 折線圖還可以這樣設計（以下僅提供基本框架，具體數值可根據實際情況進行添加）

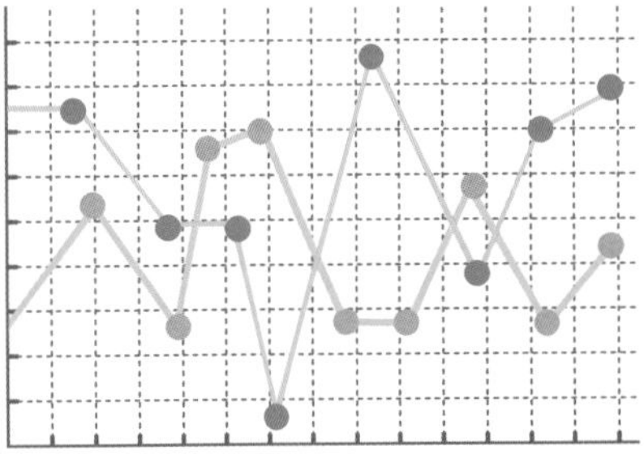
虛線方格中的折線圖、含有資料標記

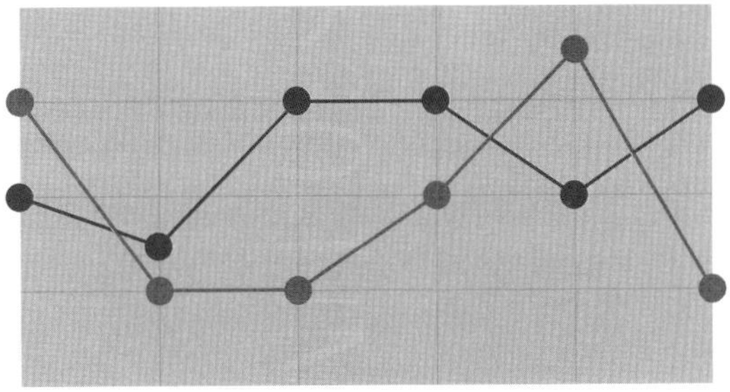
極簡折線圖、含有資料標記

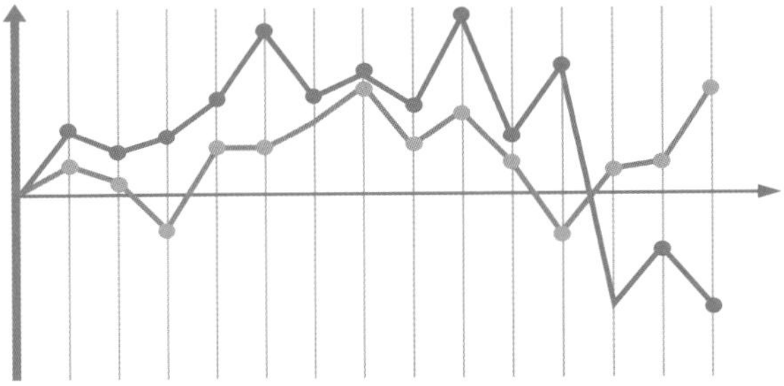
透過縱軸正負取向的折線圖、含有資料標記

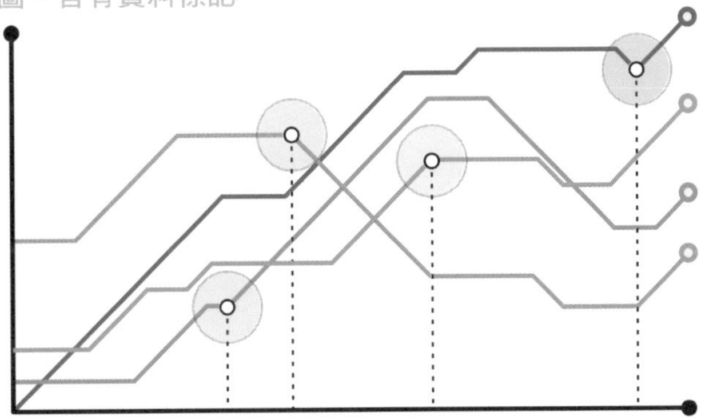
多彩折線圖

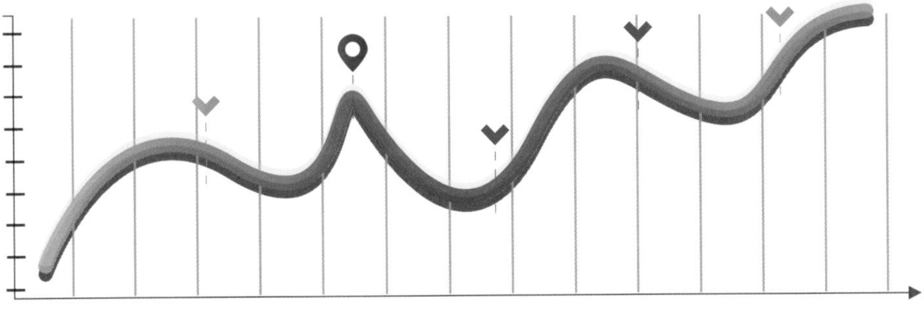
漸層的線條、立體折線

3.6 區域類圖表

簡單來說，區域類圖表就是將相較於水準坐標軸與垂直坐標軸的數值用填滿區域的形式展現出來，從某種程度上來說，區域圖表與折線圖表有許多相似之處。

區域類圖表的特質主要體現在某種變化趨勢的表現上，除此之外，在一些區域圖的設計中，也可用於強調某階段內，部分與整體的關係。

區域類圖表

與折線類圖表的分類相似，我們大致可將區域類圖表分為一般區域圖與堆疊區域圖兩種。

一般區域圖主要用來區分連續資料的發展趨勢與各階段數值大小。當較小的資料數列繪製在面積較大的資料數列的區域圖後方時，可能會被其前方的區域圖遮擋住全部或部分區域。

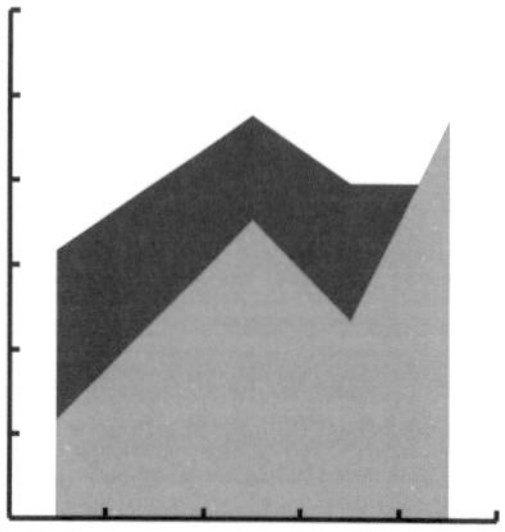

建立堆疊區域圖，可有效避免重疊遮擋的區域圖，而其製作方式與堆疊折線圖相似，就是在兩個及以上的資料數列中進行疊加處理。因此，這類圖不僅能表達資料的發展趨勢，還可呈現每階段的資料總值。

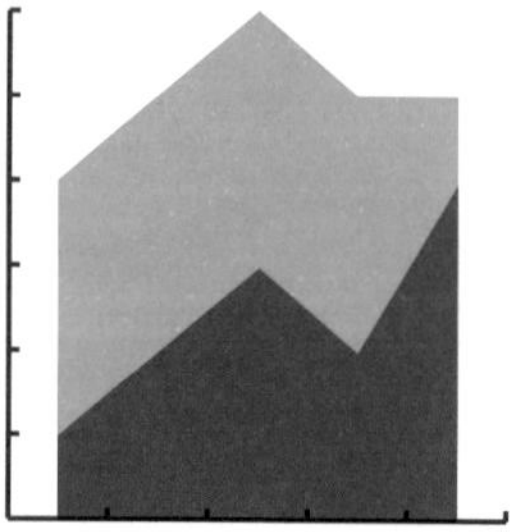

一般區域圖的實例運用

🗀 假設需要透過一般區域圖來表達出 X 學院在 2013 年與 2014 年，五大王牌科系的招生情況。

待圖解訊息

X 學院 2013 年與 2014 年五大王牌科系的招生情況：

年份 \ 科系	A 科系	B 科系	C 科系	D 科系	E 科系
2013 年（人）	360	480	420	520	500
2014 年（人）	350	520	460	550	480

分析後結果

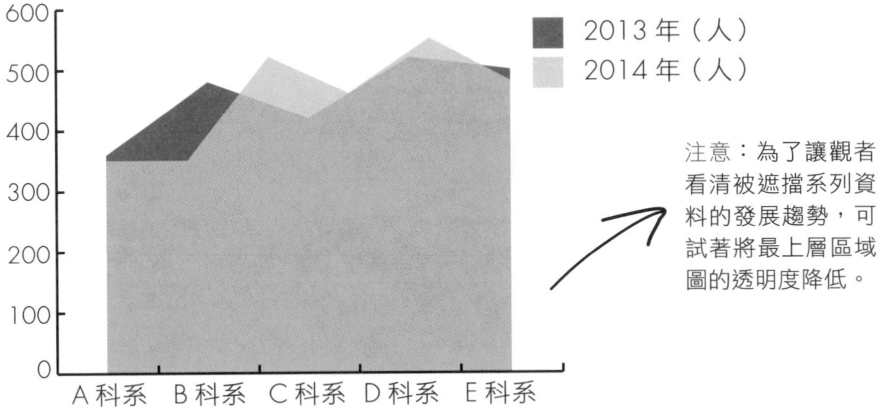

X 學院 2013 年與 2014 年五大王牌科系的招生情況

堆疊區域圖的實例運用

🗀 假設需要透過堆疊區域圖來表達出 X 學院 A 科系 2011 年到 2014 年招生情況與男女數量變化趨勢。

待圖解訊息

X 學院 A 科系 2011~2014 年招生情況與男女數量變化趨勢：

性別 \ 年份	2011 年	2012 年	2013 年	2014 年
男生（人）	160	170	180	150
女生（人）	180	220	180	200

分析後結果

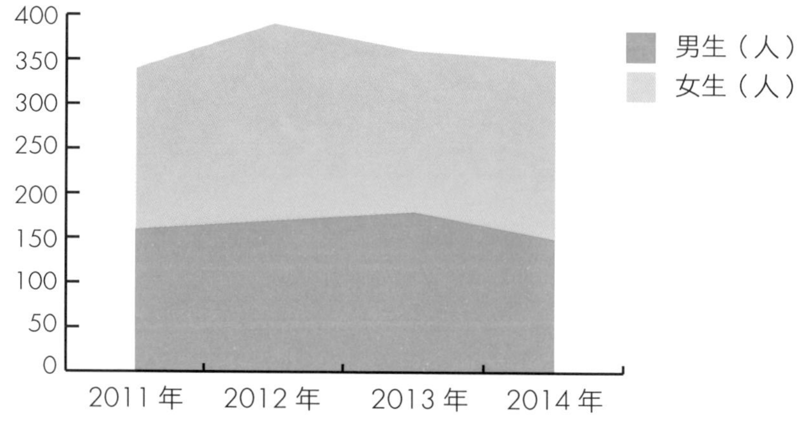

X 學院 A 科系 2011 年到 2014 年招生情況與數量變化趨勢

與堆疊折線圖相似，堆疊區域圖中同樣包含著特殊圖表類型——百分比堆疊區域圖。

🗀 假設需要透過百分比堆疊區域圖來表達出某商品房三期銷售統計情況。

待圖解訊息

某商品房三期銷售統計情況

月份／期數	一月	二月	三月	四月	五月
一期（套）	25	35	55	46	40
二期（套）	26	45	35	24	60
三期（套）	70	30	35	26	55

分析後結果

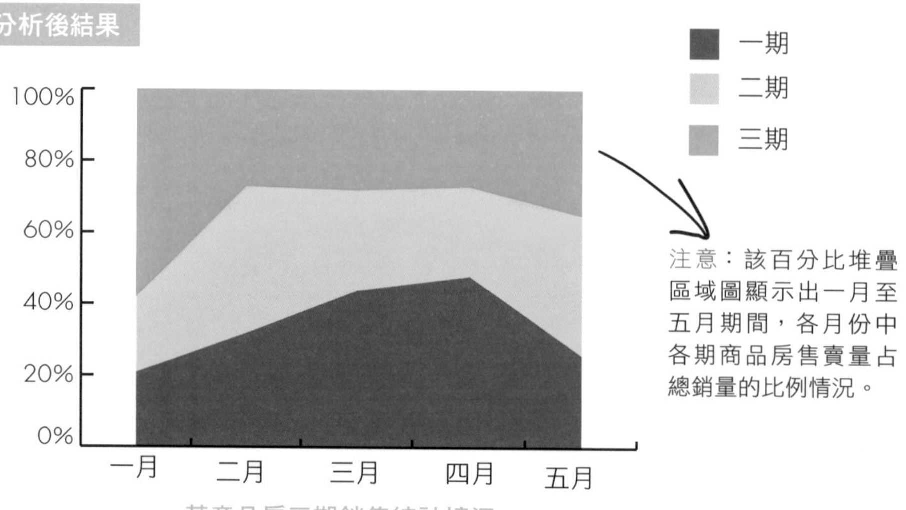

某商品房三期銷售統計情況

📖 區域圖還可以這樣設計（以下僅提供基本框架，具體數值可根據實際情況進行添加）

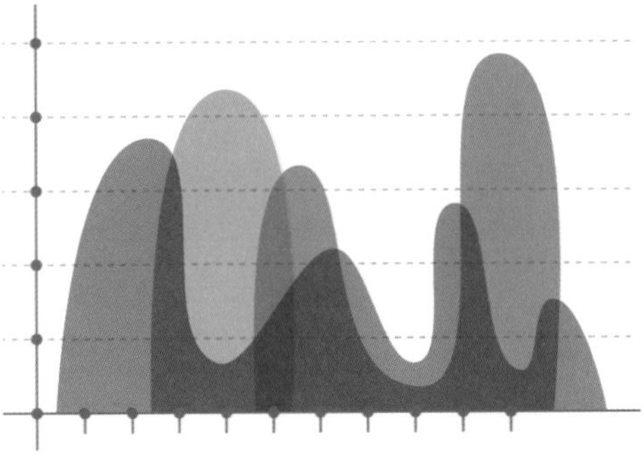

圓滑的曲線

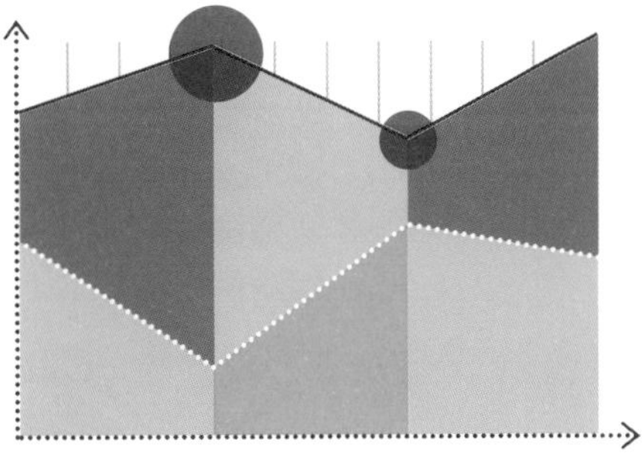

區域分明的區域圖

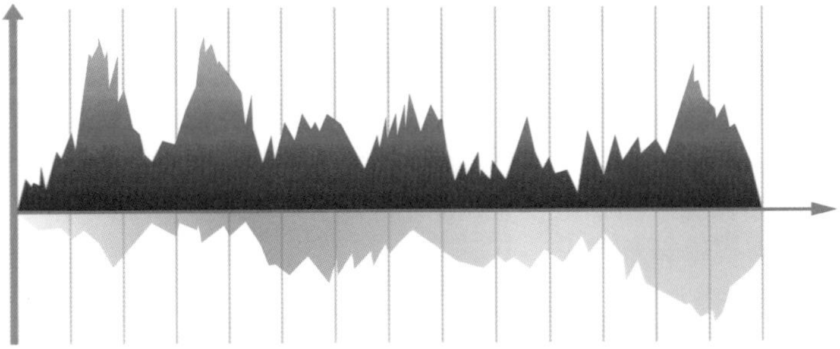

上下對稱的區域圖

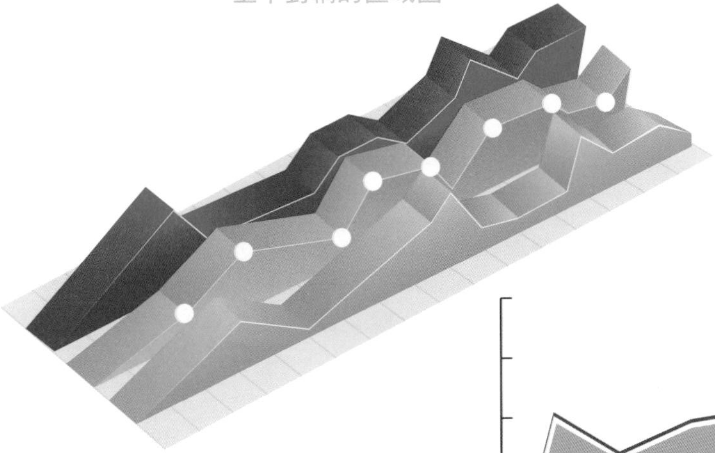

起伏的彩色山脈

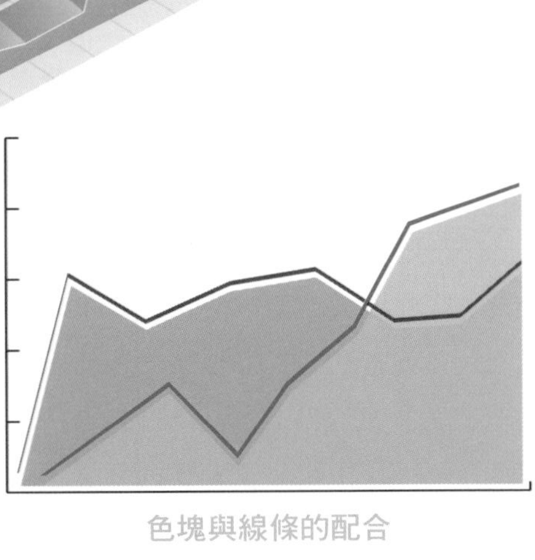

色塊與線條的配合

3.7 散佈與泡泡類圖表

散佈圖與泡泡圖其實是兩種不同的圖表類型，之所以放在一起講解，是因為散佈圖與泡泡圖本質上相似度極高，散佈圖是用來表現兩個變數，泡泡圖是用來表現三個變數。

一般可將散佈圖分為三大類，分別是僅帶資料標記的散佈圖、僅帶有平滑線（直線）的散佈圖，以及帶有平滑線（直線）與資料標記的散佈圖。而散佈圖的核心，便是用於表現資料數列中，各數值間的關係（相關性）。

泡泡圖其實就是在散佈圖的基礎上延伸得到的，其種類也相對單一。簡單來說，泡泡圖（下圖）就是利用泡泡的大小來表示第三種變數。

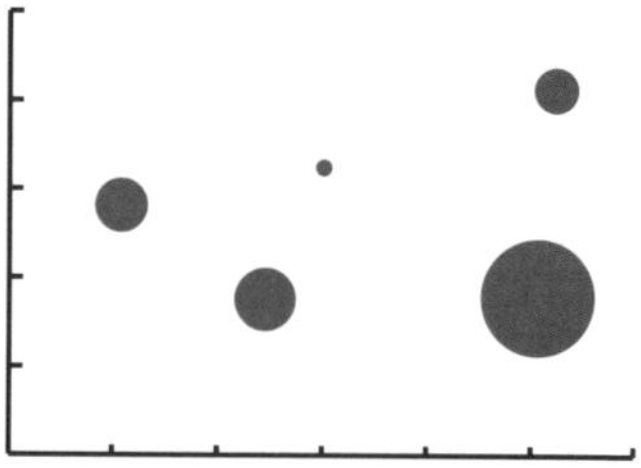

僅帶資料標記的散佈圖（下圖）一般用於成對的數值。當數值不以橫軸為順序，抑或是表示獨立的量度，在這種情況下，便可採用該類型散佈圖。

當資料點較多，且需要表現資料變化趨勢時，便可用到僅帶有平滑線（直線）的散佈圖（下圖）。

資料標記較少，且需要表現資料的變化趨勢時，便可採用帶有平滑線（直線）與資料標記的散佈圖（下圖）。

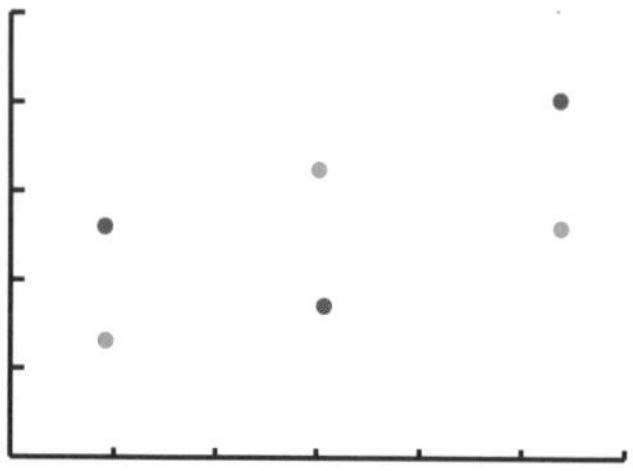

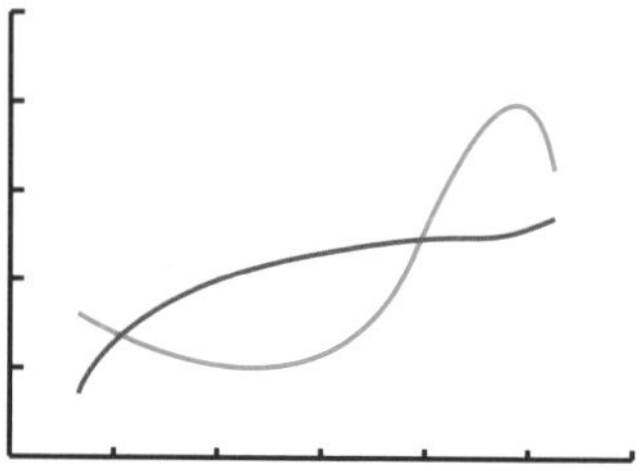

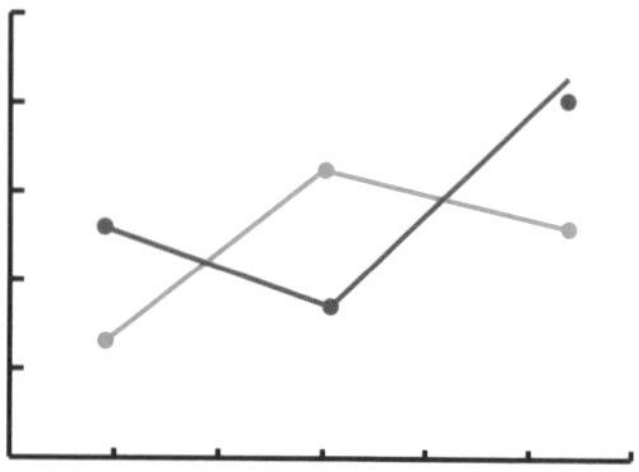

散佈圖的實例運用

- 假設需要透過僅帶資料標記的散佈圖來表達處在大台北地區的服裝連鎖店賣場面積與銷售額的關係進行分析。

待圖解訊息

各服裝連鎖店賣場面積與銷售額的情況分析

	信義店	中山店	西門店	板橋店
銷售額（元 / 日）	5400	3400	2800	3800
賣場面積（㎡）	100	70	60	80

分析後結果

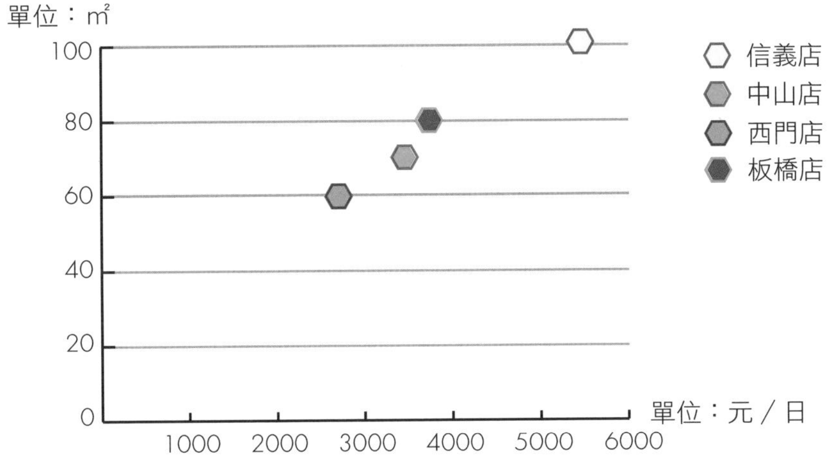

各服裝連鎖店賣場面積與日銷售額的關係情況分析

- 又假設需要透過僅帶有平滑線（直線）的散佈圖對中山連鎖服裝店的折扣力道與客流量的關係進行分析，並將資料的變化趨勢表現出來。

待圖解訊息

根據調查，中山連鎖服裝店的折扣力道與客流量的情況分析

折扣	90%	80%	70%	60%	55%	50%	40%	35%	30%
客流量（人 / 日）	1200	1100	950	800	720	610	510	420	280

分析後結果

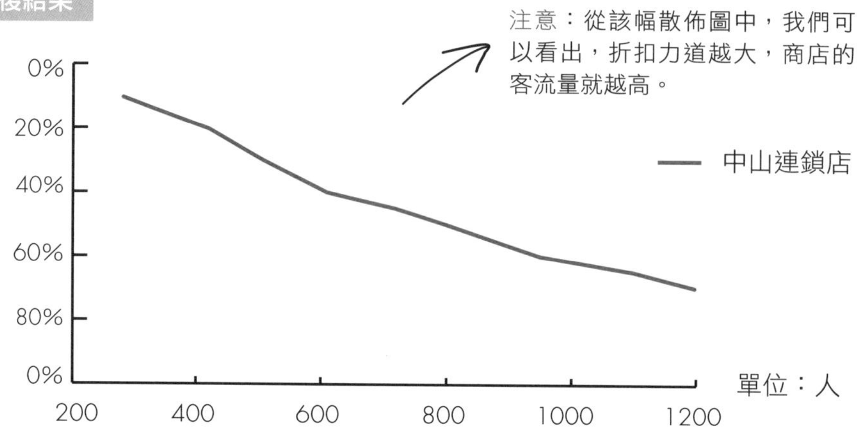

中山連鎖服裝店的折扣力道與客流量的情況分析

🗀 又假設需要透過帶有平滑線（直線）與資料標記的散佈圖對信義連鎖服裝店促銷次數與當月客流量的關係進行分析，並將資料的變化趨勢表現出來。

待圖解訊息

信義連鎖服裝店的當月促銷次數及與之對應的客流量資料

促銷次數（次）	1	3	4	5	6
客流量（萬人 / 月）	0.8	1.2	1.5	2.1	2.5

分析後結果

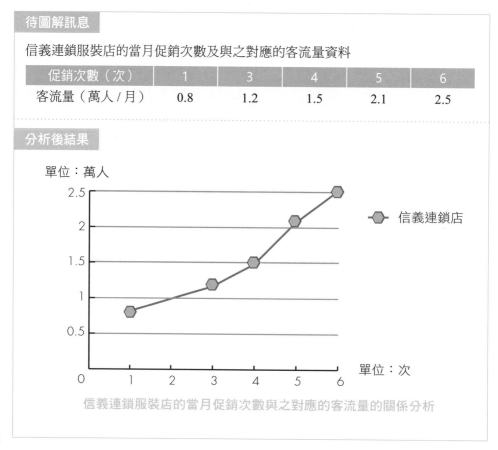

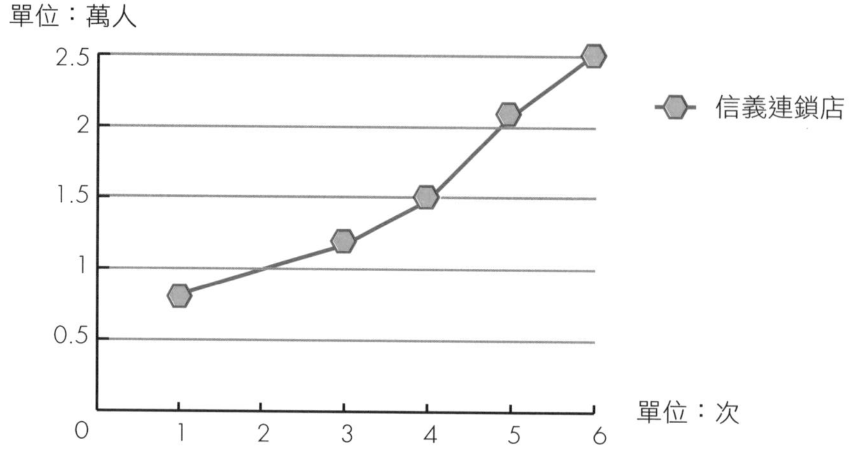

信義連鎖服裝店的當月促銷次數與之對應的客流量的關係分析

泡泡圖的實例運用

假設需要透過泡泡圖表達 A、B、C、D 四家同行公司的市場狀況。

待圖解訊息

A、B、C、D 四家公司的年銷售額、產品種類、市場銷售量的具體情況如右表。

	A 公司	B 公司	C 公司	D 公司
年銷售額（元／年）	540000	480000	720000	680000
產品種類（種）	12	10	18	25
市場銷售量	10%	8%	28%	32%

分析後結果

注意：從該幅泡泡圖中，我們可以看出，D 公司雖然產品種類最多，佔有市場銷售量最大，但銷售額卻不是最高的。

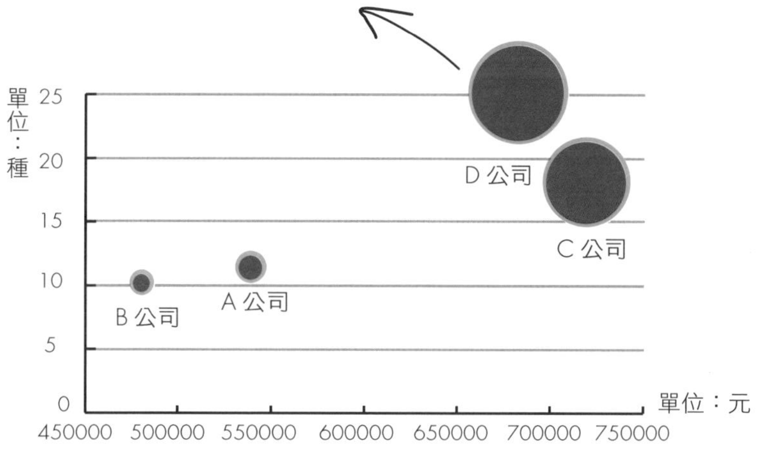

A、B、C、D 四家公司的市場狀況分析

散佈圖與泡泡圖還可以這樣設計（以下僅提供基本框架，具體數值可根據實際情況進行添加）

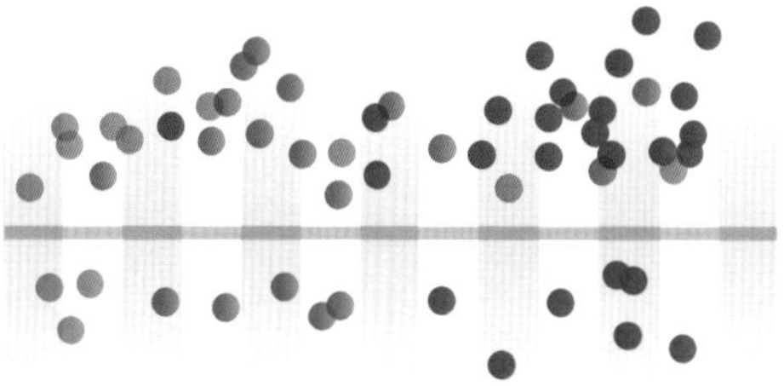

透明的散佈

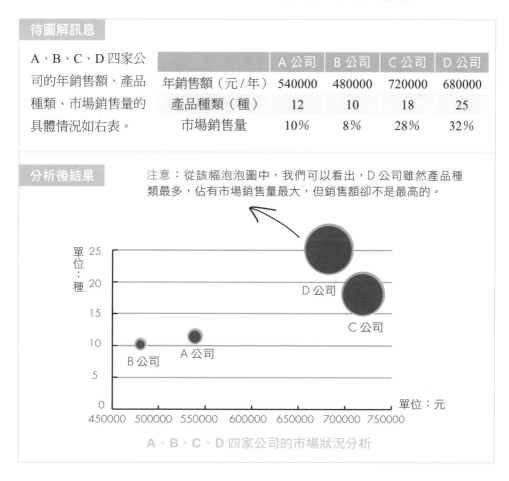

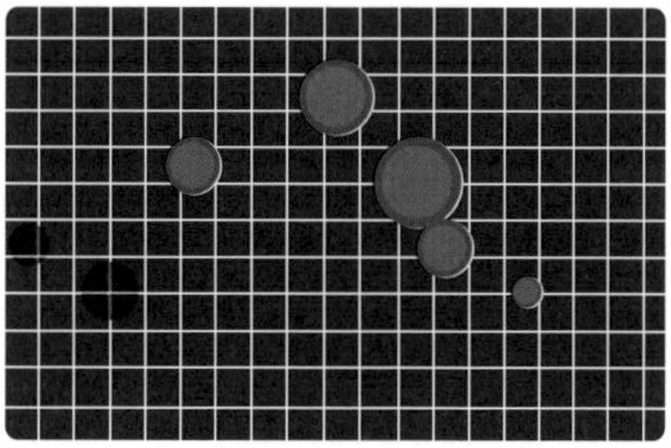

格點中的泡泡

3.8 雷達類圖表

雷達類圖表

雷達圖又稱為蜘蛛網圖。在建立雷達圖時，需統一各項目的刻度值。

雷達圖一般用於比較大量資料數列的合計值，抑或是相似資料相對於中心的變化情況。

根據雷達圖的基本結構來劃分，我們通常將其分為線型雷達圖與填滿雷達圖兩大類。

線型雷達圖主要是用於顯示數值相對於中心點的變化。

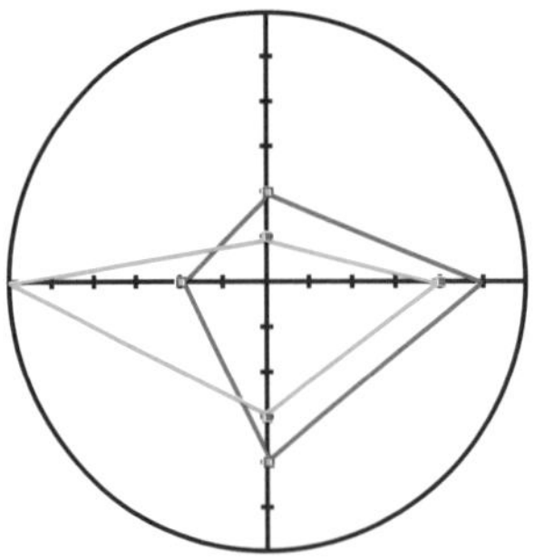

線型雷達圖既可以增加資料點，也可以不增加資料點。

填滿雷達圖既能顯示相對於中心點的數值，又能更直觀地對資料合計值進行比較。

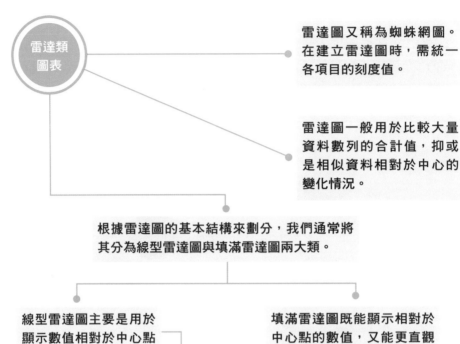

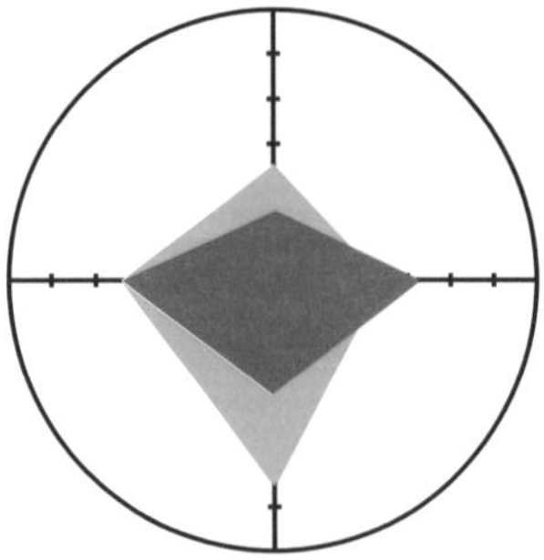

相對於其他圖表類型，含有大量資料數列的雷達圖在設計過程中較為複雜，接下來將透過實例，告訴你雷達圖究竟要怎麼使用。

🗀 假設需要透過線型雷達圖與填滿雷達圖對 XX 茶葉品牌在各個區域的銷售情況進行展現。

待圖解訊息

單位：萬元

XX 茶葉品牌在各區域的銷售情況

	綠化	竹葉青	鐵觀音	普洱茶
北部	32	45	35	52
中部	45	36	47	24
南部	62	29	48	38
東部	28	30	62	35

分析後結果

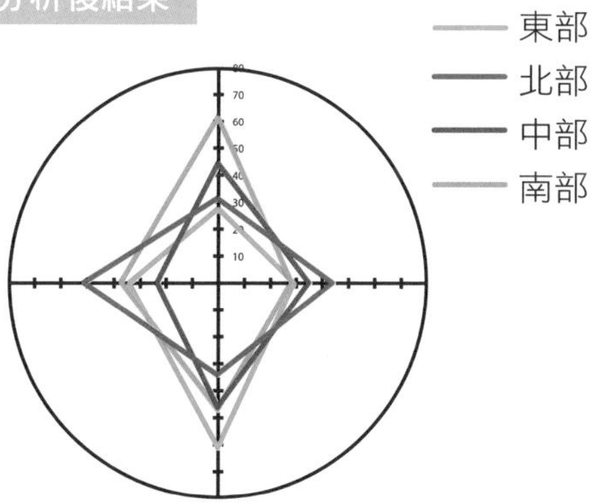

XX 茶葉品牌在各個區域的銷售情況

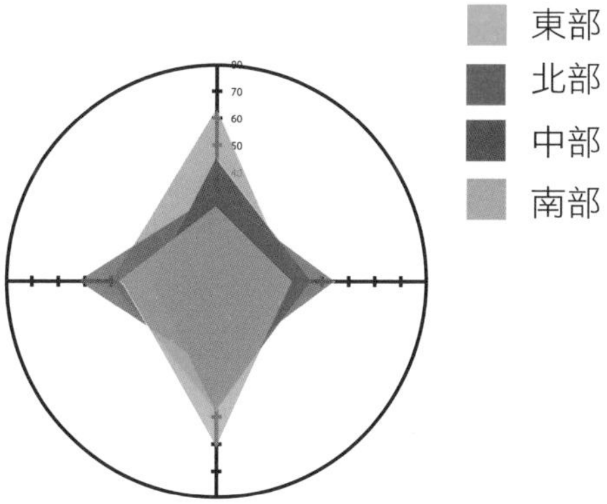

XX 茶葉品牌在各個區域的銷售情況

🕮 雷達圖還可以這樣設計（以下僅提供基本框架，具體數值可根據實際情況進行添加）

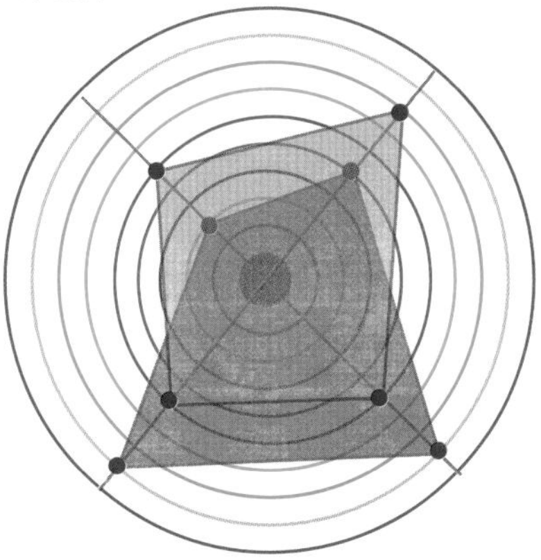

彩色的箭靶

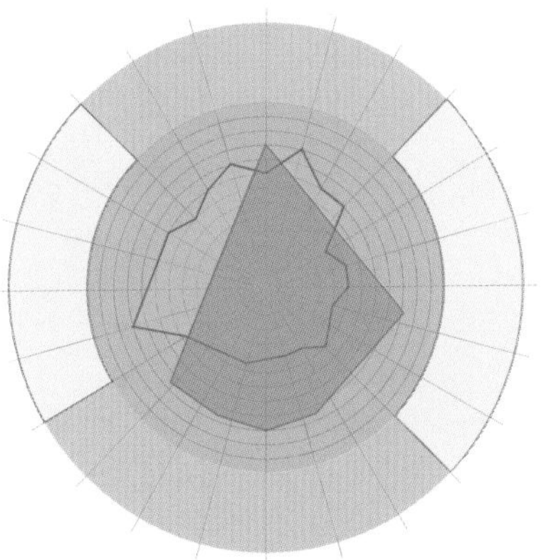

放射的圓

思考案例 K公司在多個城市中所開設的連鎖店數量比較

根據所提供的待圖解資訊，從各基本圖解模式中，挑選一種最佳的圖表類型，將下列資訊資料以一種更加生動的形式呈現出來。

待圖解訊息

K 公司在全國多個城市中所開設的連鎖店數量　單位：間

台南	台北	高雄	新竹	桃園	台中	新北市	宜蘭
8	21	17	5	10	12	24	2

釐清設計流程

本案例圍繞著數量比較，因此，在圖表類型的選擇中，需要根據這一要點進行考慮。此外，為了提升圖表的觀賞性，還需對其進行適當的美化處理。

敲定方案

經過思考，我們最終決定在各種圖表類型中，選擇常用於各專案間情況比較的直條圖表，來表達上面所提供的資料資訊。

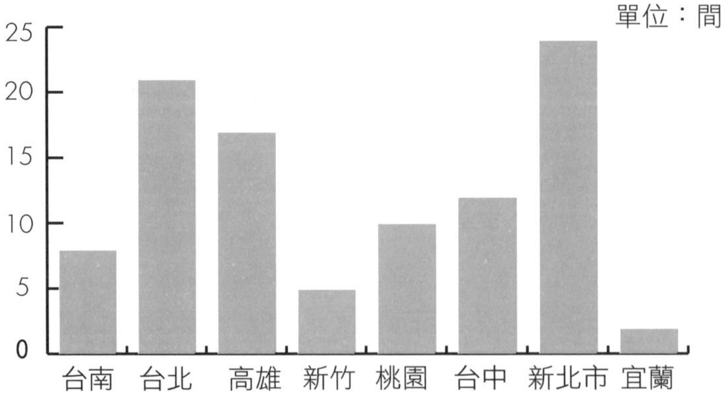

根據前面所列舉的待圖解資訊，繪製出如上圖的基本直條圖表。

由於本案例不涉及時間變化，因此將各項目重新排序，借此來表現出數量的變化趨勢。

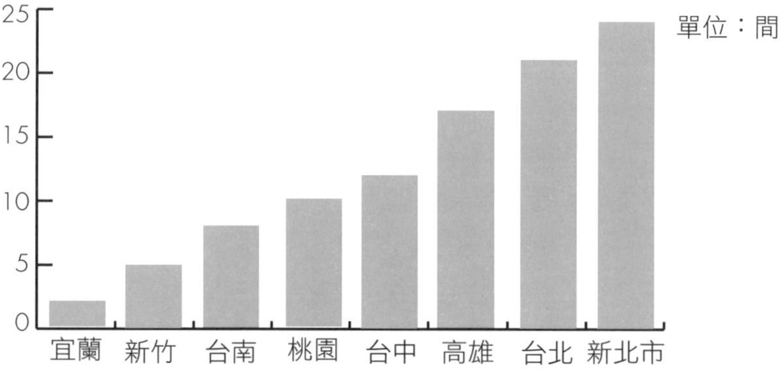

基於美學考慮，我們將原本簡潔俐落的直條圖，設計成了下圖形式。該設計的要點在於，我們利用了色彩的漸層表現，展現出了資料的逐步遞進過程，同時讓圖表在視覺感染力上也得到了進一步提升。

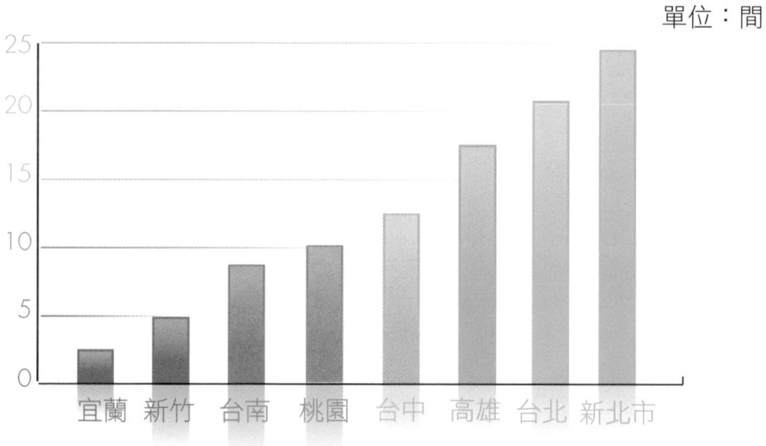

最後，為了進一步展現出資料的上升趨勢，為其增加了一個風格相近的箭頭元素，並且該元素的增加，也讓圖表在視覺上更加豐富且生動。

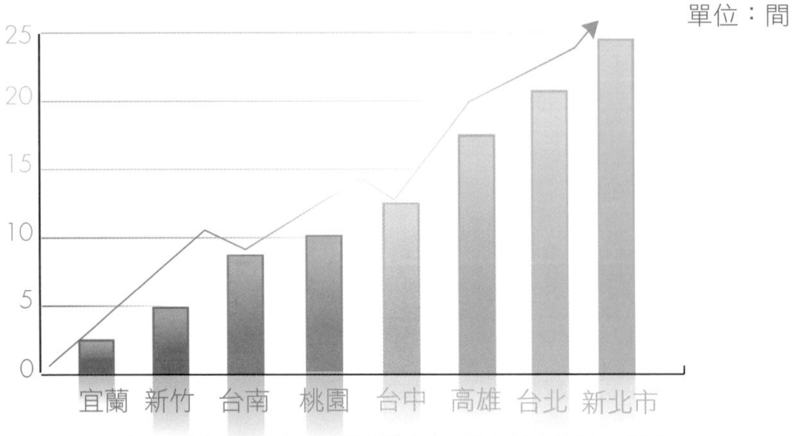

K 公司在全國多個城市中所開設的連鎖店比較情況分析

CHAPTER 4

資訊視覺化中的結構性圖解模式

本章節主要圍繞著資訊視覺化中的結構性圖解模式，該圖解模式除了適合於表現一些基本圖解模式無法呈現的資訊（例如，文字類資訊）以外，還可將基本圖解模式當作構成元素之一，再藉由結構性圖解模式呈現。除此之外，一些抽象的思維資訊，也可借助結構性圖解模式來展現。

4.1 並列型結構模式

什麼樣的資訊處理適合使用並列型結構模式？

當你想同時展現兩組及以上的資訊資料時，如果全組資訊資料處於同一層級關係，且無明顯的主次區分時，便可以採用該種結構模式。

並列型結構模式應如何打造呢？

一般來說，我們可以從獨立式和緊密式兩個角度，來塑造該種結構性圖解模式。

假設需要將兩組與健身運動有關的資訊資料，以並列型結構模式展現出來。

待圖解訊息 1

健身人員在日常練習舉重時，常常會犯以下三種錯誤：❶ 頻率過快；❷ 器材過輕或過重；❸ 練習時間過長。

分析後結果

分析後發現以上資訊屬於相對獨立的同層級資訊（觸及任一種錯誤，都會對健身人員的健康造成危害）。因此，決定採用獨立式並列型結構模式來表達該組資訊。

日常練習舉重的誤區

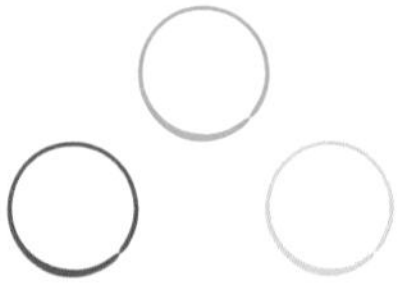

⋂ 獨立式並列型結構模式的特點：以均衡的分佈形式，帶來一種相互獨立，互不干擾的圖示效果。

🗁 假設需要將兩組與健身運動有關的資訊資料，以並列型結構模式展現出來。

待圖解訊息 2

優質健身房的必備條件：❶ 衛生良好；❷ 空氣品質高；❸ 運動空間充足。

分析後結果

分析後發現以上資訊屬於關係緊密的同層級資訊（對於一個優質的健身環境來說，以上三種優勢，缺一不可）。因此，我們最終決定選擇緊密式並列型結構模式來表達該組資訊。

緊密式並列型結構的建立，除了借助其他元素的銜接以外，還可透過緊密的排列獲得，如下左圖所示。

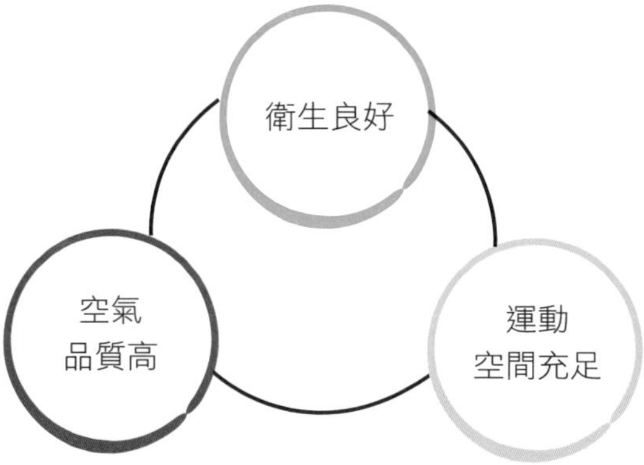

優質健身房的必備條件

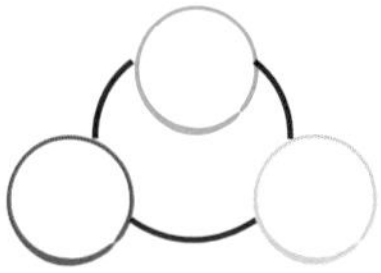

➊ 緊密式並列型結構模式的特點：在獨立式並列型結構模式的基礎上，透過合理的銜接設計，讓各組資訊在視覺上聯繫得更加緊密，缺一不可。

優質健身房的必備條件

➋ 緊密相連的圓圈，拉近了資訊間的視覺距離，這種視覺距離，將給觀者帶來緊密且不可分割的心理暗示。

📖 並列型結構模式，可以這樣編排（資訊點可根據實際情況進行刪減）。

獨立式並列型結構模式

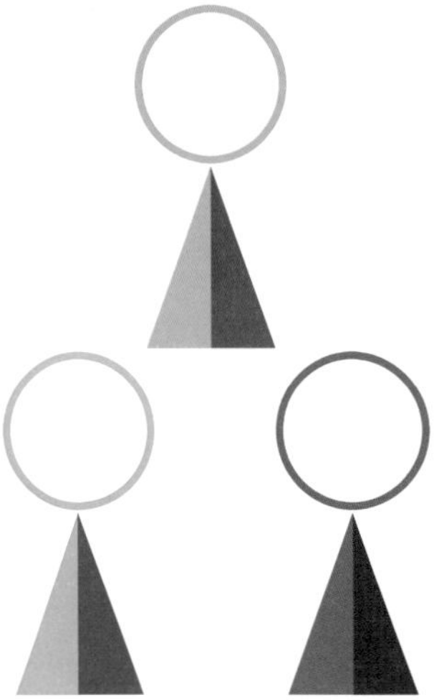

三個（組）訊息點——晴天娃娃

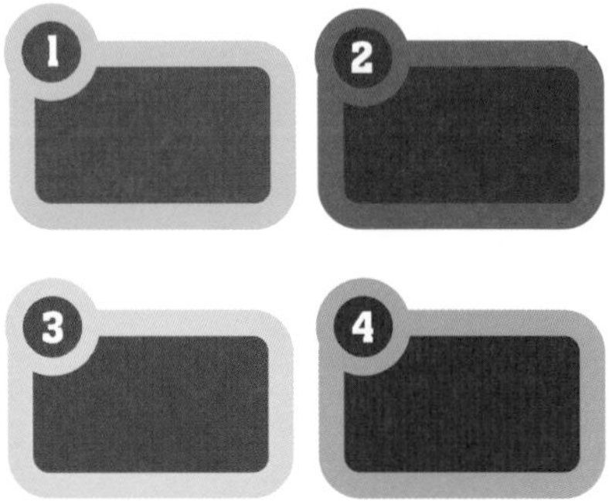

四個（組）訊息點——編號矩形

緊密式並列型結構模式

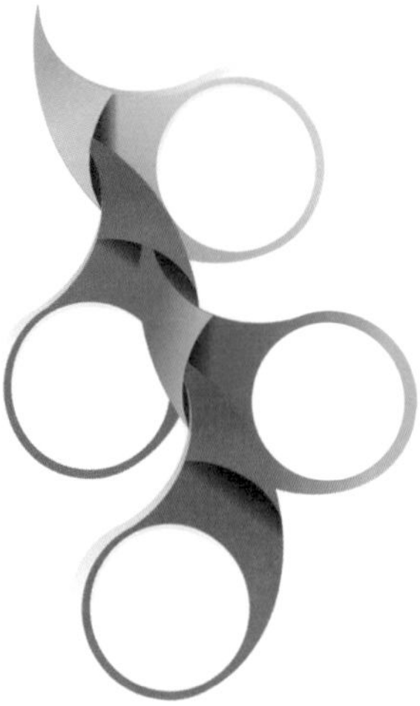

四個（組）訊息點——小小蝌蚪

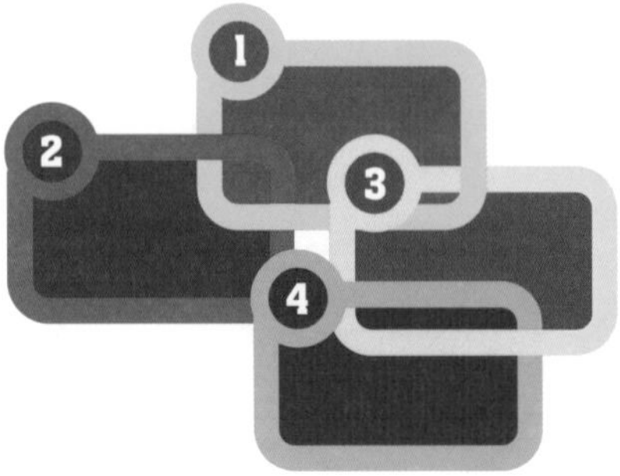

六個（組）資訊點——連接的編號矩形

4.2 環繞型結構模式

什麼樣的資訊處理適合使用環繞型結構模式？

當你想透過兩組或兩組以上處在同一層級的資訊資料，得出一個共同性答案時，便可借助環繞型結構模式，將這種思維展現出來。

環繞型結構模式應如何打造呢？

簡單來說，就是讓多個資訊資料圍繞著某個核心資訊資料進行排列，進一步形成一種包圍式結構。

假設需要透過環繞型結構模式，來表達與廣告相關的一組資訊（該組資訊資料符合環繞型結構模式的運用要求）

待圖解訊息

❶ 準確表達廣告資訊；❷ 樹立品牌形象；❸ 引導消費；❹ 滿足消費者審美需求。「廣告的存在意義」是該組資訊的共同性體現。

分析後結果

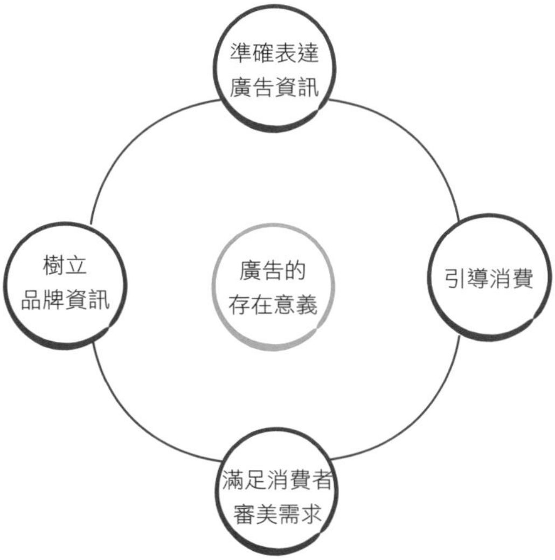

廣告的存在意義

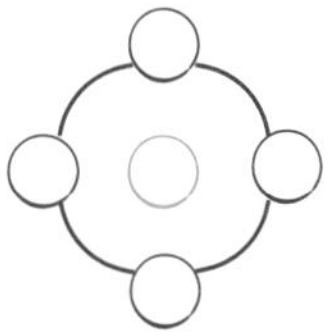

↑ 環繞型結構模式的特點：從多個角度，切入關鍵資訊，為觀者建立出一種總分形式的思考模式。

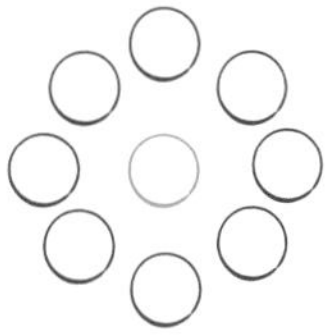

↑ 如果週邊環繞元素在排列上足夠緊密，那麼在資訊結構的設計上，我們可考慮去除連接元素。

📖 環繞型結構模式，可以這樣編排（資訊點可根據實際情況進行刪減）。

五個（組）資訊點——展開的箱子

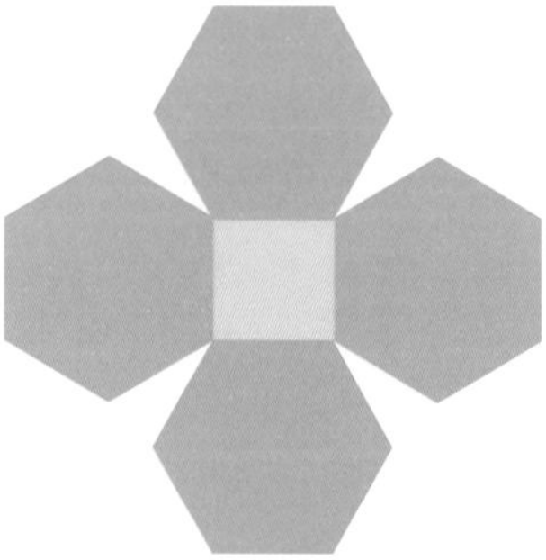

五個（組）資訊點——盛開的花瓣

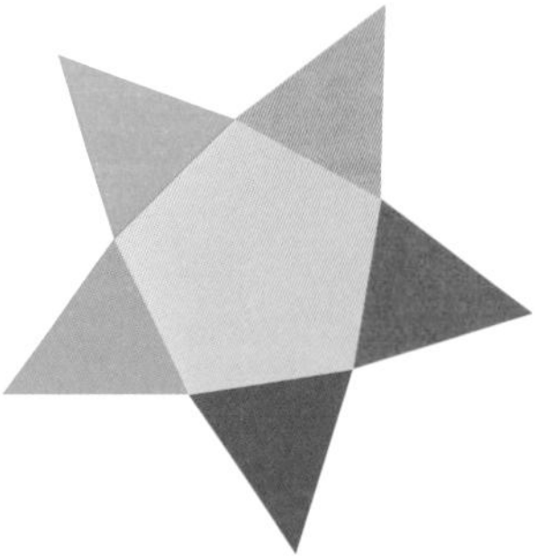

六個（組）訊息點——五角星

七個（組）訊息點——旋轉的花瓣

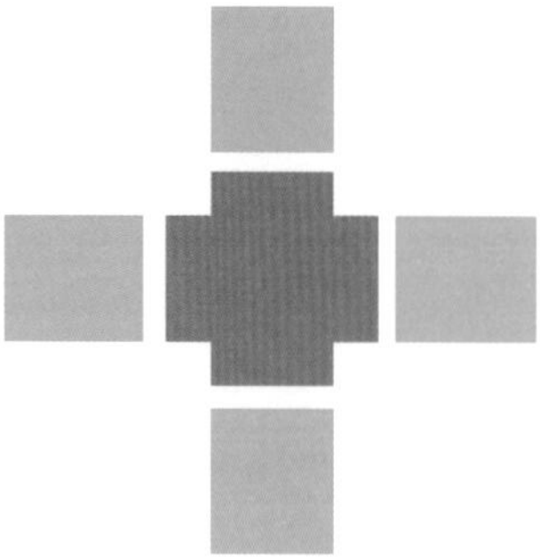

五個（組）訊息點——十字圍合

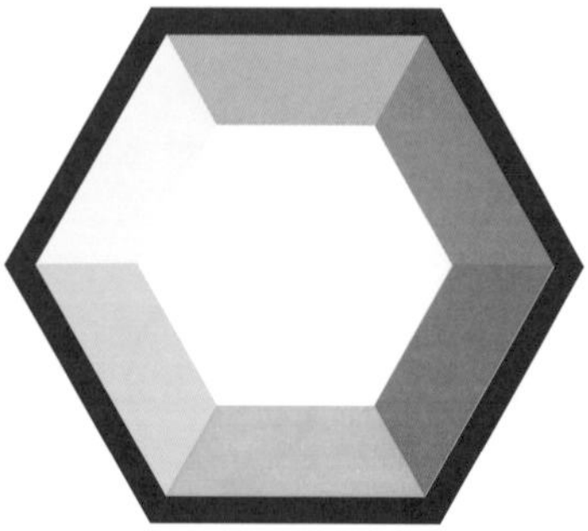

七個（組）訊息點——正六邊形

4.3 集中型結構模式

什麼樣的資訊處理適合使用集中型結構模式？

與環繞型結構模式相似，集中型結構也是透過多組資訊資料得出一個核心答案，其差異主要在，集中型結構可以是同層級資訊得出一個共同性答案，也可以是多層級資訊得出一個共同性答案，並且對共同性答案具備一定的強調作用。

集中型結構模式應如何打造？

簡單來說，就是借助指示性元素，讓多組資訊同時或逐步指向某個總結性資訊資料，進一步讓整個資訊結構模式呈現出一種收縮式狀態。

假設，需要說明一組關於旅行目的調查資料，並著重突出它們的共同性。

待圖解訊息

據調查，人們日常旅行的主要目的存在著以下幾種情況——❶ 消遣性旅遊；❷ 商務和會議旅遊；❸ 宗教旅遊；❹ 體育旅遊；❺ 互助旅遊。

分析後結果

分析後發現以上資訊屬於相對獨立的同層級資訊（觸及任一種錯誤，都會對健身人員的健康造成危害）。因此，決定採用獨立式並列型結構模式來表達該組資訊。

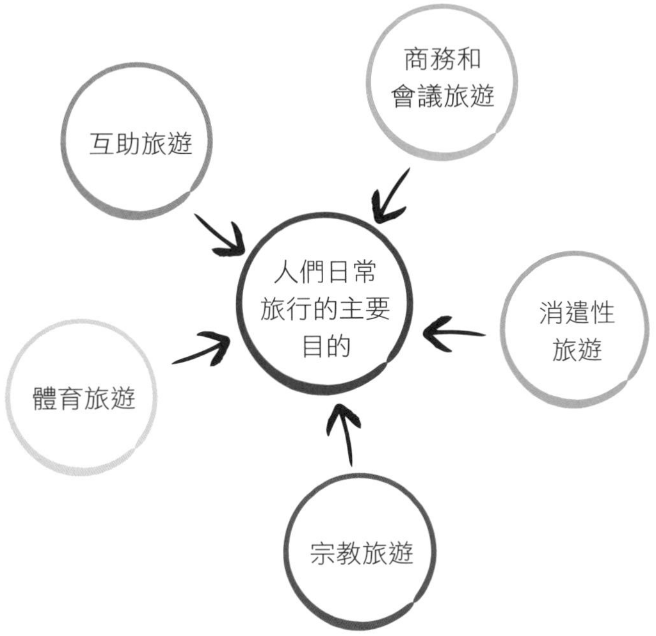

人們日常旅行的目的調查

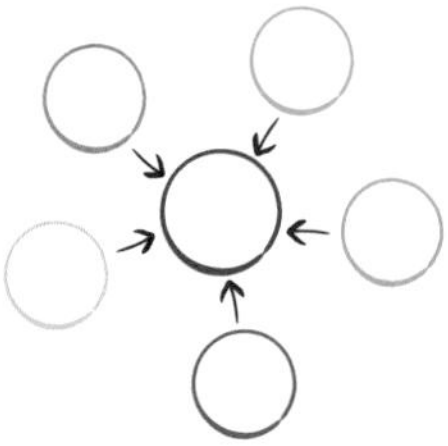

集中型結構模式的特點：可將大量具有關聯的資訊整合在一起，不僅如此，指示性元素的運用，還能有效牽引人們的視線向形式圖表中的關鍵資訊移動。

前面我們所列舉的集中型資訊模式，屬於單層級資訊結構，下圖所示為雙層級（多層級）集中型資訊結構。

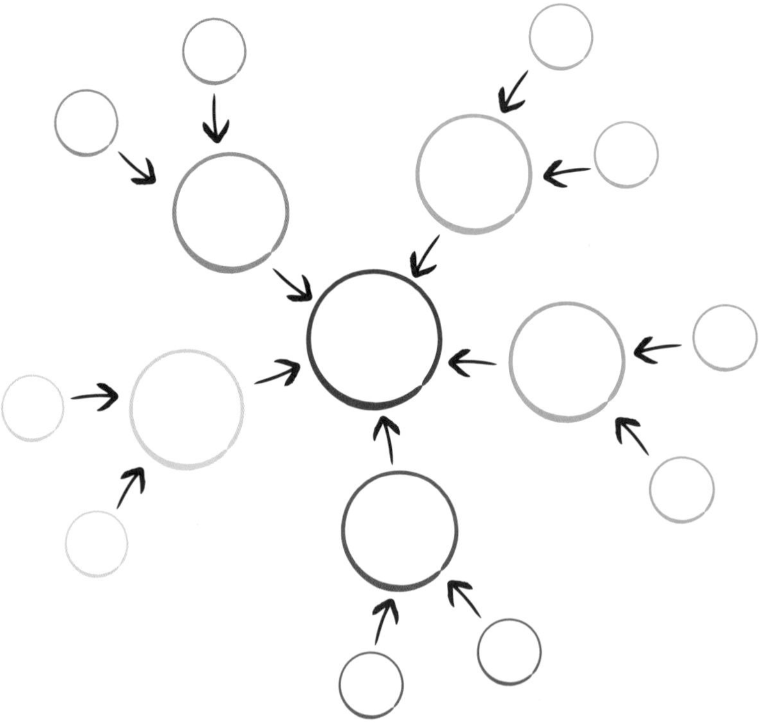

注：除了前面所列舉的向心式結構以外，還有一種較為典型的集中型枝狀結構，我們會在 4.4 節中提及。

🕮 集中型結構模式，可以這樣編排（資訊點可根據實際情況進行刪減）

三個（組）訊息點——矩形合流

四個（組）訊息點——折疊的箭頭

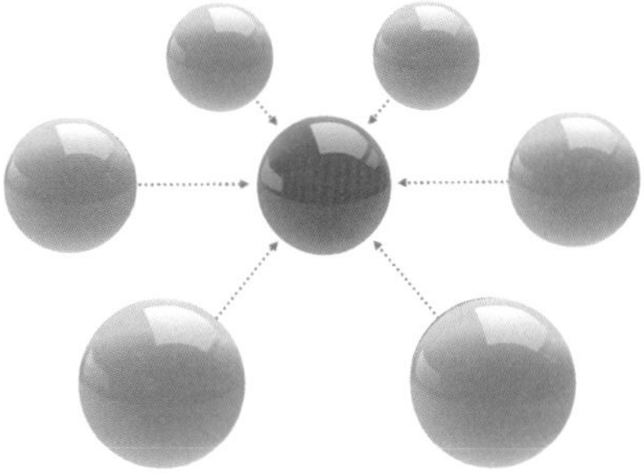

六個（組）資訊點——集中的水晶球

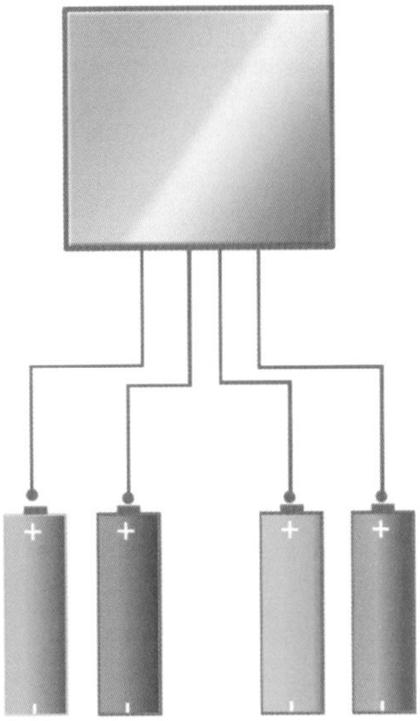

四個（組）資訊點——連接的線路

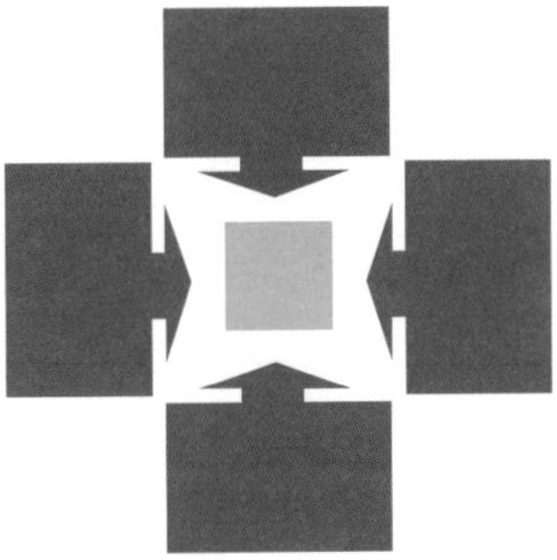

五個（組）訊息點——箭頭矩形

4.4 擴散型結構模式

什麼樣的資訊處理適合使用擴散型結構模式？

擴散型結構模式適合用於表現由一個中心資訊點，擴散到多個資訊點的圖解模式當中，與集中型結構相似，該種結構模式也可用於處理一個核心資訊與多層級資訊間的總分關係。

擴散型結構模式應如何打造呢？

擴散型結構與集中型結構截然相反，簡單來説，就是借助指示性元素，由一個資訊結構，引發出多個資訊結構，最終讓整個資訊結構模式呈現出一種發散式狀態。

同樣是一組與旅行相關的資訊資料，假設需要透過擴散型結構模式來展現。

待圖解訊息

旅行的分類——❶ 按地理範圍分類：國際旅遊、國內旅遊；❷ 按人數分類：散客旅遊、團隊旅遊；❸ 按目的分類：消遣性旅遊、商務和會議旅遊、宗教旅遊、體育旅遊、互助旅遊。

分析後結果

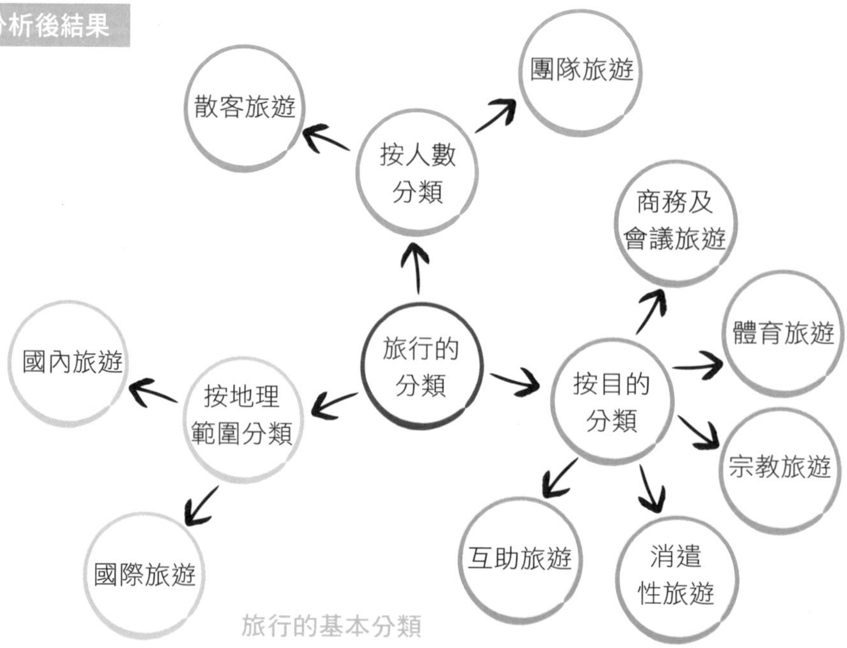

旅行的基本分類

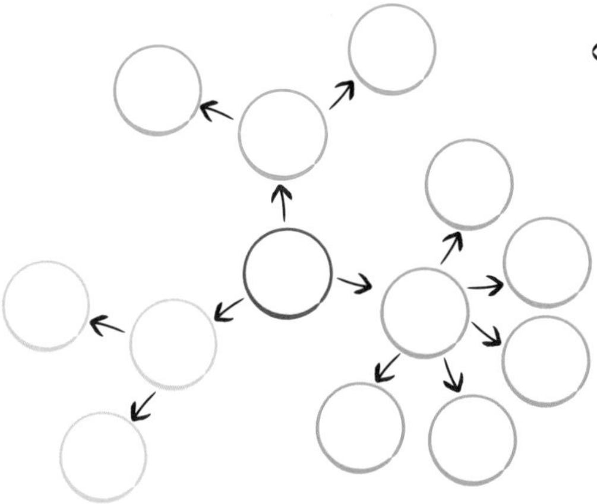

擴散型結構模式的特點：發散式的資訊結構，可讓觀者以一種開放且清晰的思考模式來閱覽整個資訊圖表，並且在一些特殊情況下，觀者可能還會聯想出更多沒有列舉的資訊。

擴散型結構模式除了常見的放射狀以外，還可以是如下圖所示的枝狀結構。

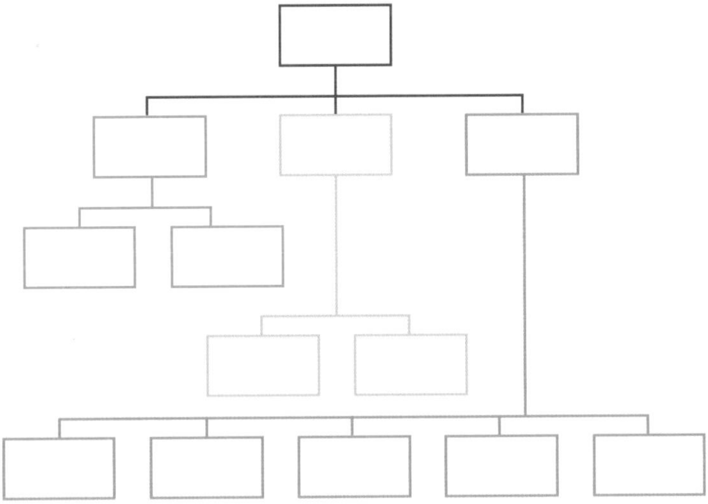

擴散型枝狀結構

由於人們習慣於從上至下閱讀，因此，即使不增加指示性符號，我們仍然習慣性地認為以上所列舉的枝狀結構是擴散型的。同樣是出於人們從上至下閱讀慣性的考慮，如果我們將上面所列舉的枝狀結構上下顛倒，那麼該種結構便會瞬間轉換為集中型結構的一種，但如果我們能在此基礎上，加入朝向上方的指示性元素，那麼同樣可呈現出一種擴散型的視覺結構。

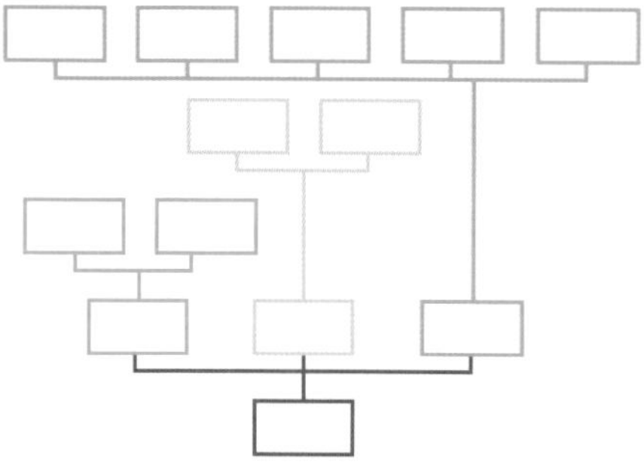

集中型枝狀結構

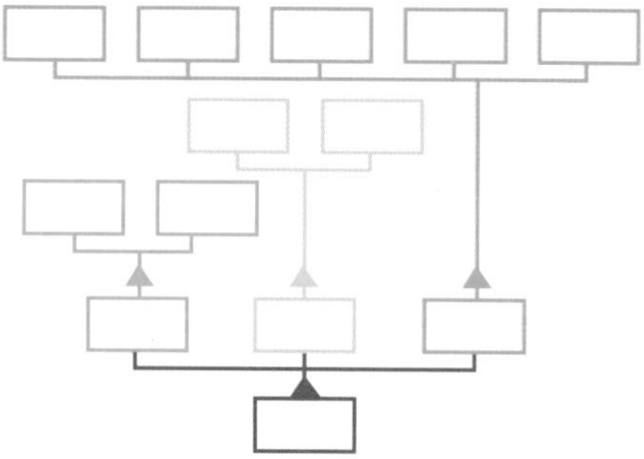

擴散型枝狀結構

同理，當枝狀結構從左至右或從右至左進行擴散時，我們也可結合現代人從左至右的閱讀習慣進行設計。

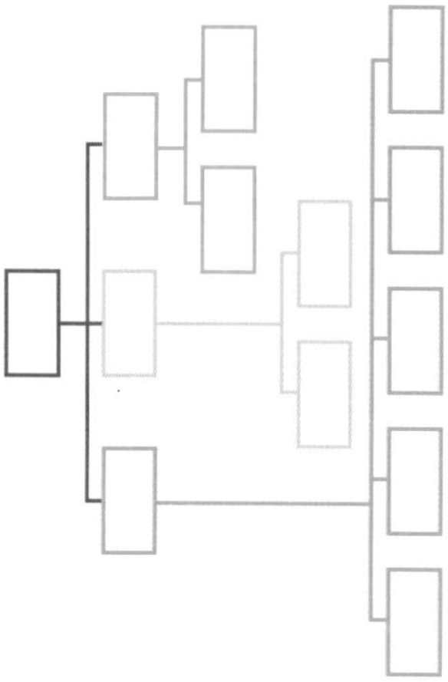

擴散型枝狀結構

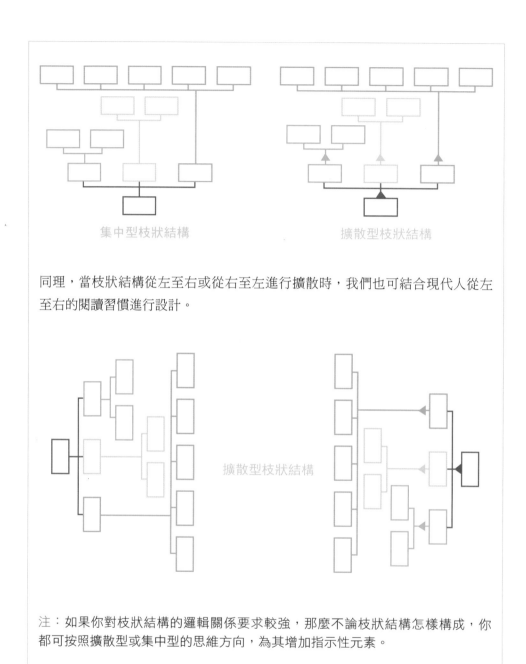

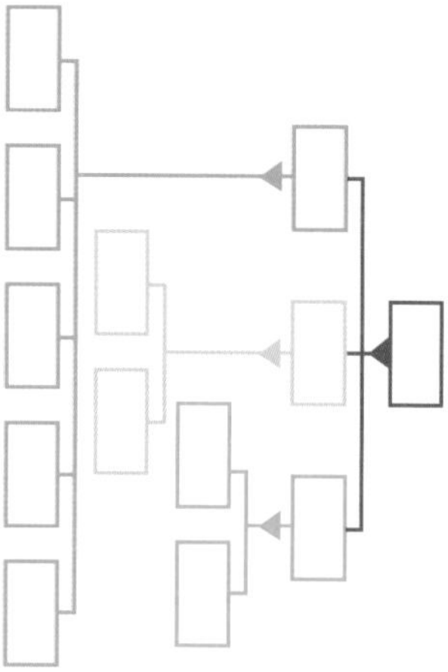

注：如果你對枝狀結構的邏輯關係要求較強，那麼不論枝狀結構怎樣構成，你都可按照擴散型或集中型的思維方向，為其增加指示性元素。

📖 擴散型結構模式，可以這樣編排（資訊點可根據實際情況進行刪減）

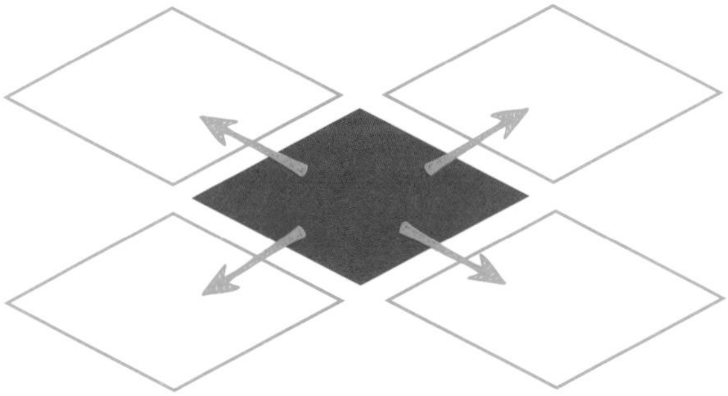

五個（組）訊息點——五個菱形

六個（組）訊息點——眾志成城

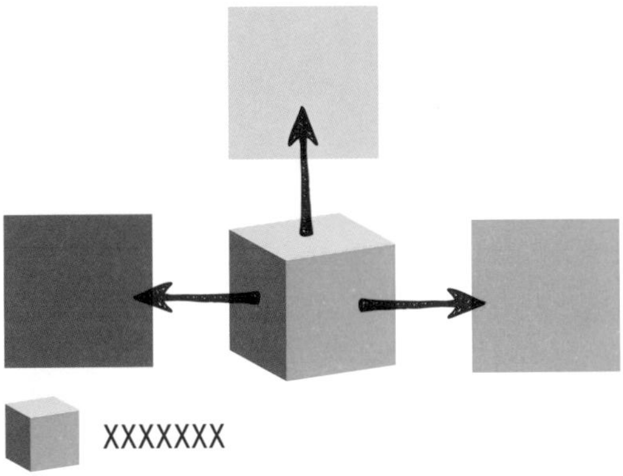

四個（組）訊息點——立方體的三個面

4.5 展開型結構模式

什麼樣的資訊處理適合使用展開型結構模式？

當你所要展示的資訊資料，呈現出一種遞進、演進關係，就可以考慮採用展開型結構模式來表現它們。這裡所提及的漸進、演進類資料，可以是時間上的演進，也可以一種邏輯上的漸進演變關係。

展開型結構模式應如何打造呢？

簡單來説，就是借助指示性元素，從一個資訊資料演進到另一個資訊資料，且這種演進過程可一直持續下去，直到資訊資料展示完畢。

假設需要透過展開型結構模式，來說明平面設計的一般設計流程。

待圖解訊息

在平面設計中，我們通常需要逐一經歷以下設計流程：❶ 提出方案；❷ 明確設計重點；❸ 確定設計方案；❹ 製作並完成作品設計。

分析後結果

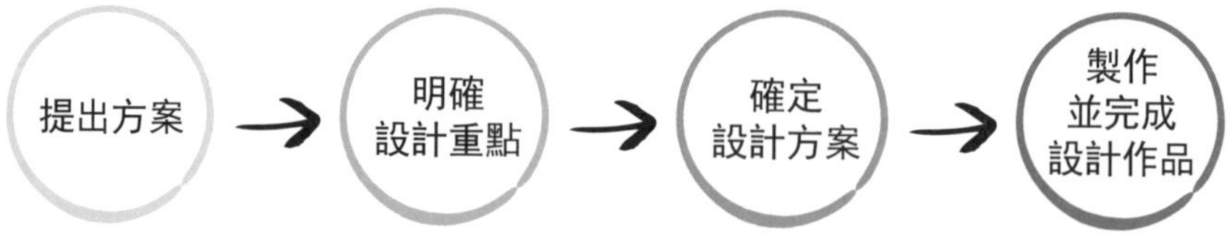

平面設計的一般設計流程

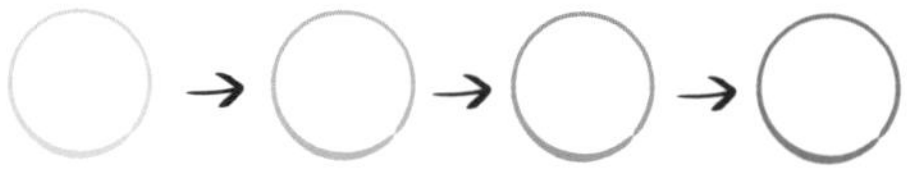

展開型結構模式的特點：可幫助讀者明晰某一資料的逐步變化關係，在閱覽過程中，獲取一個明晰的思路。

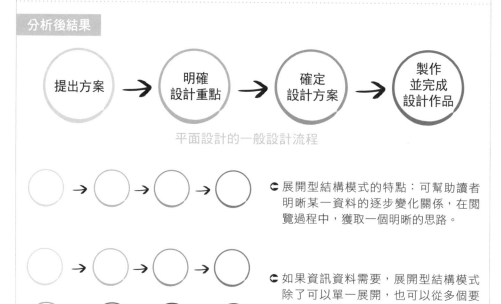

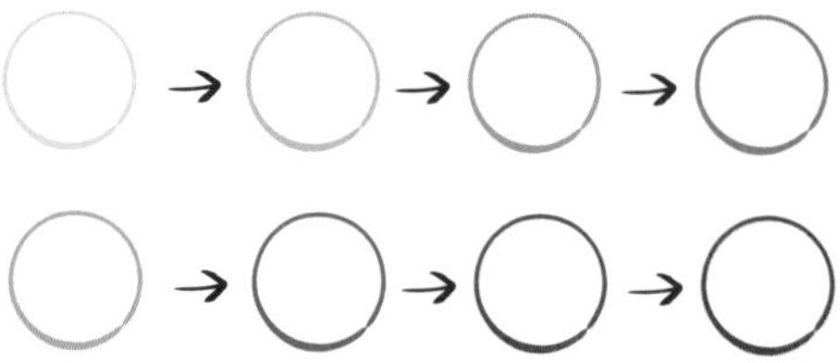

如果資訊資料需要，展開型結構模式除了可以單一展開，也可以從多個要點同時展開。

📖 擴散型結構模式，可以這樣編排（資訊點可根據實際情況進行刪減）

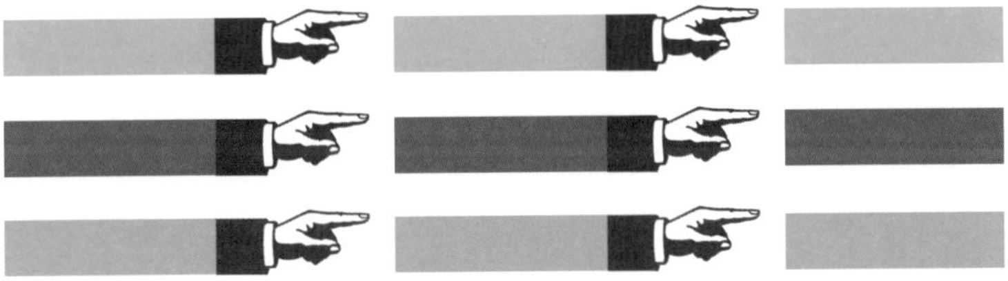

九個（組）資訊點—連續的手勢

三個（組）資訊點—穩定遞進的標籤

四個（組）訊息點—起伏遞進的標籤

四個（組）訊息點—移動的對話方塊

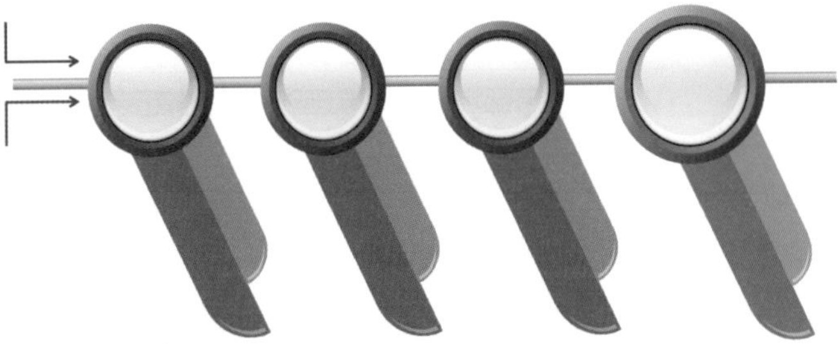

四個（組）訊息點—移動的標籤

4.6 上升型結構模式

什麼樣的資訊處理適合使用上升型結構模式？

在我看來，上升型結構模式其實是從展開型結構模式上演變而來的，它不僅適合用於展現漸進、演進的資訊資料關係，還可用於表現資訊資料在水準、等級、程度等方面的上升過程。

上升型結構模式應如何打造呢？

在塑造演進式的資訊資料結構時，使整個結構的動向逐步向上移動，便可構成最基本的上升型結構模式。

🗁 假設需要利用上升型結構模式，來表達 X、Y、Z 三家公司 5 年間對員工福利投入的資金占全年收入的比例變化。

待圖解訊息 1

下表為 X 公司從 2010 ～ 2014 年間對員工福利投入的資金占全年總收入的比例資料。

年份／比例	2010 年	2011 年	2012 年	2013 年	2014 年
員工福利在公司全年總收入中的佔有比例	≈5%	≈10%	≈14%	≈18%	≈23%

分析後結果

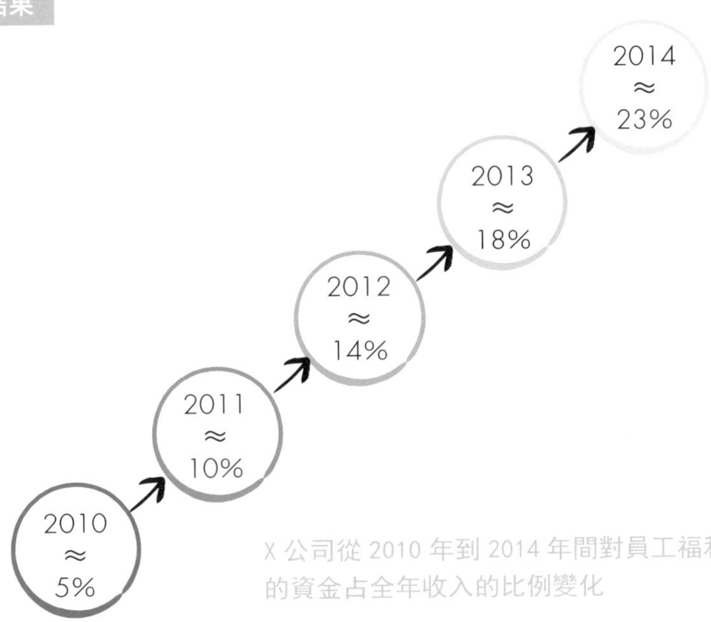

X 公司從 2010 年到 2014 年間對員工福利投入的資金占全年收入的比例變化

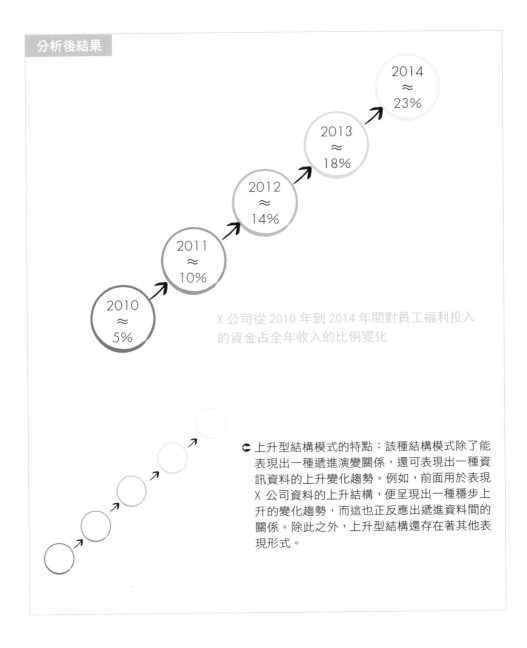

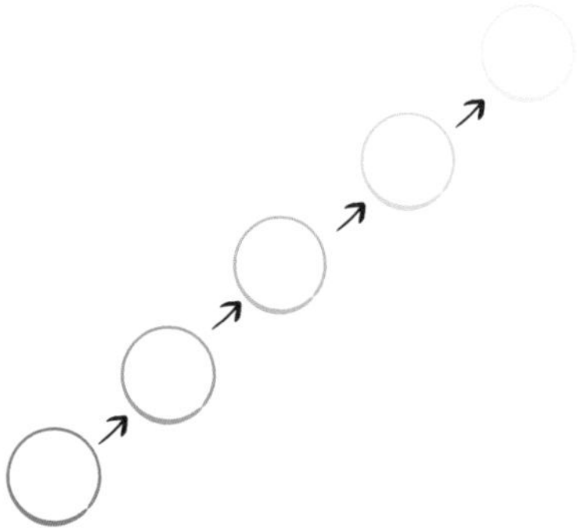

上升型結構模式的特點：該種結構模式除了能表現出一種遞進演變關係，還可表現出一種資訊資料的上升變化趨勢。例如，前面用於表現 X 公司資料的上升結構，便呈現出一種穩步上升的變化趨勢，而這也正反應出遞進資料間的關係。除此之外，上升型結構還存在著其他表現形式。

待圖解訊息 2

下表為 Y 公司從 2010 年到 2014 年間對員工福利投入的資金占全年總收入的比例資料。

比例＼年份	2010 年	2011 年	2012 年	2013 年	2014 年
員工福利在公司全年總收入中的佔有比例	≈5%	≈10%	≈14%	≈14%	≈19%

分析後結果

根據上面提供的資訊資料，我們可以看出，在整體呈上升趨勢的情況下，該公司 2012 年與 2013 年間的員工福利在公司全年總收入中的佔有比例是持平的，因此，在採用上升型圖解模式時，我們需將這一種階段性持平的上升變化趨勢展現出來。

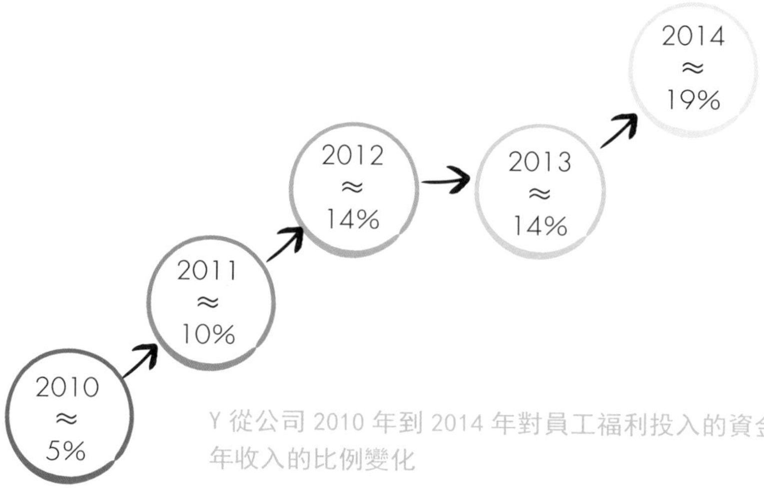

Y 從公司 2010 年到 2014 年對員工福利投入的資金占全年收入的比例變化

待圖解訊息 3

下表為 Z 公司從 2010 年到 2014 年間對員工福利投入的資金占全年總收入的比例資料。

年份 / 比例	2010 年	2011 年	2012 年	2013 年	2014 年
員工福利在公司全年總收入中的佔有比例	≈5%	≈10%	≈14%	≈18%	≈29%

分析後結果

根據上面提供的資訊資料，我們可以看出，在整體呈上升趨勢的情況下，相較於前幾年均衡的增長速度，2014 年的佔有比例呈大幅度上升趨勢，因此，在採用上升型圖解模式時，我們需將這樣一種階段性猛增的上升變化趨勢（某些情況下，也可能是階段性緩增）展現出來。

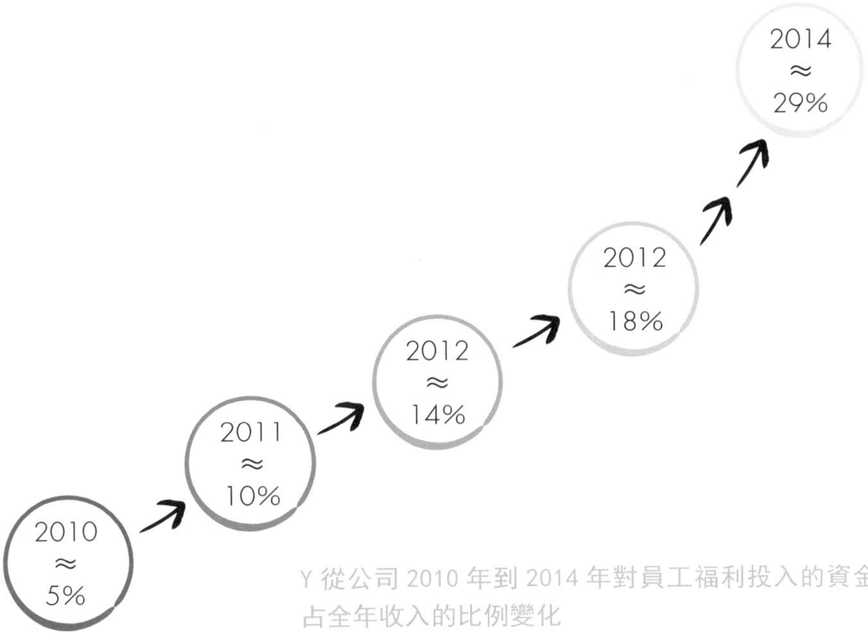

Y 從公司 2010 年到 2014 年對員工福利投入的資金占全年收入的比例變化

📖 上升型結構模式，可以這樣編排（資訊點可根據實際情況進行刪減）

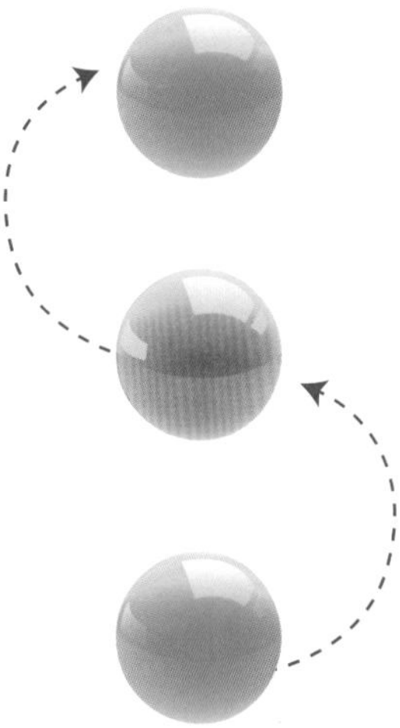

三個（組）資訊點——
上升的弧形箭頭

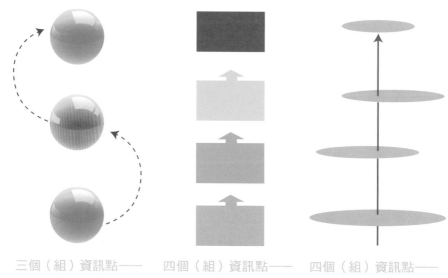

四個（組）資訊點——
垂直上升的矩形箭頭

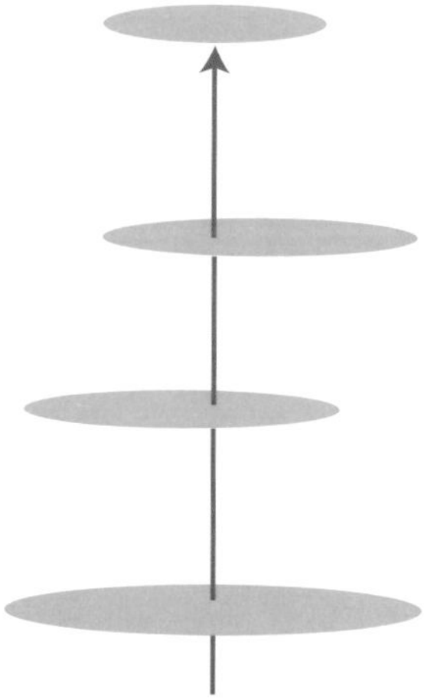

四個（組）資訊點——
被上升箭頭穿透的橢圓

六個（組）訊息點——箭頭上的水晶球

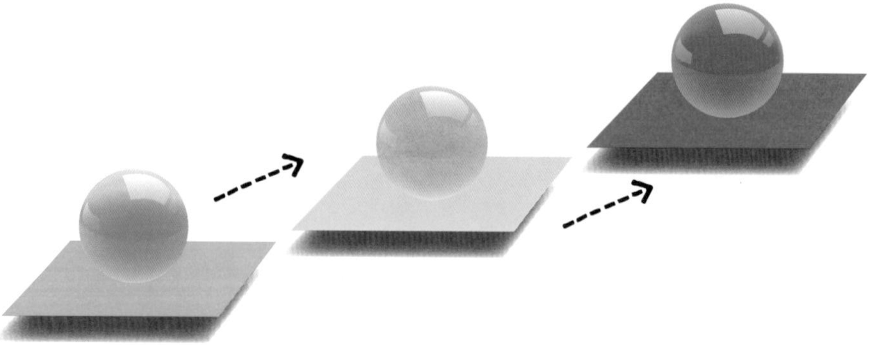

三個（組）訊息點——平面上的水晶球

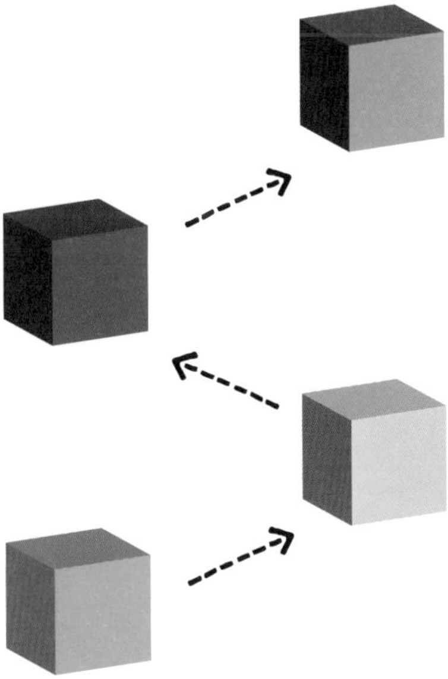

四個（組）訊息點——折線上升的立方體

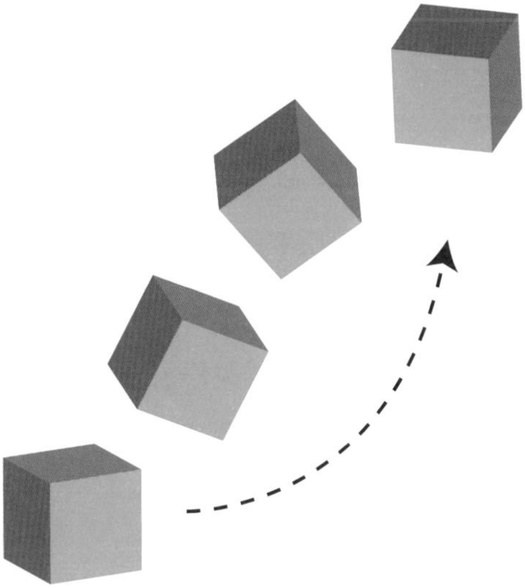

四個（組）訊息點——旋轉上升的立方體

4.7 階層型結構模式

什麼樣的資訊處理適合使用階層型結構模式？

當你所要表現的資料資訊有著上下順位概念（既明確的層級區分），便可採用階層型結構模式來表達它們。

階層型結構模式應如何打造呢？

按照從下至上的順序，一層一層地向上堆疊，且在整個資訊構架中，階層（地位）越高的資料資訊，在整個結構模式中的高度越高，其中最具代表性的，當屬金字塔結構。

🗀 假設需要透過階層型結構模式對某草原上的所有生物成員作出統一，並著重表現出每一營養階層間的關係。

待圖解訊息

調查某草原上的生物成員，並得出如下統計：

第一營養階層——野草（≈500 萬株）；第二營養階層——食草動物、昆蟲（≈70 萬隻）；第三營養階層——肉食動物、吃昆蟲的鳥類（≈35 萬隻）；第四營養階層——肉食動物、吃小鳥的鷹類（≈15 萬隻）。

分析後結果

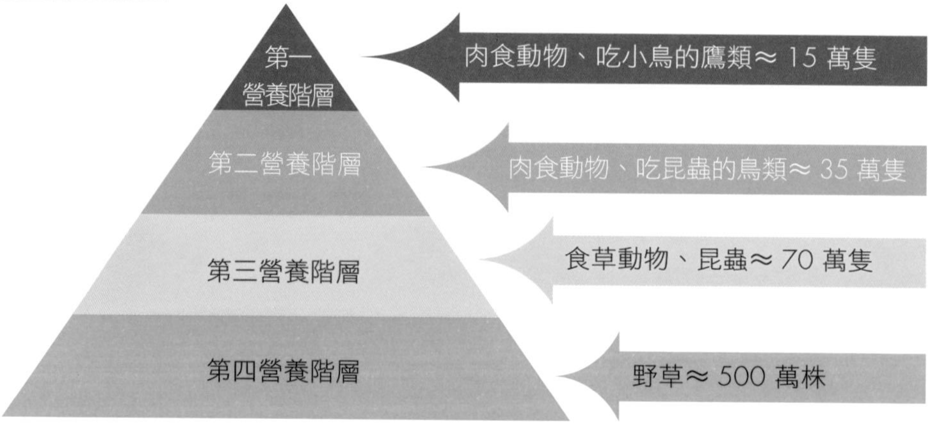

某草原上的生物成員數量統計

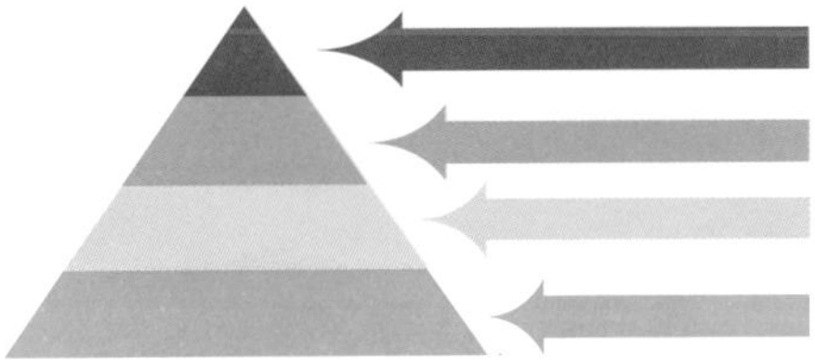

階層型結構模式的特點：可展現出資訊資料間明確的層級關係與下層支撐上層的關係，除此之外，在某些情況下，還能表現出資訊資料在量上的大小變化。

🕮 階層型結構模式，可以這樣編排（資訊點可根據實際情況進行刪減）……

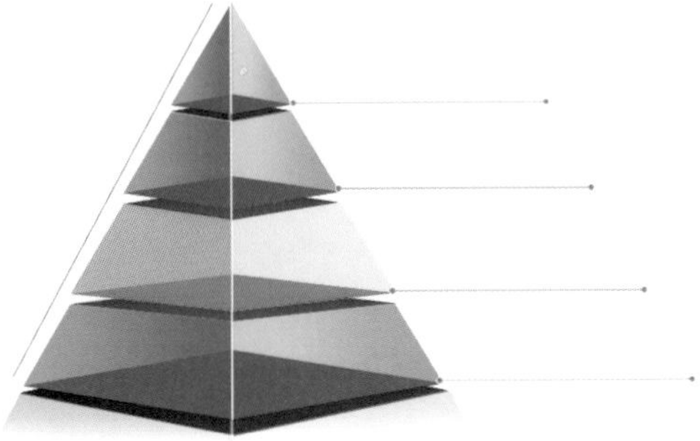

四個（組）訊息點——堆疊的菱形

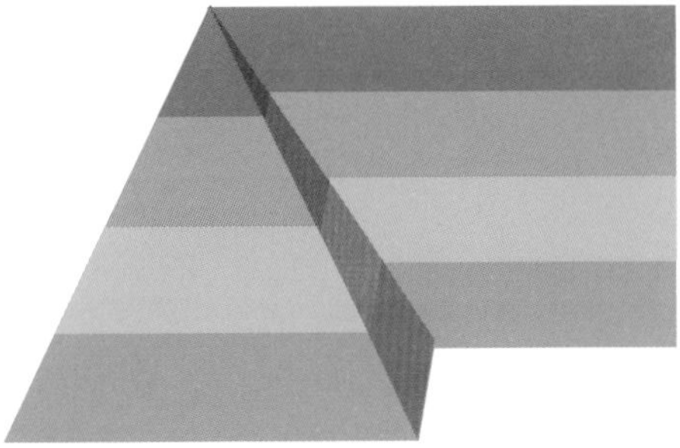

三個（組）資訊點——由平面到立體的金字塔

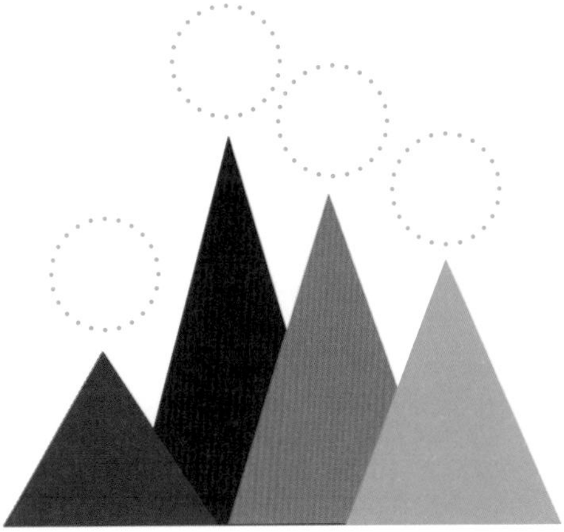

四個（組）訊息點——起伏的山脈

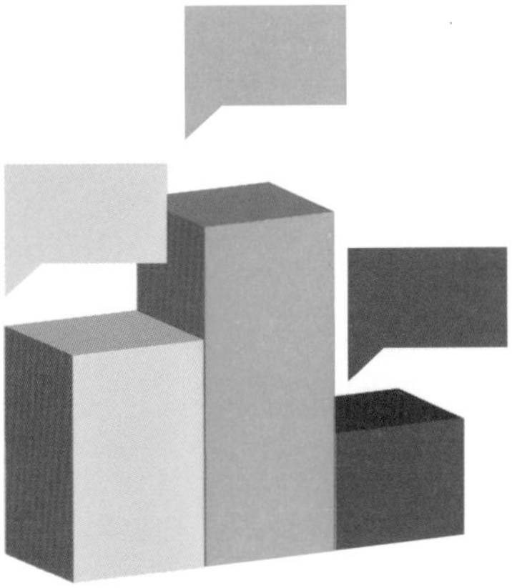

三個（組）訊息點——領獎臺

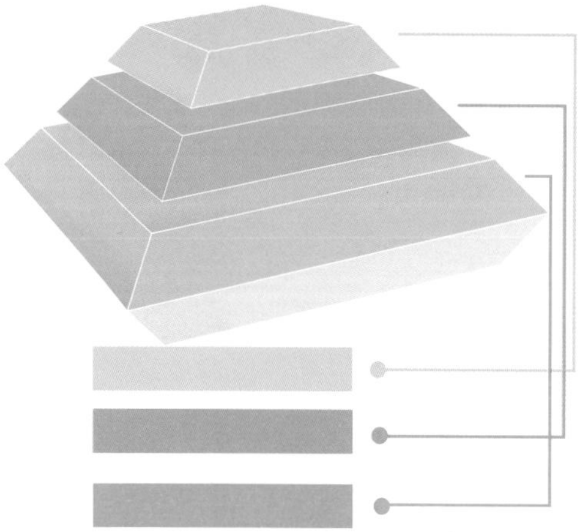

三個（組）訊息點——梯形塔

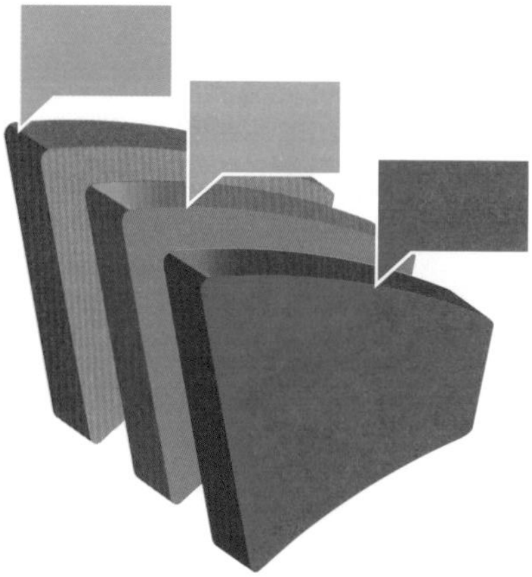

三個（組）訊息點——三面牆

4.8 對比型結構模式

什麼樣的資訊處理適合使用對比型結構模式？

當資訊資料間存在著明顯的差異性，便可透過對比型結構模式，對資訊資料間進行對比説明。原則上，對比型結構適合用在兩個（組）資訊的比較當中，如果要用於多組資訊的對比，最好控制在四組以內。

對比型結構模式應如何打造呢？

首先，在版面中建立兩組（最多不超過四組）基本的資訊框架結構，而後借助其他元素的編排，使每組框架結構間形成一種明顯的對立關係。

🗁 假設需要透過對比型結構模式來表達出現今消費者對奢侈品消費的兩極化態度，（該組資訊資料符合對比型結構模式的運用要求）。

待圖解訊息

經調查，現今消費者對奢侈品消費呈現出以下兩種對立的態度：❶ 物有所值，品牌價值高，能提升自身的生活品質；❷ 性價比極低，非必需品，實屬浪費。

分析後結果

消費者對奢侈品購買態度的兩極化體現

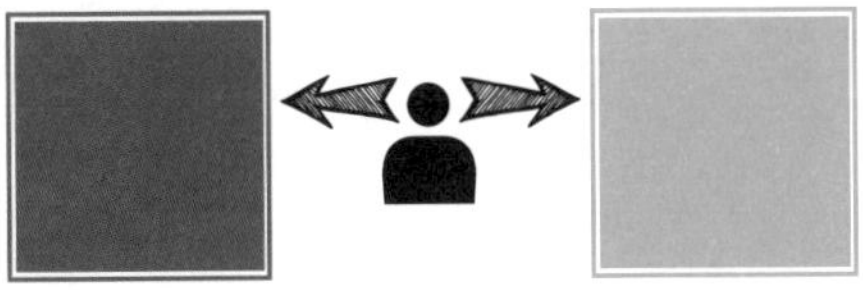

➲ 對比型結構模式的特點：可有效且快速地表現出各組資訊資料間的差異性，適於在比較、競爭、對照、對立等關係的表現上。

📖 階層型結構模式，可以這樣編排（資訊點可根據實際情況進行刪減）……

兩個（組）資訊點——傾斜的蹺蹺板

兩個（組）訊息點——拔河小人

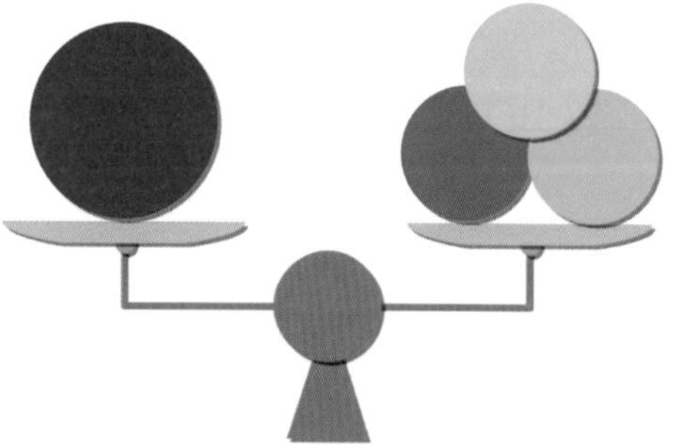
四個（組）資訊點——平衡的天平

兩個（組）訊息點——對立的環圈

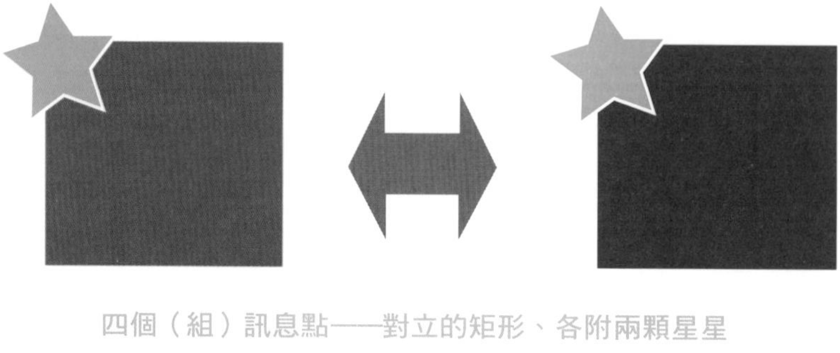
四個（組）訊息點——對立的矩形、各附兩顆星星

天助自助者
模式

時到時擔當

4.9 「關聯型」結構模式

什麼樣的資訊處理適合使用關聯型結構模式？

當各組資訊資料間存在著密切關聯，且需要將這種關聯性表現出來時，便可採用關聯型結構模式。

關聯型結構模式應如何打造呢？

建立關聯型結構模式的關鍵之處在於，設計者需要透過某些巧妙的設計手段，讓各組資訊結構「交流」、「溝通」。

假設需要透過關聯型結構模式來表達出網路商店、消費者及快速間的關係。

待圖解訊息

首先，在整個關係鏈條中，網路商店需要向消費者提供商品資訊與貨源，消費者需要向網路商店提交訂單、付清貨款；其次，網路商店需要向快遞提交送貨訂單，並付清快遞費用，快遞需要根據網路商店提供的位址，將貨物發出（特殊情況下，還需上門取件）；最後，快遞需要將貨物送達到消費者的手中，或聯繫消費者上門取件，消費者需要在快遞員手中接受貨物，並對快遞的服務品質作出評價。

分析後結果

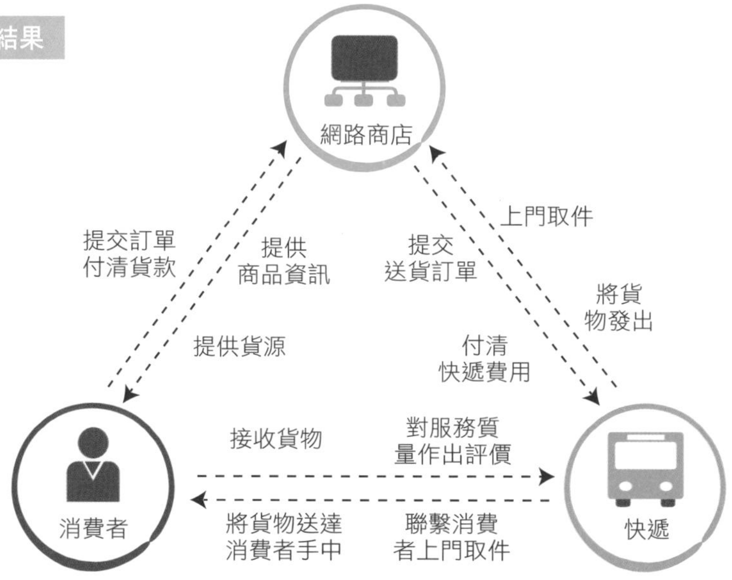

網路商店、消費者及快遞間的關係

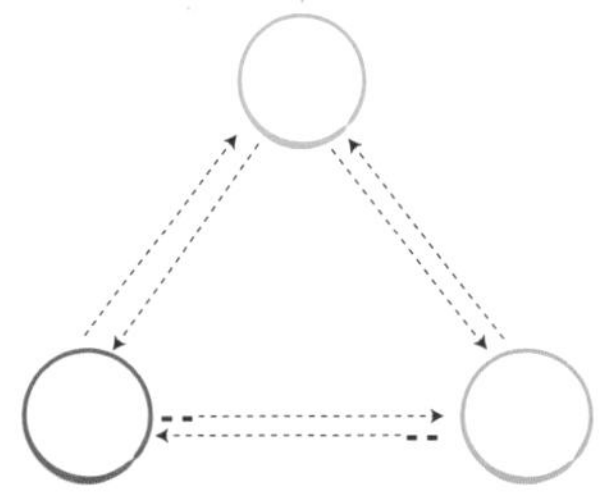

◆ 關聯型結構模式的特點：該種模式能讓各組資訊資料間的互動性得到大幅度提升，進一步使具備潛在聯繫的資訊資料，在視覺上聯繫起來，最終形成一種缺一不可的態勢。

📖 關聯型結構模式，可以這樣編排（資訊點可根據實際情況進行刪減）

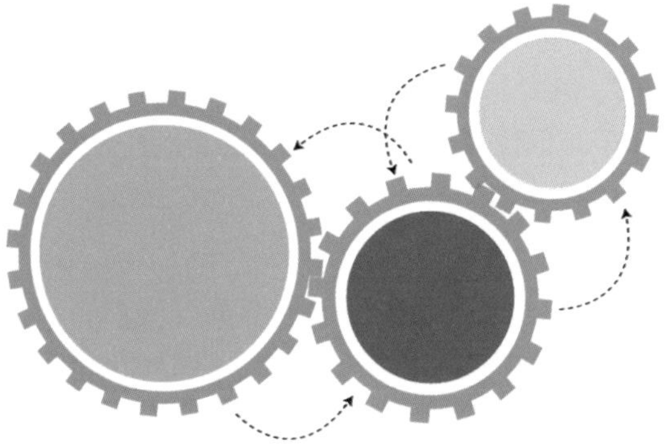

三個（組）訊息點——聯動的齒輪

五個（組）訊息點——燈泡內的網路

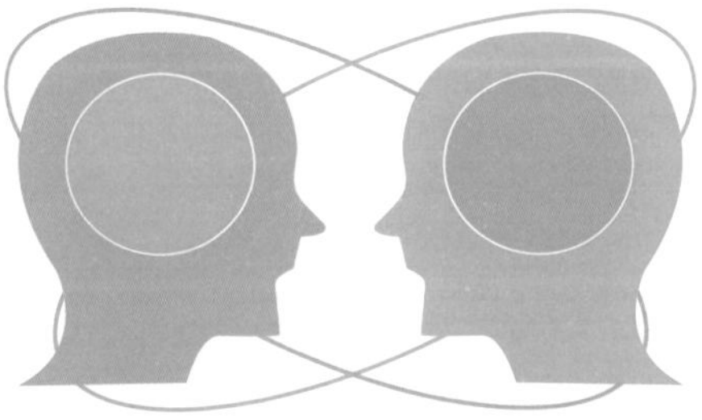

兩個（組）訊息點——親密的交談

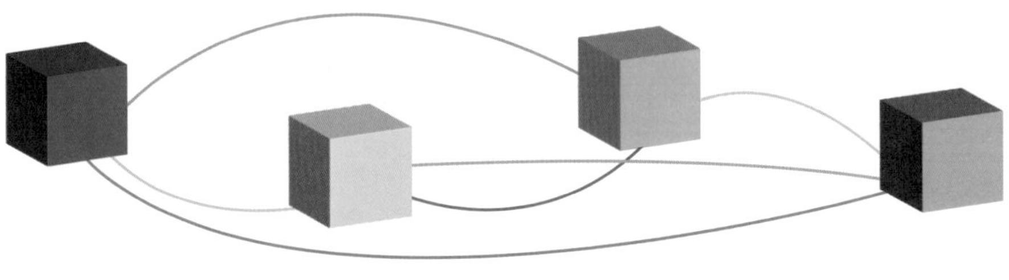

四個（組）訊息點——串聯的正方體

4.10 循環型結構模式

什麼樣的資訊處理適合使用循環型結構模式？

假設，你所要編排的資訊資料可按照一定的規律進行周而復始的變化，在這種情況下，你便可以考慮採用循環型結構模式來編排它們。

循環型結構模式應如何打造呢？

按照一定的順序將各組資訊資料串聯起來，同時讓資訊資料的首尾相連，便可塑造出一種接連不斷的循環型結構。

🗀 假設需要透過循環型結構模式來表現出企業對客戶意見的改善規劃。

待圖解訊息

某企業對客戶意見的改善規劃制訂出了如下方案：❶ 與客戶進行溝通，將客戶提出的意見和建議，記錄下來；❷ 企業內部展開討論與研究；❸ 制訂改善方案；❹ 改善方案的實施；❺ 與客戶進行溝通。周而復始，自始自終滿足客戶需求。

分析後結果

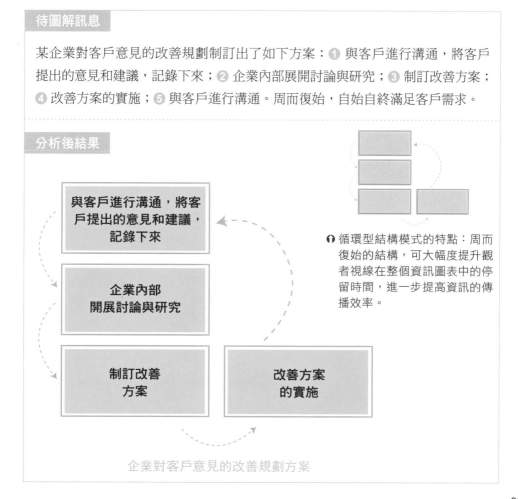

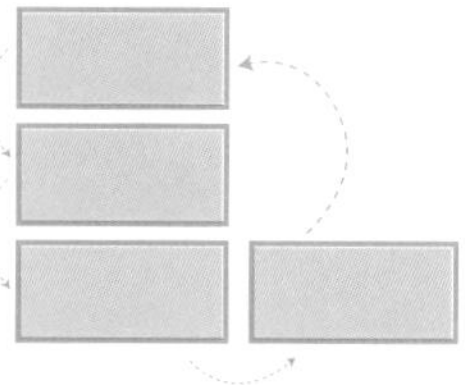

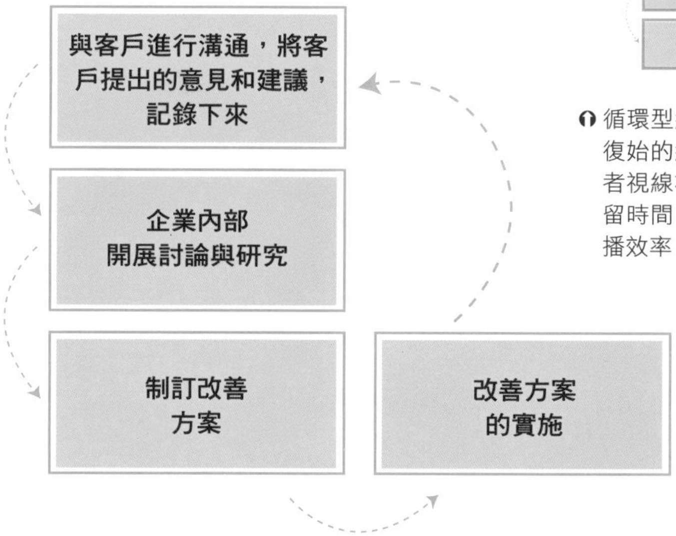
與客戶進行溝通，將客戶提出的意見和建議，記錄下來
企業內部開展討論與研究
制訂改善方案
改善方案的實施

❶ 循環型結構模式的特點：周而復始的結構，可大幅度提升觀者視線在整個資訊圖表中的停留時間，進一步提高資訊的傳播效率。

企業對客戶意見的改善規劃方案

📖 循環型結構模式，可以這樣編排（資訊點可根據實際情況進行刪減）

三個（組）訊息點——循環的疊加箭頭

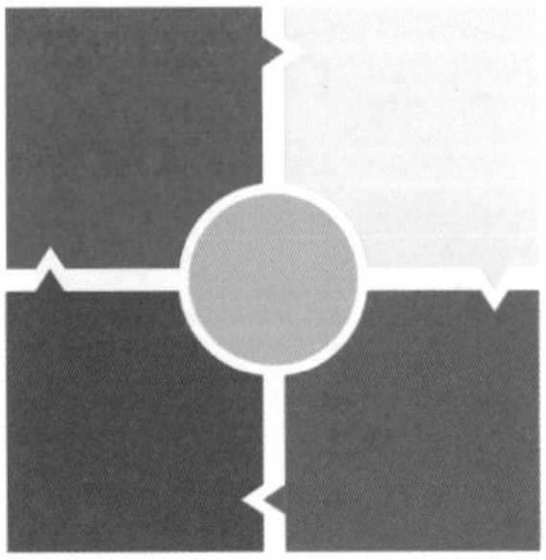

五個（組）訊息點——繞圓循環的矩形

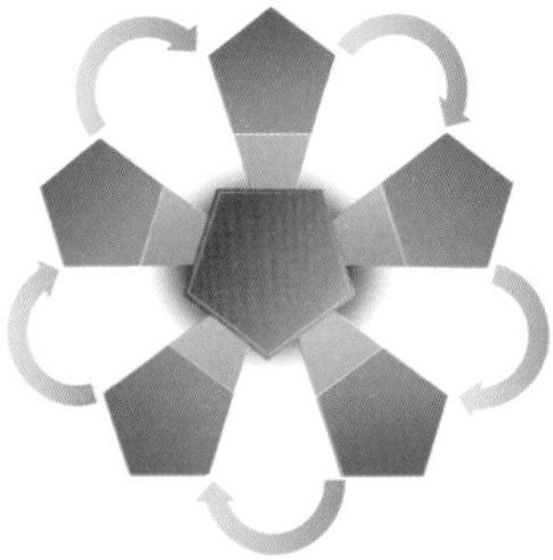

六個（組）訊息點——循環的花瓣

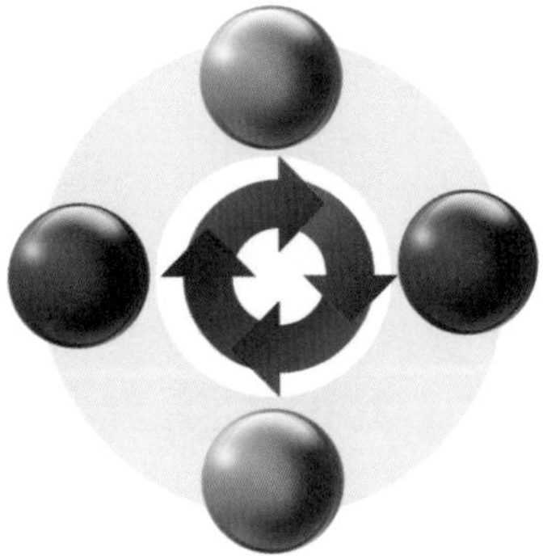

四個（組）訊息點——循環球體

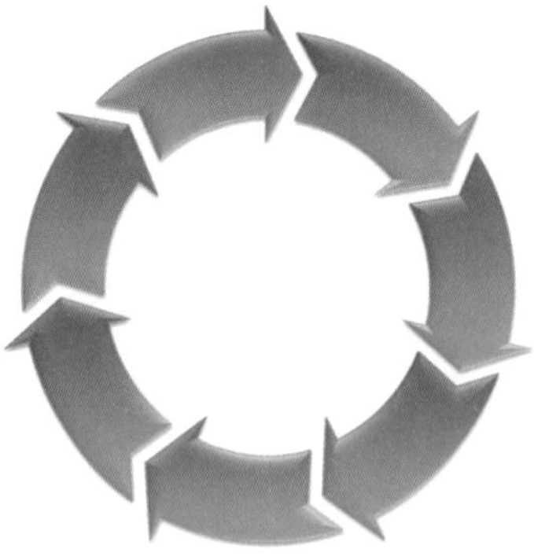

七個（組）訊息點——獨立循環的箭頭

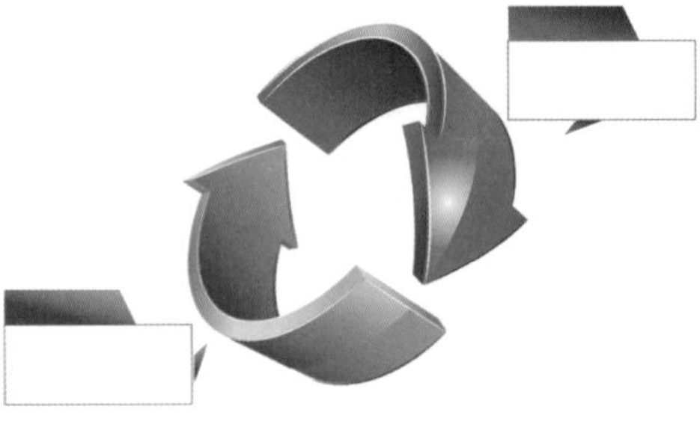

兩個（組）訊息點——對話框與箭頭的循環組合

4.11 交集型結構模式

什麼樣的資訊處理適合使用交集型結構模式？

當各組資訊資料間存在著某種複合關係（類似於數學定義中的交集關係）時，就可考慮採用交集型結構模式來處理這類資訊資料。

交集型結構模式應如何打造呢？

讓兩組或兩組以上的資訊資料結構相互重疊，得到一個或多個複合區域，這便是交集型結構模式最基本的塑造方式。

假設需要透過交集型結構模式來表達在當今商業環境中，企業較為典型的複合型人才所具備的基本特質

待圖解訊息

當今商業環境中，企業較為典型的複合型人才，大多具備以下特質：❶ 關注自身工作，關注行業發展；❷ 積極累積本職業的相關知識技能；❸ 能深化發展自己的興趣愛好；❹ 具有國際化視野和意識。

分析後結果

關注自身工作，
關注行業發展。
能深化發展自己的興趣愛好
複合型人才
積極累積本職業的相關知識技能
具有國際化視野和意識

複合型人才的基本特質

↑ 交集型結構模式的特點：利用結構元素的重疊，帶來一種複合關係，進一步達到縮小目標資訊範圍的效果。

🕮 交集型結構模式，可以這樣編排（資訊點可根據實際情況進行刪減）……

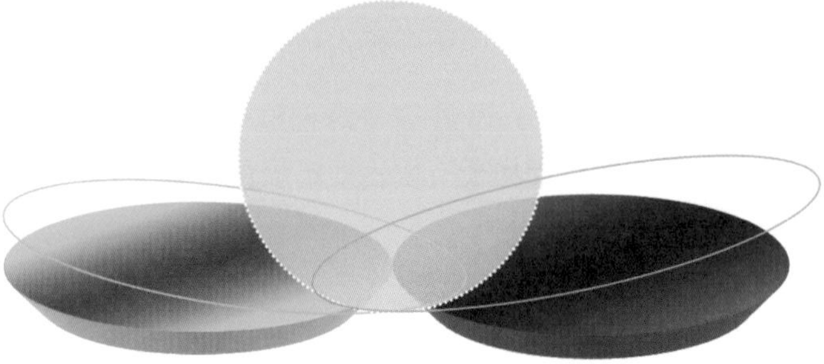

三個（組）資訊點——交錯的圓盤

十三個（組）訊息點——
對稱交叉的圓角矩形

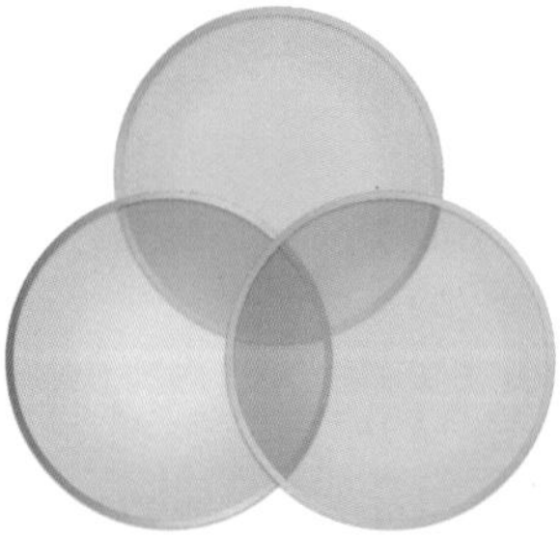

七個（組）訊息點——
交錯的半透明圓盤

七個（組）訊息點——
交錯的實心圓盤

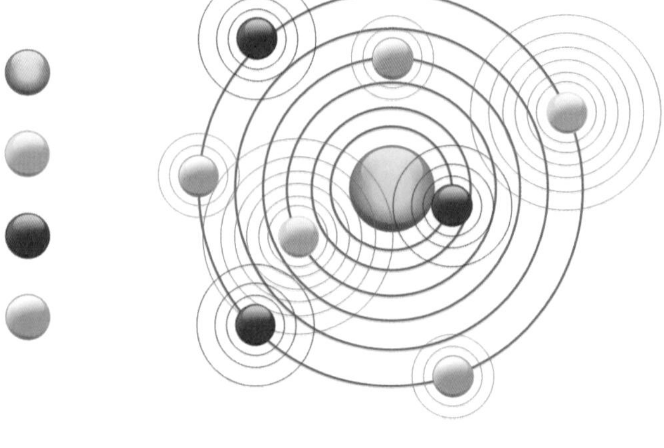

四個（組）資訊點——多點擴散交錯式構成

4.12 綜合型的結構模式

什麼樣的資訊處理適合使用綜合型結構模式？

當要編排的資訊資料無法獨立使用某一種圖解模式來進行表現，在這種情況下，便可以考慮採用綜合型的圖解模式來編排它們。

綜合型結構模式應如何打造呢？

所謂綜合型結構模式，顧名思義，就是將多種結構模式綜合在一起，用來編排同一組資訊資料。其構成方式繁多，因此在實際的圖解設計中，便需要結合實際的資訊資料進行分析，最終挑選出兩個或兩個以上的結構模式來構建出一個相對合理的綜合型結構模式。

🗁 假設需要透過綜合型結構模式來列舉出現今網路推廣的常見方式，並突出論壇推廣方案的基本流程。

待圖解訊息

在現今網路推廣中，有八種常見推廣方式：❶ 搜尋引擎；❷ 部落格；❸ 論壇；❹「病毒」；❺ 網路廣告；❻ 網路新聞；❼ 網路事件；❽ 軟體。

其中，利用論壇進行手工推廣的流程基本可分為以下步驟：❶ 分析推廣主體的特點；❷ 在網路中，選擇一個或多個人氣較旺，且主題與推廣主體相符的論壇；❸ 編輯一篇與推廣主體相關且感染力較強的帖子，並發佈 (為了加大推廣力道，在發佈帖子的同時，可利用頭像和簽名檔適當進行宣傳，也可插入自己網站的超連結)；❹ 在帖子發佈後，應及時進行跟蹤維護。

分析後結果

透過上述資訊的分析，首先決定選擇擴散型結構模式將常見的網路推廣方式列舉出來，而後透過展開型結構模式將論壇推廣的基本流程展現出來。

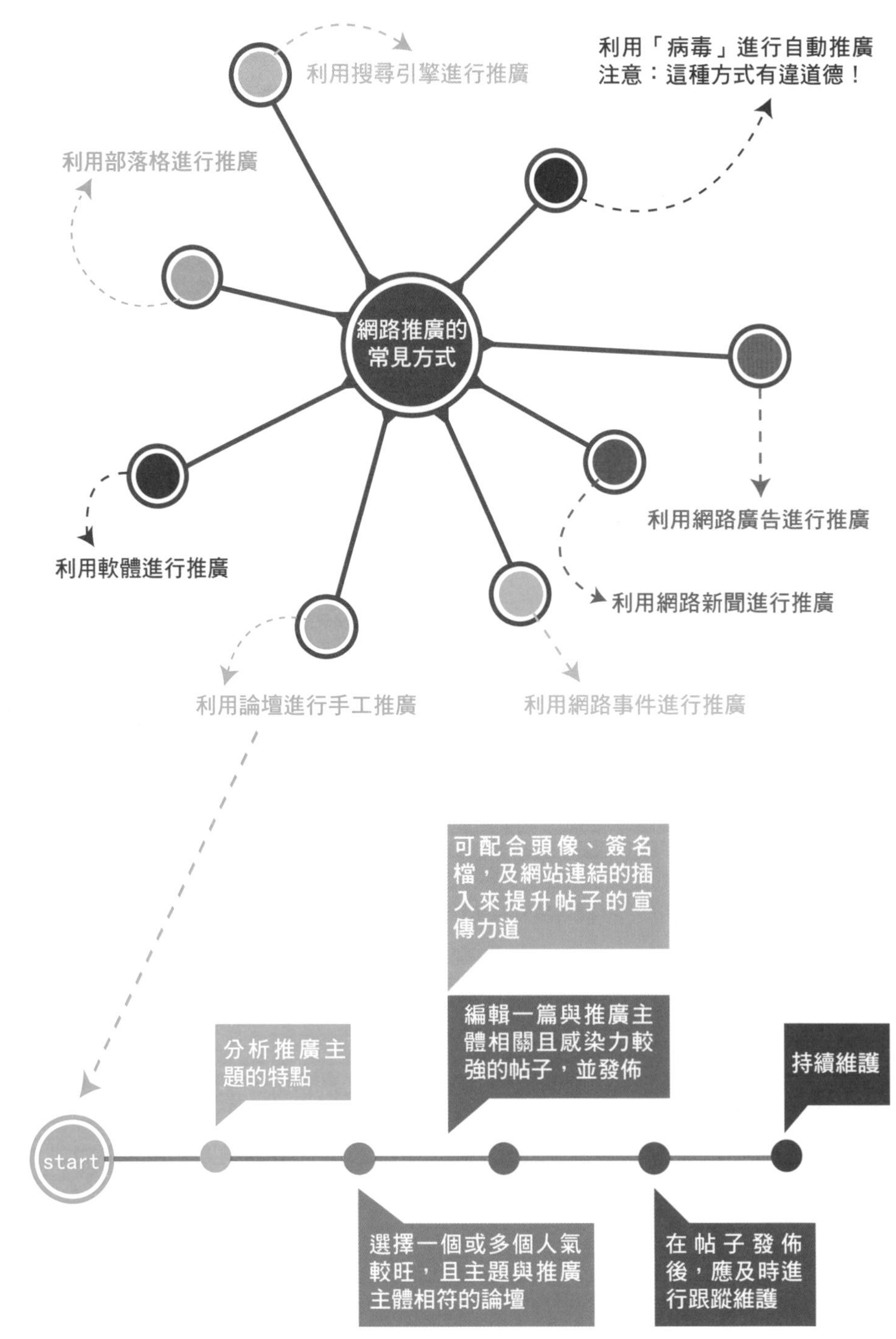
利用搜尋引擎進行推廣
利用「病毒」進行自動推廣
注意：這種方式有違道德！
利用部落格進行推廣
網路推廣的常見方式
利用網路廣告進行推廣
利用軟體進行推廣
利用網路新聞進行推廣
利用論壇進行手工推廣
利用網路事件進行推廣
可配合頭像、簽名檔，及網站連結的插入來提升帖子的宣傳力道
分析推廣主題的特點
編輯一篇與推廣主體相關且感染力較強的帖子，並發佈
持續維護
start
選擇一個或多個人氣較旺，且主題與推廣主體相符的論壇
在帖子發佈後，應及時進行跟蹤維護

現今網路推廣中的常見方式

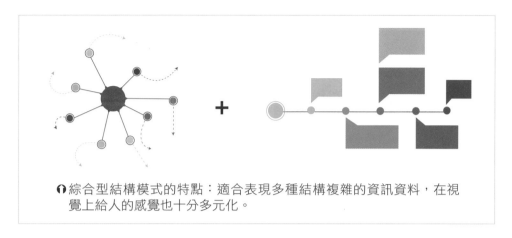

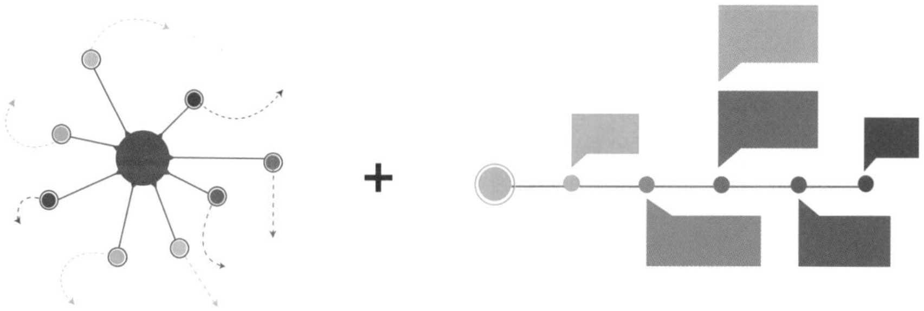

➊綜合型結構模式的特點：適合表現多種結構複雜的資訊資料，在視覺上給人的感覺也十分多元化。

📖 **綜合型結構模式，可以這樣編排（資訊點可根據實際情況進行刪減）**

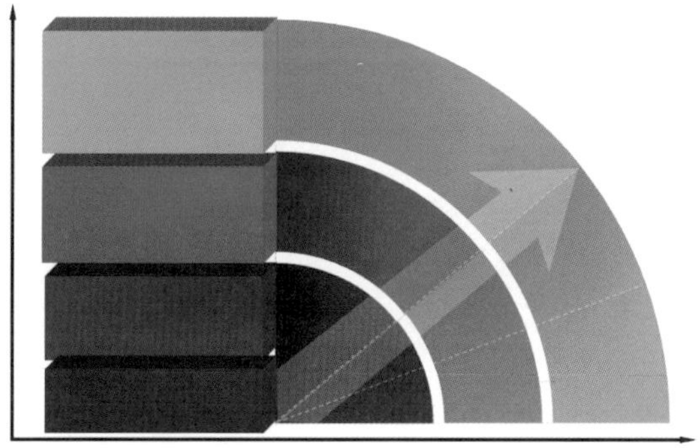

十三個（組）訊息點——長方體、圓弧、箭頭

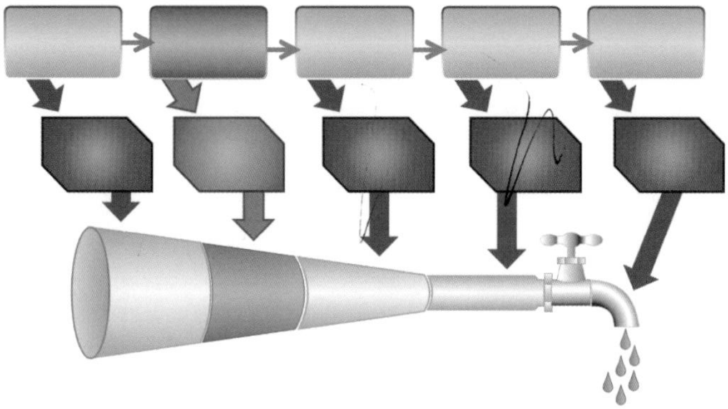

十五個（組）資訊點——水龍頭結構

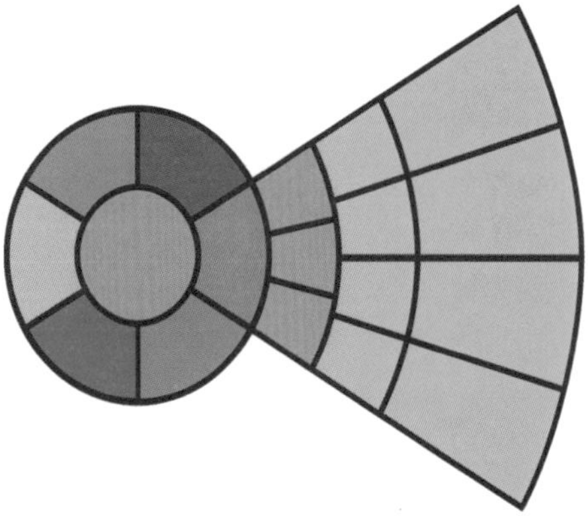
十八個（組）訊息點——圓、扇形

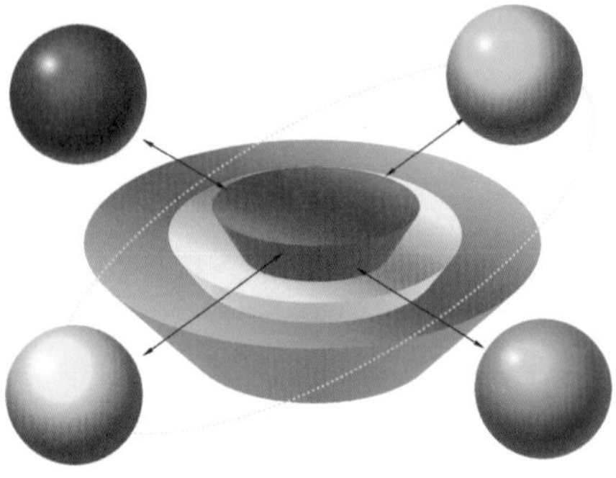
七個（組）訊息點——堆疊體、球體、箭頭

十五個（組）資訊點——圓的分解

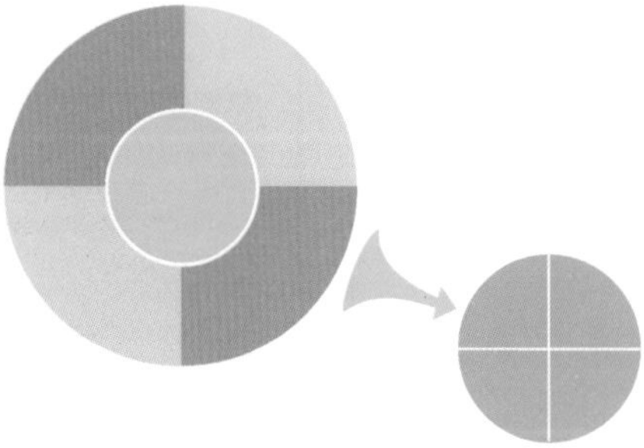
九個（組）資訊點——圓的轉移

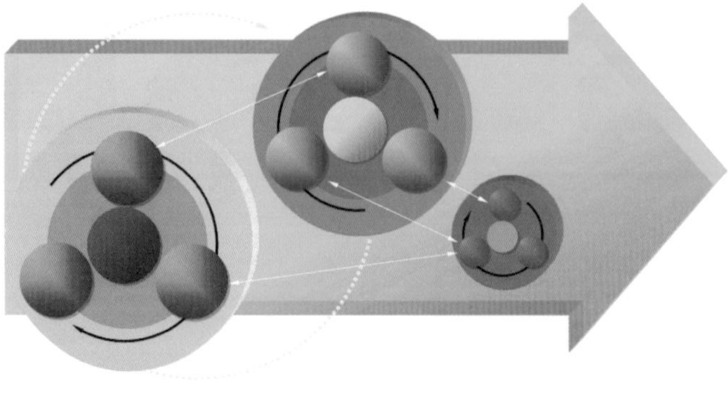
N 個（組）訊息點——箭頭、圓盤

思考案例　某人兼職收入占自身總收入的逐年變化趨勢

根據下面所提供的待圖解資訊，從各種結構性圖解模式中，挑選一種最佳模式，來表達出張三兼職收入占自身總收入的逐年變化趨勢。

待圖解訊息

張三逐年收入明細

	2010 年	2011 年	2012 年	2013 年
兼職收入	1.0	1.7	2.8	3.8
其他收入	5.0	5.2	5.3	5.5

注：其他收入包括工資收入及各種意外收入。

釐清設計流程

首先，根據前面所提供的待圖解資訊，選擇一個合理的方案，表現出張三每年兼職收入在總收入中所佔有的比例關係；隨後，再根據對張三兼職收入逐年變化趨勢的分析，為其挑選一個最佳的結構性圖解模式。

敲定方案

根據前面所提供的待圖解資訊，我們計算出了張三每年兼職收入占總收入的百分比，計算如下：

2010 年張三兼職收入占總收入的百分比≈16.7%；2011 年張三兼職收入占總收入的百分比≈24.6%；2012 年張三兼職收入占總收入的百分比≈34.6%；2013 年張三兼職收入占總收入的百分比≈40.9%

根據比值表現，決定選擇基本圖解模式中的圓形圖表，將張三從 2010 年到 2013 年間，兼職收入占總收入的比例情況展現出來。

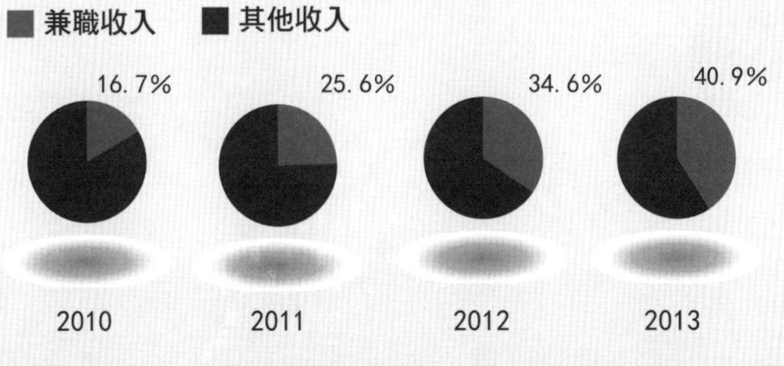

從製成的圓形圖中可以直覺看出，張三兼職收入在總收入中的佔有比例，呈逐年上升趨勢。而在所有的結構性圖解模式中，上升型結構模式顯然十分符合這樣的一種特徵。

最後，將上面提供的圖解框架，運用到圓形圖的排列設計中。

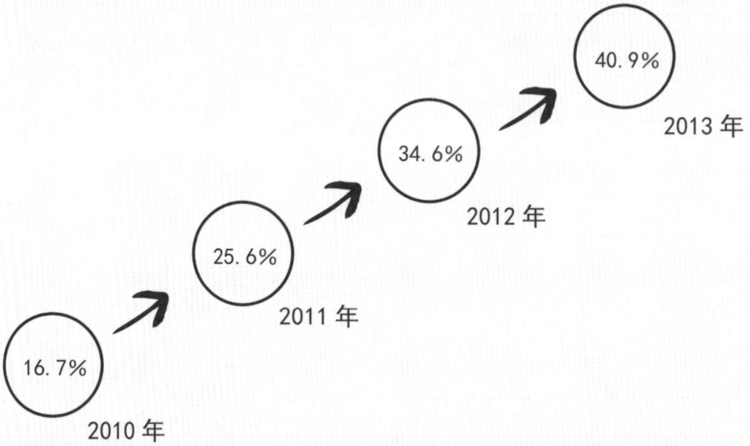

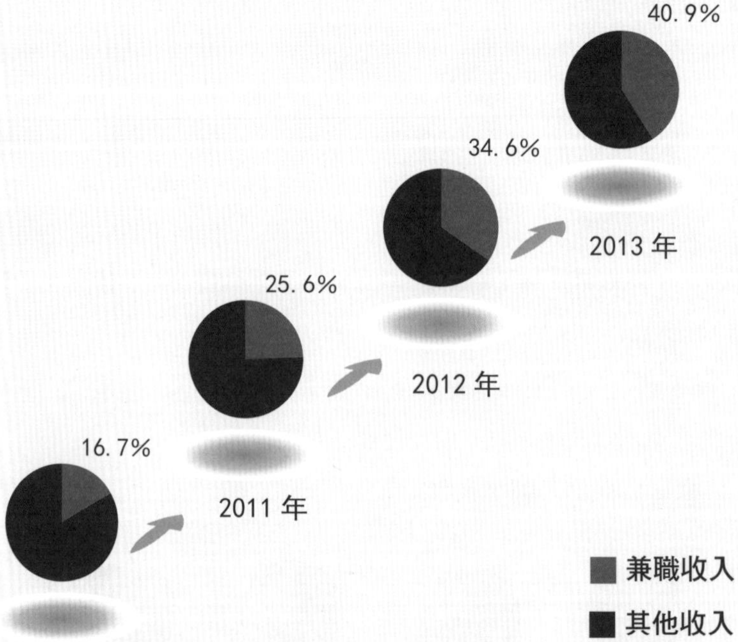

張三兼職收入占自身總收入的逐年變化趨勢圖解

CHAPTER 5

色彩與資訊圖表

從某個角度上來說，色彩充斥著我們生活的每一個角落。並且，對於一幅完整的資訊圖表來說，除了核心的圖片元素以外，色彩是不可忽略的關鍵性構成元素。

好的色彩搭配，不僅是吸引觀眾的有力手段，也是表現圖表作品本質、情感、思想等方面的絕佳途徑，因此，在本章節不僅要教導怎樣用色，更要讓你懂得巧妙與合理的用色。

5.1 識色與辨色

在學習如何配色之前，你首先要真正瞭解這些色彩。學會識色與辨色，是瞭解色彩的基本途徑。

色彩對資訊圖表的重要性

對於資訊圖表來説，色彩的重要性可從心理與生理兩個方面進行解析。

從生理的角度

經研究表明，人們在觀察物象（資訊圖表）的不同時間段內，色彩感受也會隨之發生變化……

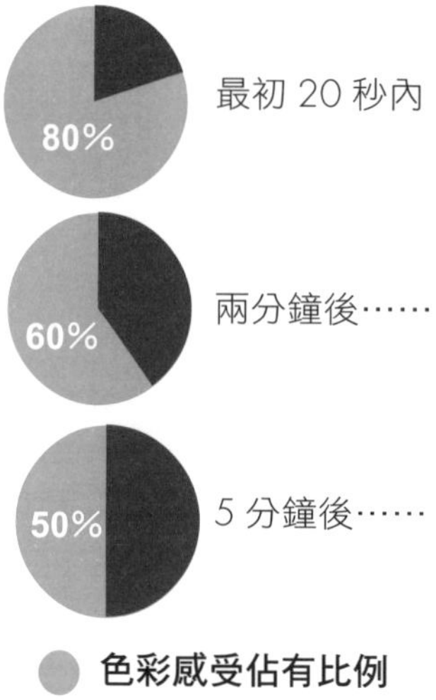

從心理的角度

不同的色彩，會給觀者帶來不同的心裡暗示，或喜過悲……

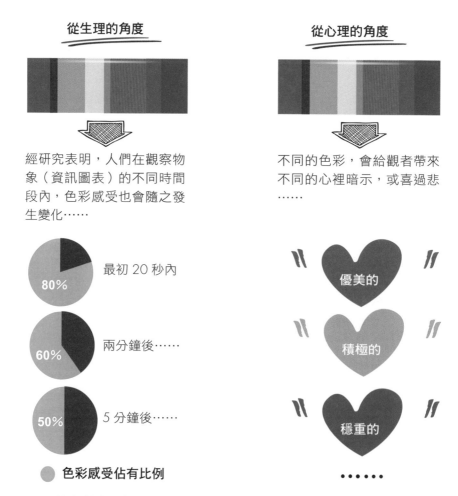

綜上所述，色彩在視覺化設計中，佔有極為重要的地位！

認識色彩的三屬性

瞭解色彩的三屬性是認識色彩的第一步，也是學習色彩搭配所必須掌握的基本理論。

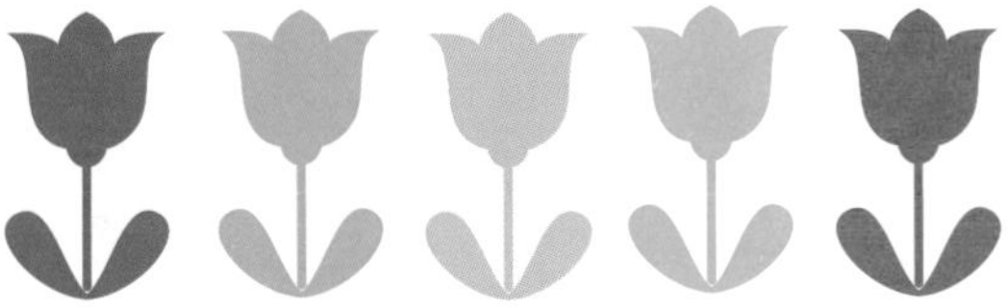

色相，人們辨別色彩的第一準則，一般來說，除無彩色系（黑白灰）以外，所有色彩都具備色相屬性。

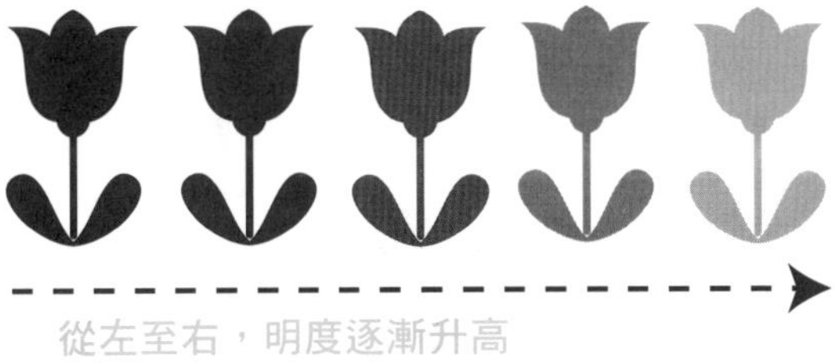

明度，就是指色彩的明暗程度，從光學的角度上來說，色彩的明暗程度取決於有色物體反射光量的差異性。

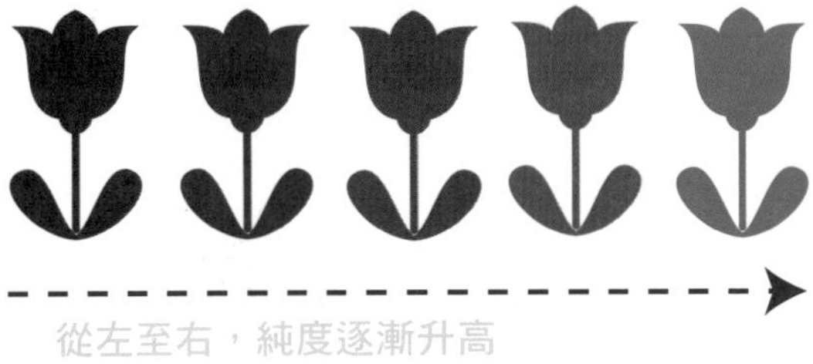

純度，就是指色彩的純淨程度，該屬性往往是由色彩中所含有色成分的比例來決定的。

讀懂每一種色彩

色彩猶如人一樣，都有著獨屬於自己的性格。瞭解每一種顏色的性格與特質，有助於你今後在實際的視覺化設計中，更好地運用它們。

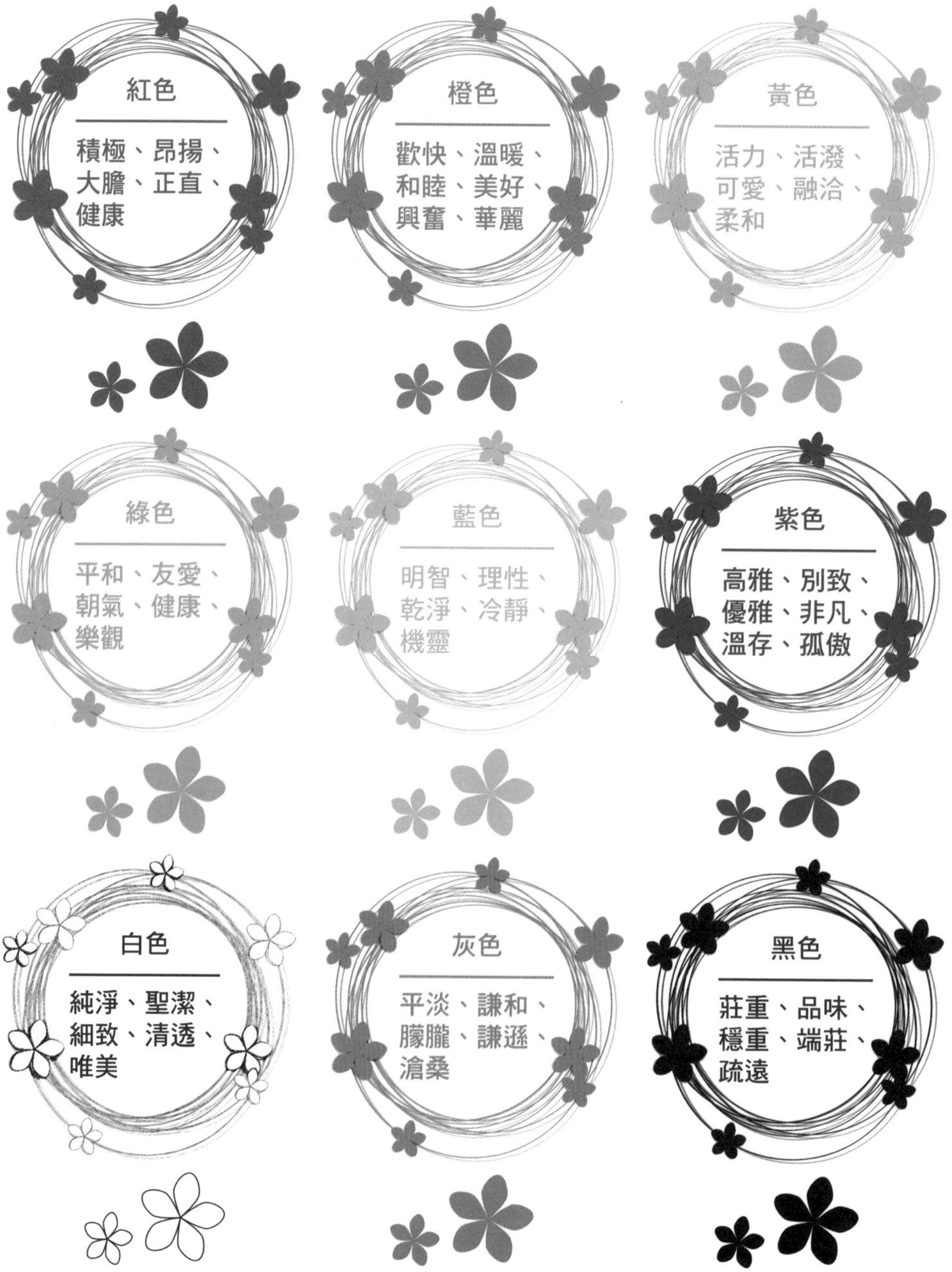

注意：隨著每種色彩的明度或純度發生變化，其性格也會隨之發生改變哦！

5.2 瞭解資訊元素間的關係

在資訊圖表的配色中，最簡單，也是基本的配色方式就是根據元素間的關係來制訂合理的配色方案。當然，在這之前，你首先要對資訊元素間的關係有一個明確的認知。此處先建立一個 24 色 7 環色輪，以便於瞭解色彩間的關係。

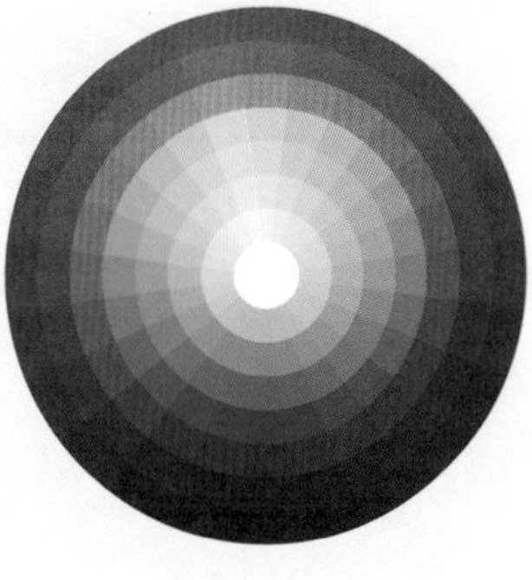

色彩對資訊圖表的重要性

一般來說，色環上間隔在 30° 左右的配色稱之為類似色相配色。類似色相配色適合用來表現存在些許差異，但不乏親密關係的元素。

🗀 假設需要透過合理的配色，來表現出同一公司銷售人員間的關係……

分析後結果

簡單表示出同一公司銷售人員間的關係——目標一致，但個體間存在些許差異。

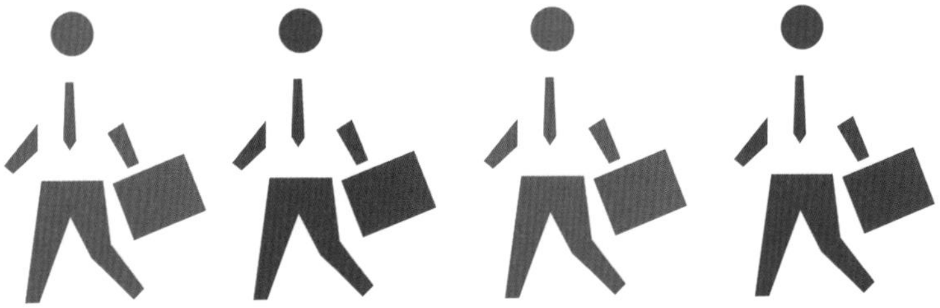

同一公司銷售人員間的關係

鄰近色相配色—表現和諧又獨立的資訊元素關係

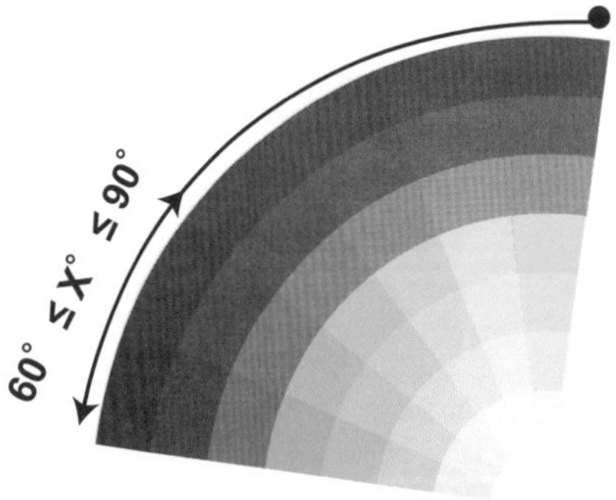

當配色在色環上的間隔保持在大於等於60° ，且小於等於 90° 的範圍內時，我們就將其稱為鄰近色相配色。
鄰近色相配色適合用來表現相互獨立，但卻關係友善，且相對親切的資訊元素。

▭ 假設需要透過色彩的搭配，來表現出銷售人員與顧客間的關係……

分析後結果

簡單表示出銷售人員與顧客間的關係──兩個群體間存在明顯差異，但兩者間的關係卻能保持在一種親切友好的狀態。

銷售人員與顧客間的關係

對比配色—表現對立的資訊元素關係

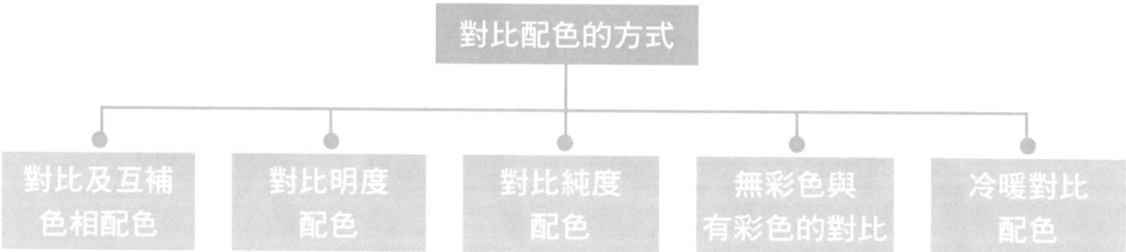

上述五種對比配色方式，皆能表現出資訊元素間對立、分明的關係。

▭ 假設需要透過配色對 A 市地鐵規劃線路中，已啟用的一號線與二號線進行突出強調……

待配色圖表

如右圖所示為A市地鐵線路運行情況。

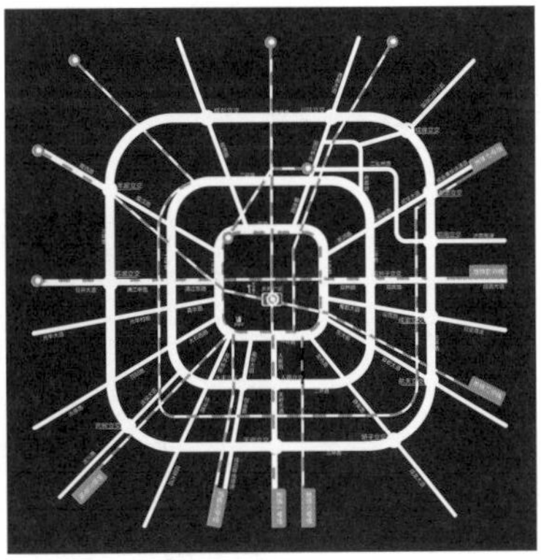

A 市地鐵線路運行情況

方式一　對比與互補色相配色

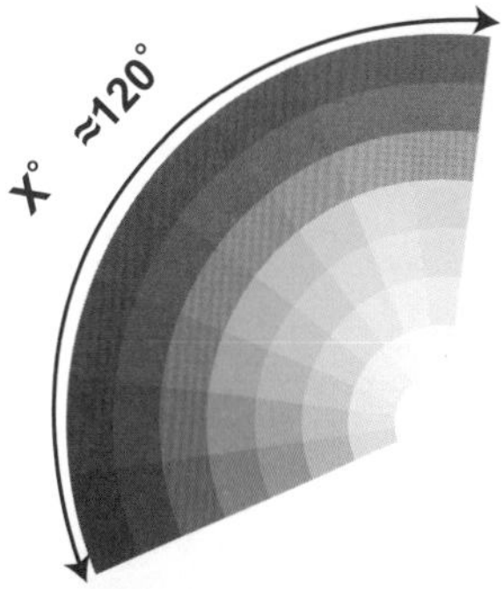

當配色在色環上，間隔距離保持在 120° 左右時，我們就將這組配色看作為對比色相配色。

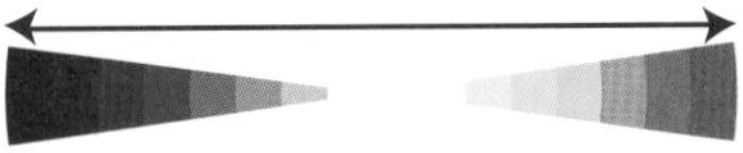

當配色在色環上，間隔距離保持在 180° 左右時，我們就將這組配色看作為互補色相配色。相較於對比色相而言，互補配色的視覺差異更大。

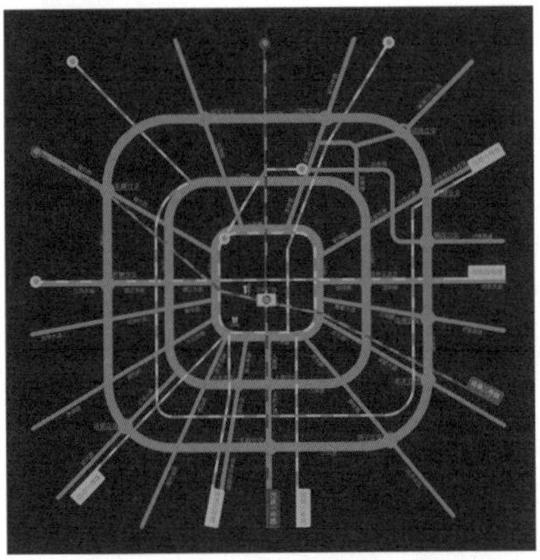

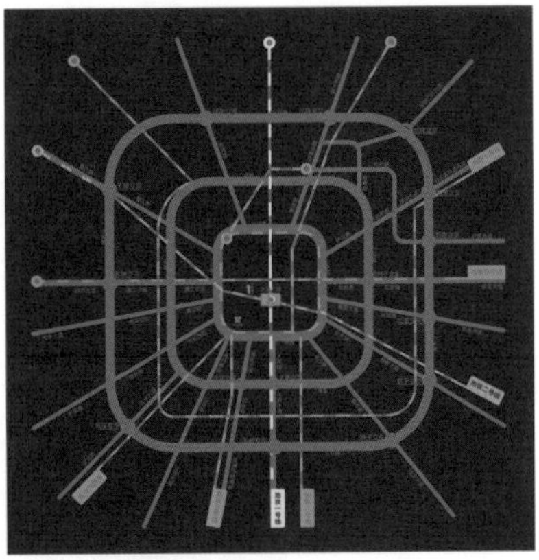

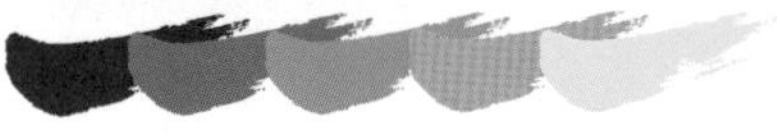

方式二　對比明度配色

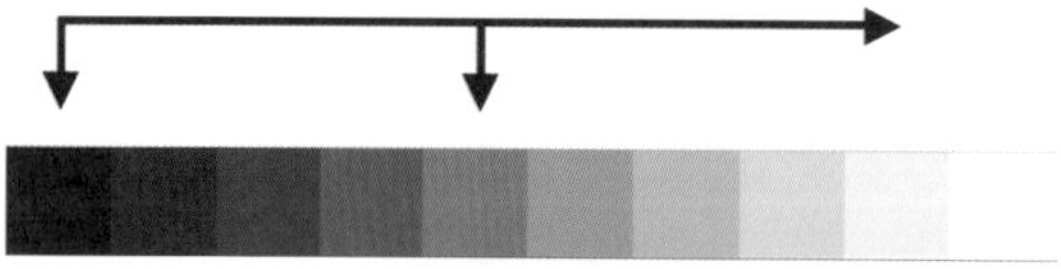

為了便於理解，我們試著將色彩明度劃分為十個階段，而對比明度配色，就是指色彩明度相差在5格及以上的配色組合。

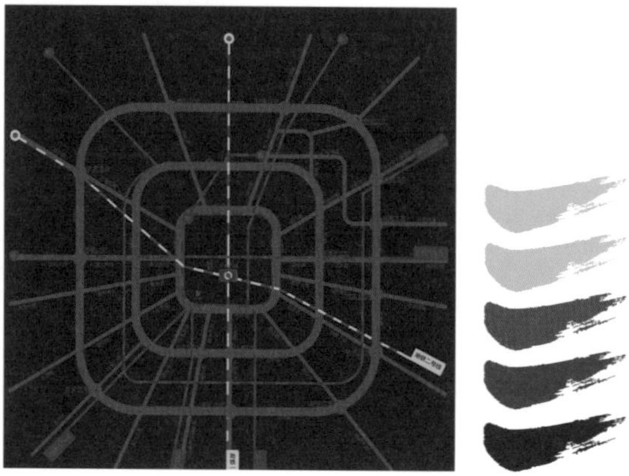

方式三　對比與互補色相配色

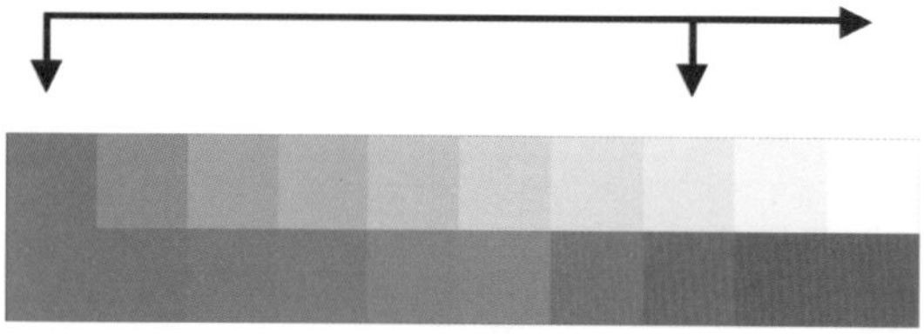

同樣，為了便於理解，我們試著將色彩純度劃分為十個階段，而對比純度配色，就是指色彩明度相差在七格及以上的配色組合。

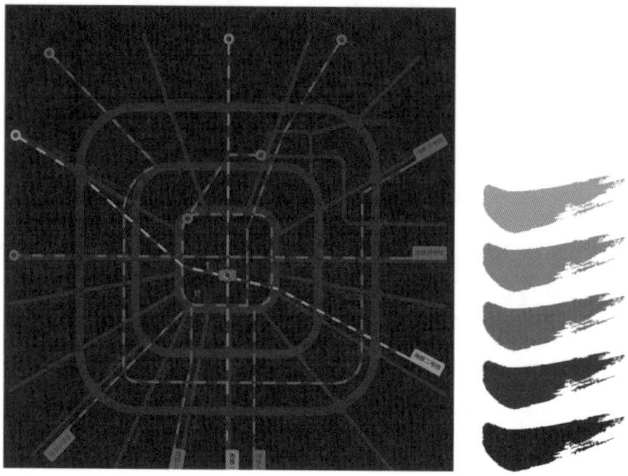

方式四　無彩色與有彩色的對比

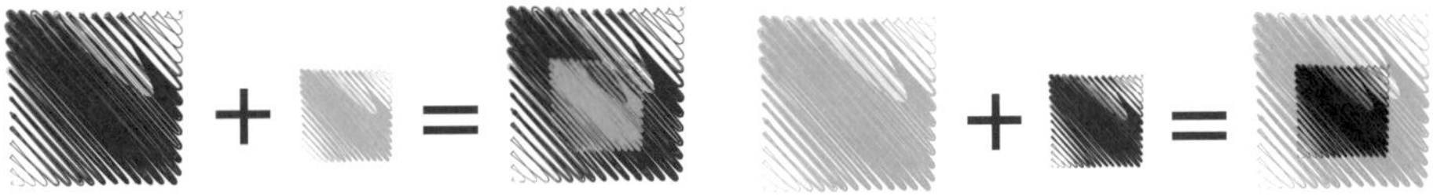

在大量無彩色中加入少量有彩色，抑或是在大量有彩色中，加入少量無彩色，便可構成視覺突出的無彩色與有彩色對比效果。

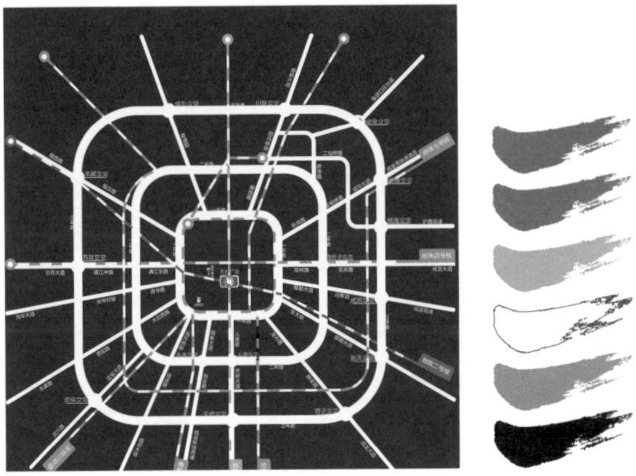

方式五　冷暖對比配色

冷色調與暖色調的碰撞，是打造視覺鮮明對比配色的有力手段！

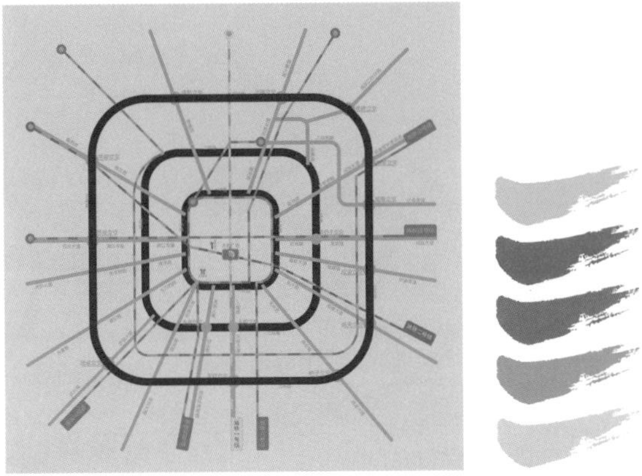

三角式配色——構建最穩固的資訊元素關係

當資訊圖表中的元素，恰好可以分為三組，並且每一組資訊元素處於同一層級時，便可考慮採用三角式配色法。

三角式配色，從其命名上我們就可以看出，該種配色組合是由三種色彩所構成的，並且每相鄰的兩種色彩間，在色環上的間隔距離保持在 120° 左右。

從視覺表現上來說，三角式配色可形成一種最為穩固，同時又不乏分明之感的視覺態勢。

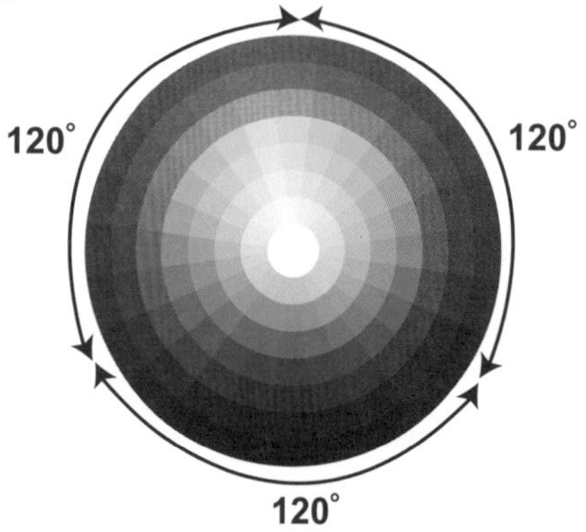

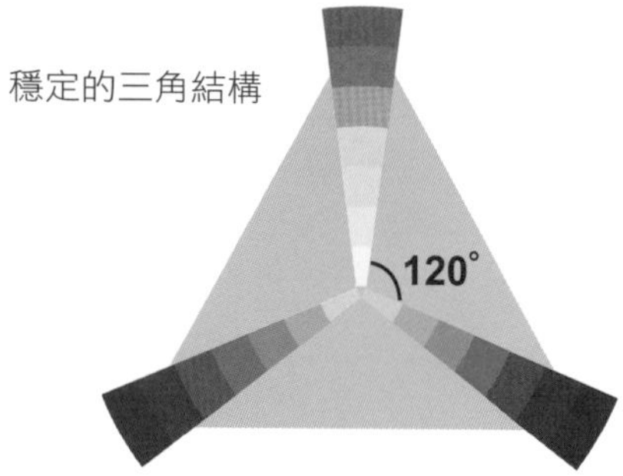

假設需要透過色彩的搭配，來表現出促使企業持續發展的勞動關係……

待圖解訊息

促使企業持續發展的勞動關係，分別是和諧的勞動關係、活力的勞動關係、穩定的勞動關係。

➲ 三角式配色，直覺表現出三組資訊間相輔相成的穩定關係。

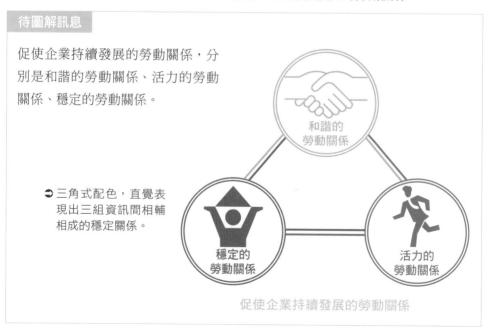

漸層配色——表現層層遞進的資訊元素關係

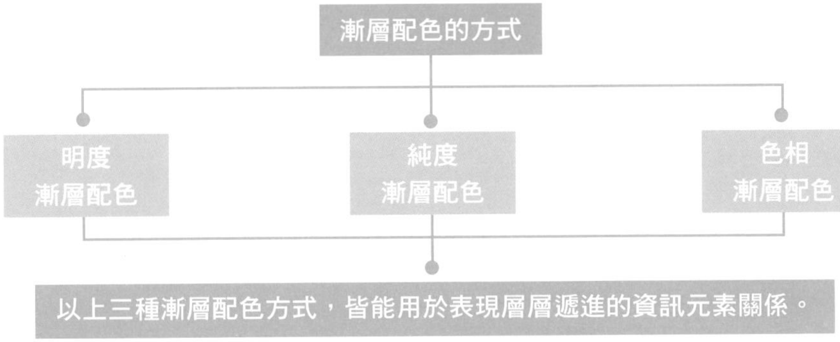

🗁 假設需要透過漸層配色，來強化以下流程的漸進關係……

待配色圖表　如下圖所示為 Y 公司新員工上崗培訓的基本流程。

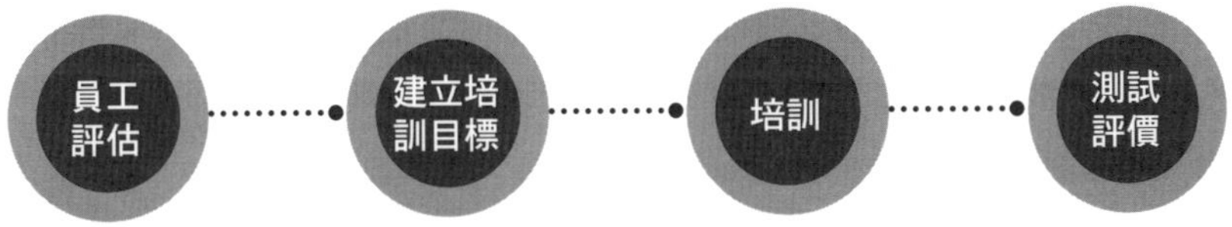

方式一　明度漸層配色

讓各資訊元素間的色彩明度，呈現出一種由明至暗（由暗至明）的過渡變化效果。

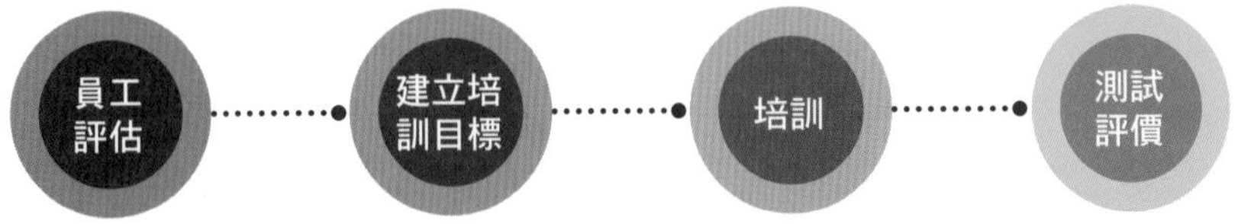

方式二　純度漸層配色

讓各資訊元素間的色彩純度，呈現出一種由純至濁（由濁至純）的過渡變化效果。

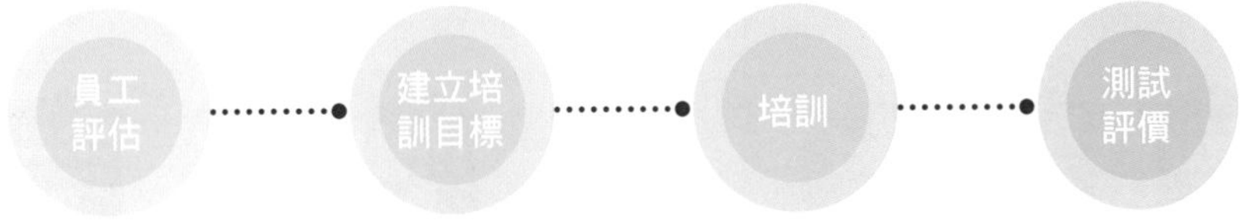

方式三　色相漸層配色

透過增加中間色的方式，讓各資訊元素間的配色從一種色相逐漸過渡到另一種色相。

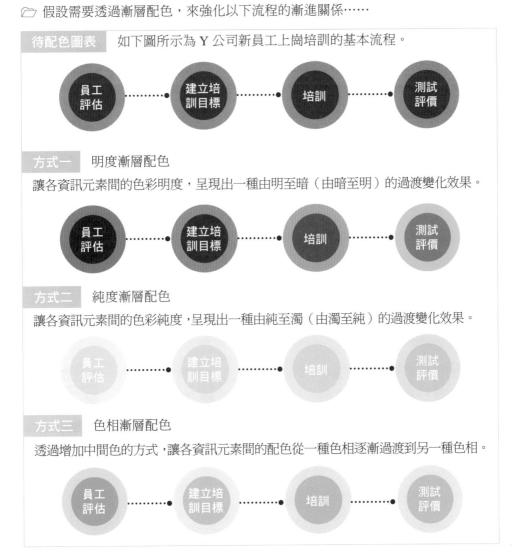

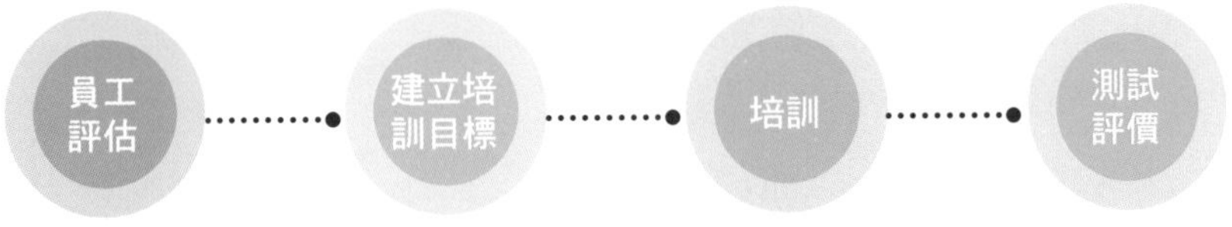

5.3 與行業特色相匹配的色彩選擇

如果你所設計的資訊圖表，能歸屬到某個行業，那麼你便可以從該行業特徵的角度，來制訂出合理的配色方案。接下來，將選擇幾個在生活中較為常見的行業，進行配色講解。

房地產行業的資訊圖表配色

在制訂與房地產行業有關的配色方案時，我們往往會從兩個角度著手處理。

房地產行業的配色選擇

方案一配色目標：
著重突出房地產行業所特有的安全、大氣、高端、現代化等特徵（其受眾可以是企業內部 成員，也可以是消費者。

該方案的配色，主要以藍系彩與無彩色系為主，也可增加少量的深褐色系作為輔助用色，而色彩的明度與純度則根據實際情況來定。

方案二配色目標：
以溫馨、安逸的氣息，來取得大眾好感（其受眾主要為消費者）。

該方案的配色，主要是以中低純度的暖系色彩（其中棕褐色系佔較大比例）為主，明度適中（也可適當偏低）。

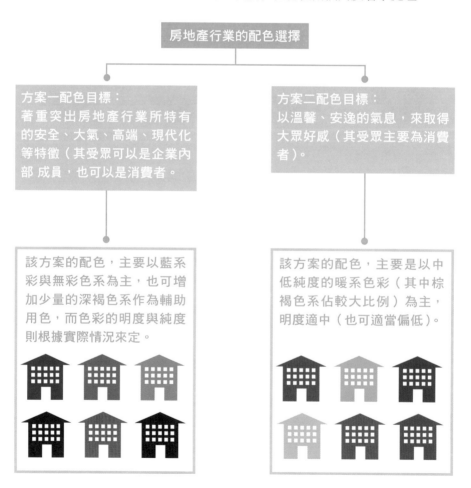

▱ 假設需要在以上兩種配色方案中選擇其一，來為某個與房地產行業相關的資訊圖表，制訂出一套合理的配色方案……

待配色圖表

如下圖所示為 XXX 大廈 2013 年四個季度的銷售情況，該圖表主要用於公司內部交流。

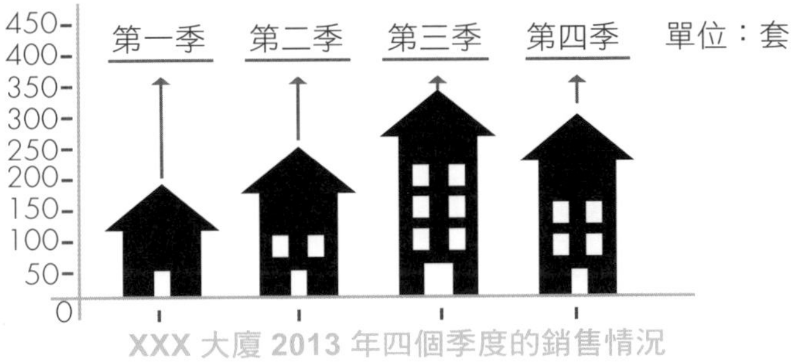

分析後圖表

本資訊圖表的主要受眾群體為公司內部人員，並且著重於資料的研究，因而根據以上兩點考慮，我們決定選擇第一套配色方案，作為本案例的配色參考。

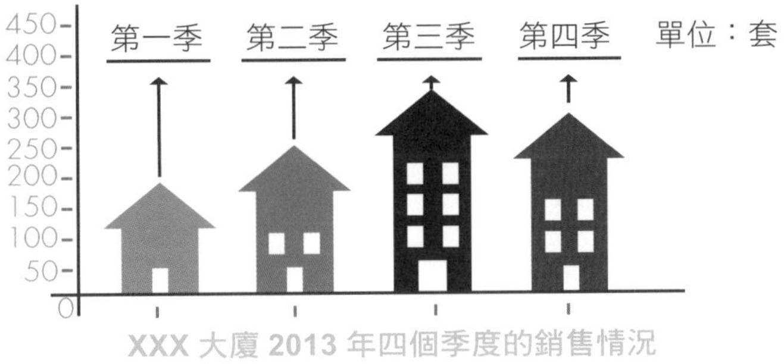

服務行業的訊息圖表配色

在制訂與服務行業有關的配色方案時，我們可從以下角度著手。

服務行業的配色選擇

配色目標：力求讓觀者能夠真切感受到服務行業所特有的積極與活力，以及較強的責任感，在視覺上也最好趨於乾脆俐落。

該方案的配色，主要是以中高明度的藍系色彩、橙系色彩，以及白色為主，除此之外，也可搭配少量的紅系或綠系色彩，而整體用色純度趨於中高水準。

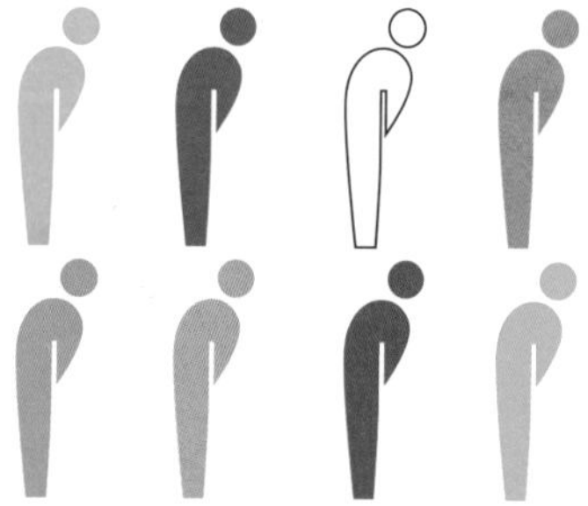

假設需要對一個隸屬於服務行業的資訊圖表進行配色……

待配色圖表

如右圖所示的資訊圖表主要圍繞著 XX 家政公司的服務宗旨所展開。

XX 家政公司的服務宗旨

分析後圖表

根據前述服務行業的配色方案，選擇高純度色彩作為整體配色參考。

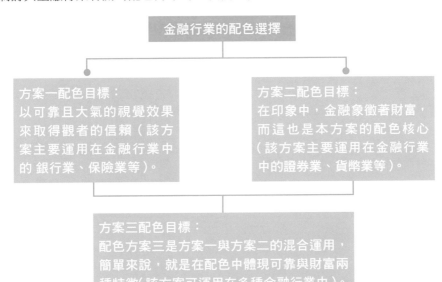

XX 家政公司的服務宗旨

金融行業的資訊圖表配色

在制訂與金融行業有關的配色方案時，我們可從以下三個角度著手。

金融行業的配色選擇

方案一配色目標：
以可靠且大氣的視覺效果來取得觀者的信賴（該方案主要運用在金融行業中的 銀行業、保險業等）。

方案二配色目標：
在印象中，金融象徵著財富，而這也是本方案的配色核心（該方案主要運用在金融行業中的證券業、貨幣業等）。

方案三配色目標：
配色方案三是方案一與方案二的混合運用，簡單來說，就是在配色中體現可靠與財富兩種特徵(該方案可運用在多種金融行業中）。

配色方案一

在本方案的配色中，中低明度的藍系色彩是最佳的用色選擇，除此之外，還可搭配適量的灰色與黑色。

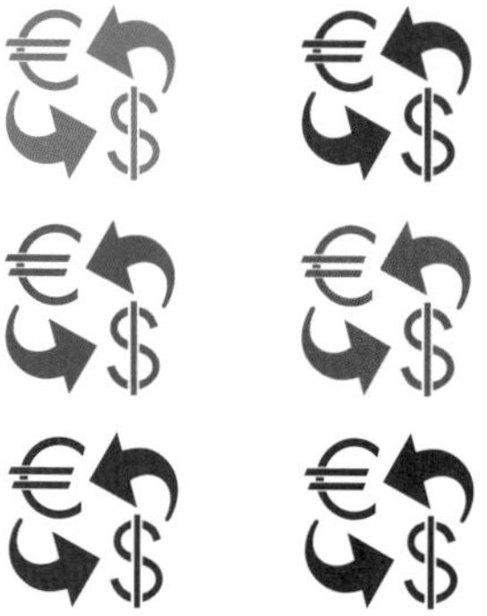

配色方案二

在本方案的配色中，可以試著將棕褐色系作為基調，再搭配小面積中高純度的橙黃色系。

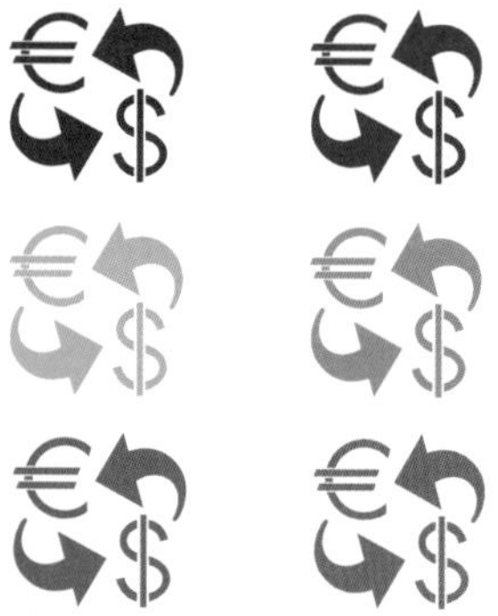

配色方案三

綜合前兩個方案的用色，便是本方案的基本用色原則。除此之外，還可加入少量紅色作為點綴。

▱ 假設需要在以上方案中挑選出一種，來作為某貨幣公司資訊圖表的配色方案……

待配色圖表

如下圖所示的資訊圖表為 F 貨幣經濟公司 1-3 月的交易量情況。該圖表主要用於向客戶展示，增強客戶對公司的信任感。

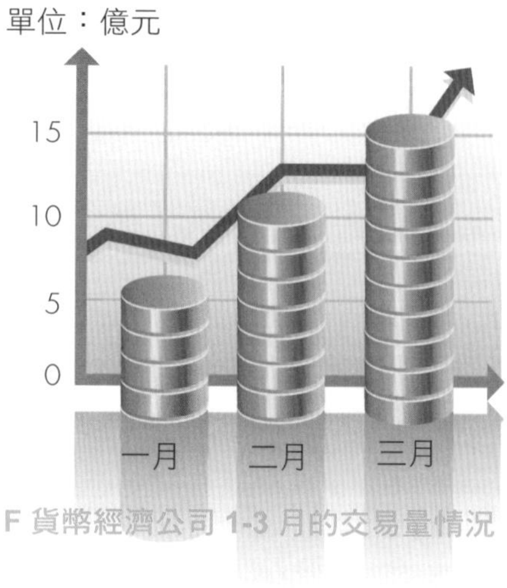

F 貨幣經濟公司 1-3 月的交易量情況

分析後圖表

從貨幣業的角度來分析，排除了第一種配色方案。而後考慮到該資訊圖表的設計目的——增強客戶的信任感，我們最終決定選擇方案三作為本案例配色參考。

F 貨幣經濟公司 1-3 月的交易量情況

教育行業的資訊圖表配色

在制訂與教育行業有關的配色方案時，我們可從以下兩個角度著手。

教育行業的配色選擇

方案一配色目標：著重於學術與理論氣質表現，給人以信服感。

該配色方案主要是以充滿理性色彩的藍系色彩作為基調，並搭配適量的灰色與綠系色彩作為配色，除此之外，還可增加少量的橙色來展現學生所特有的活力。

方案二配色目標：以活潑生動的氛圍，來激發觀者的學習興趣。

該配色方案，主要是透過中、高明度及中、高純度的多色搭配所構成，其中又以紅系、藍系、橙系、綠系及黃系色 彩作為主選色相。

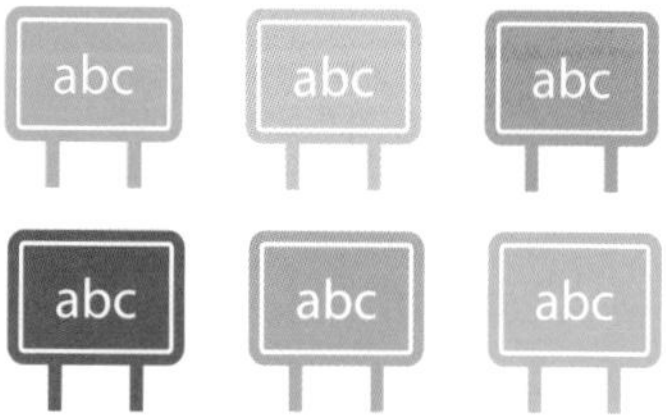

🗁 假設需要在以上方案中挑選出一種，作為某圖表化教材的配色參考……

待配色圖表

如右圖所示為某大學法律課程的資訊圖表設計，其主題圍繞著法律的重要性所展開。

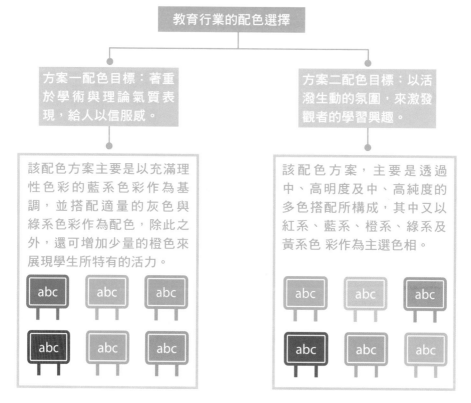

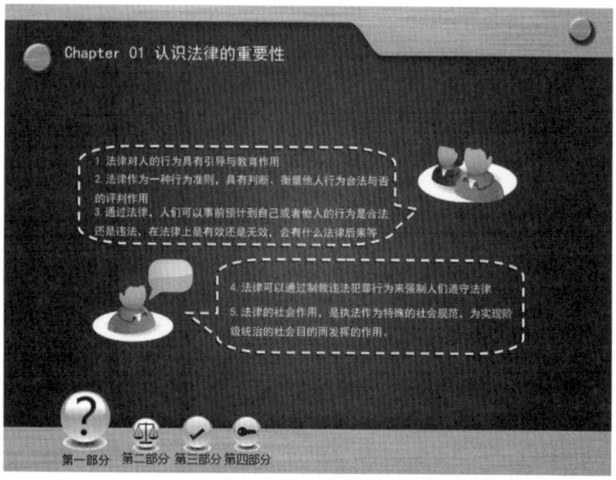

分析後圖表

在我們的印象中，法律是一種嚴肅且威嚴的規章制度，因此，當我們設計該類課件時，一般會選擇第一套配色方案。

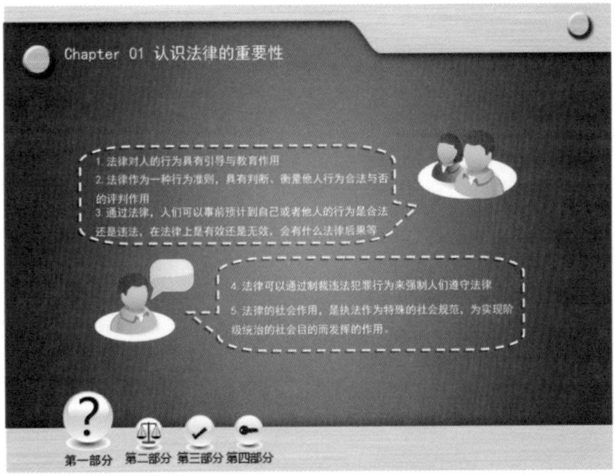

醫療行業的資訊圖表配色

在制訂與醫療行業有關的配色方案時，我們可從以下三個角度著手。

醫療行業的配色選擇

方案一配色目標：
展現出醫療給觀者的第一印象。

方案二配色目標：
展現健康、潔淨且充滿希望的印象。

方案三配色目標：
綜合方案一與方案二的配色目標，便是方案三的配色目標——抓住醫療給人的第一印象的同時，表現出潔淨、健康等特質。

本配色方案主要是以白色與中高純度的紅系色彩所構成

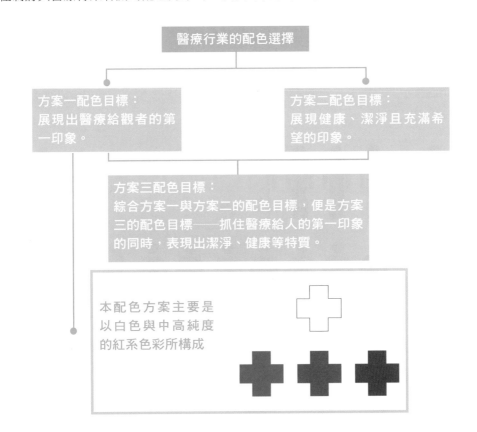

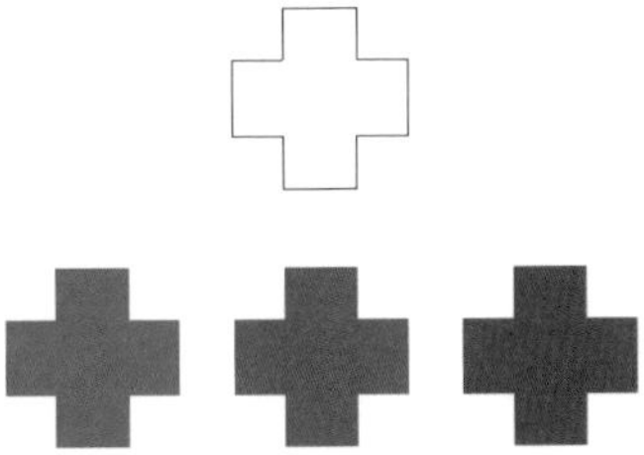

配色方案二

本方案主要是從藍系色彩、綠系色彩及白色中選擇用色基調，也可搭配小面積的紅色與橙色作為輔助或點綴用色，最後應注意將整體配色明度控制在較高範圍。

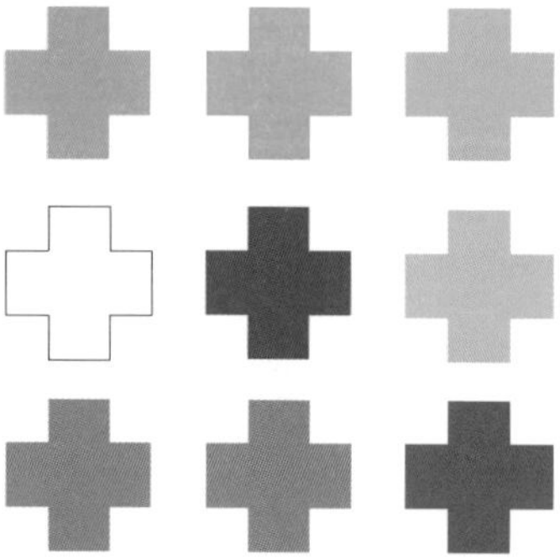

配色方案三

本方案主要是從藍系色彩、綠系色彩、紅系色彩及白色中選擇用色基調，同時可搭配小面積的橙色作為輔助或點綴用色，最後應注意將整體配色明度控制在較高範圍。

🗀 假設需要在以上方案中挑選出一種，作為某患病率研究圖表的配色參考……

待配色圖表

如下圖所示的患病率資訊圖表，主要用於表現在 25 ～ 65 歲之間患病的心臟病男女患者比例情況。

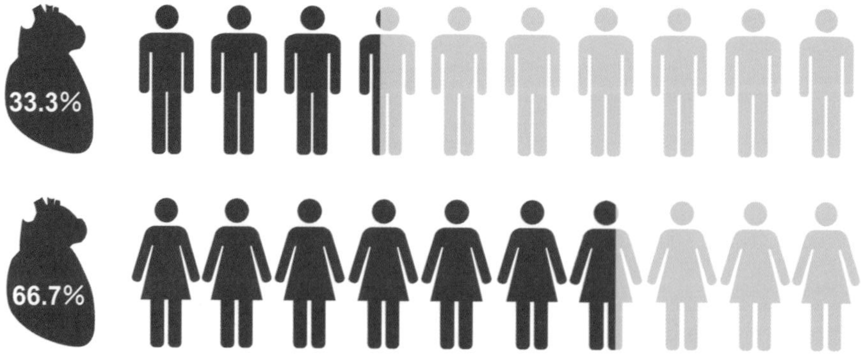

在 25 ～ 65 歲之間患病的心臟病男女患者比例情況

分析後圖表

出於醫療行業的用色考慮及男女性別的區分（見 5.4），最終決定在配色方案三中，挑選配色。

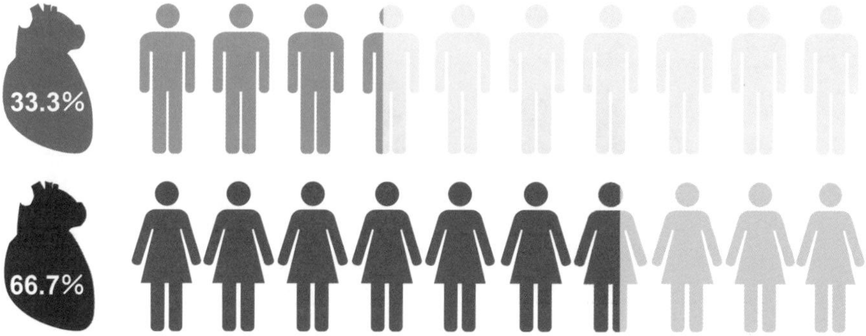

在 25～65 歲之間患病的心臟病男女患者比例情況

餐飲行業的資訊圖表配色

在制訂與餐飲行業有關的配色方案時，我們一般會從以下兩個角度著手。

餐飲行業的配色選擇

方案一配色目標：
在有特定食品目標的情況下，應儘量還原食品的本色或口感。

憑藉著現實生活中各種食品的實物參考，抑或是大眾對食品口感的基本認知來挑選配色，是本方案的兩種配色 途徑。前者注重現實還原，後者注重心理層面的表達。

方案二配色目標：
在沒有特定食品目標的情況下，可選擇一些刺激食慾的配色組合。

從心理學的角度，暖色更能刺激人們的食慾，而其中又以紅系色彩的效果最為明顯。橙系與黃系色彩也具備一定的功效，當然也可以增加少量的綠色，來表現食品的新鮮感。

假設需要在以上方案中挑選出一種，作為如下圖所示與食品相關的資訊圖表的配色參考……

待配色圖表

如下圖所示的資訊圖表主要是為了說明 A、B、C、D 四個品牌在市面上所售橙汁飲料中的鮮橙原汁含量情況。

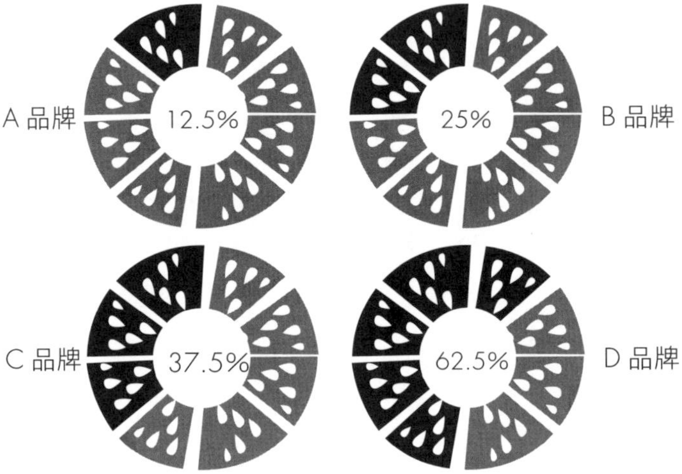

各品牌橙汁飲料的鮮橙原汁含量情況

分析後圖表

本資訊圖表是以柳丁作為創意載體，因此決定選擇方案一作為用色參考。

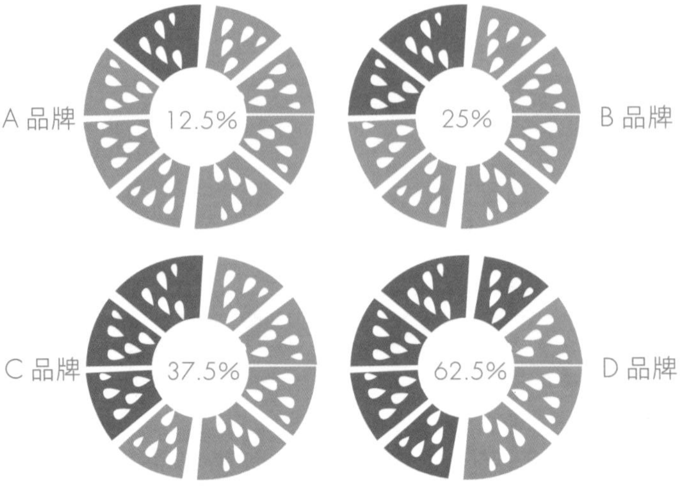

各品牌橙汁飲料的鮮橙原汁含量情況

5.4 緊扣主題的色彩搭配

抓住資訊圖表的設計主題，制訂出一套合理的配色方案，也是視覺化設計中較為常見的一種配色手法。接下來以較為常見的三種資訊主題作為配色講解範例，其他的主題用色則需要根據實際情況，進行分析。

以男性或女性為主題的資訊圖表配色

以男性為主題的視覺化作品和以女性為主題的視覺化作品，配色上有著明顯差異。

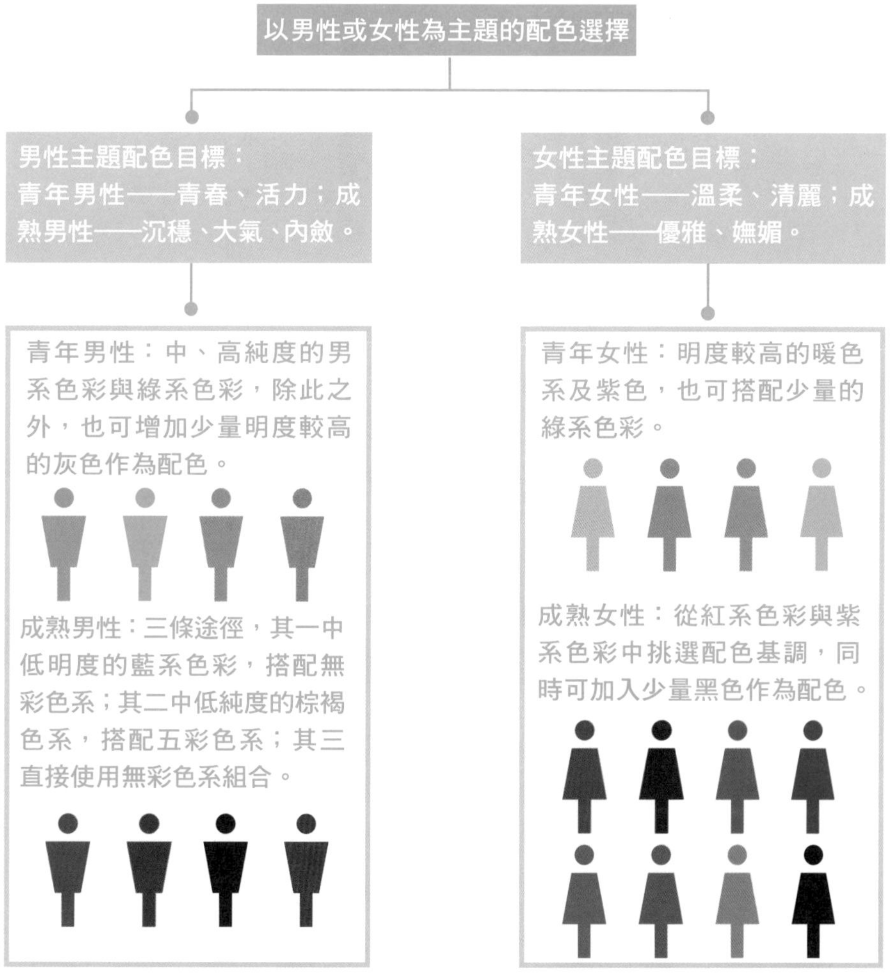

以男性或女性為主題的配色選擇
男性主題配色目標：
青年男性——青春、活力；成熟男性——沉穩、大氣、內斂。
女性主題配色目標：
青年女性——溫柔、清麗；成熟女性——優雅、嫵媚。
青年男性：中、高純度的男系色彩與綠系色彩，除此之外，也可增加少量明度較高的灰色作為配色。
成熟男性：三條途徑，其一中低明度的藍系色彩，搭配無彩色系；其二中低純度的棕褐色系，搭配五彩色系；其三直接使用無彩色系組合。
青年女性：明度較高的暖色系及紫色，也可搭配少量的綠系色彩。
成熟女性：從紅系色彩與紫系色彩中挑選配色基調，同時可加入少量黑色作為配色。

從大眾認知上來說，藍系色彩與無彩色系往往用於男性主題的表現，而女性主題則常常採用紅系色彩與紫系色彩進行表現。

🗀 假設需要對如下以男性與女性婚戀態度調查作為主題的資訊圖表進行配色……

待配色圖表

如右圖所示的主要是說明男女群體對確立戀愛關係的標準認知。

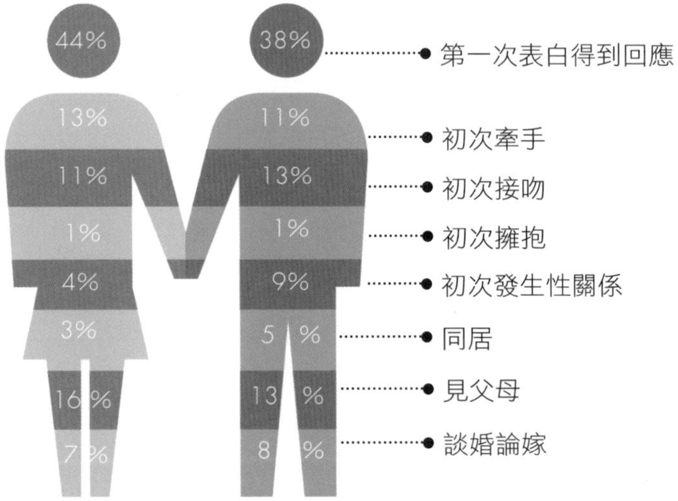

在男女認知中，確立戀愛關係的標準

分析後圖表

在大多數情況下，男女間的戀愛關係，發生在青年男女之間，因此配色會參考青年男女的用色方案。

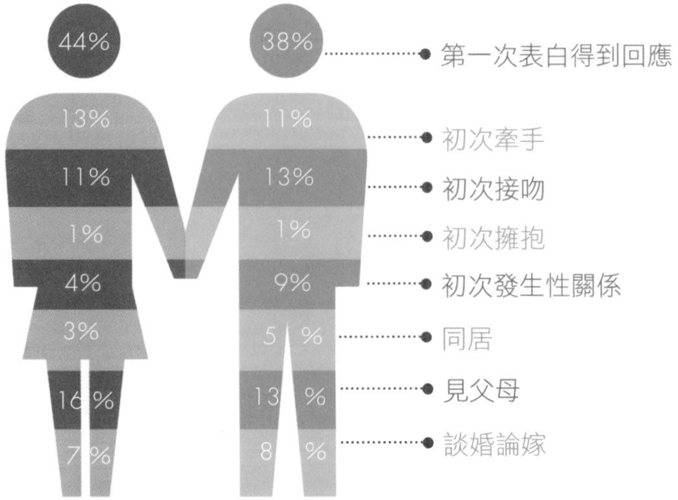

在男女認知中，確立戀愛關係的標準

以公益為主題的資訊圖表配色

公益這一主題的涉及範圍極廣，無法一一進行講解，僅選取其中一項進行舉例，希望你能將其中所蘊含的配色思維提取出來，並為己所用。

🗁 假設需要對一幅以公益作為主題的資訊圖表進行配色，該資訊圖表的主旨以環境保護為主……

待配色圖表

下圖所列舉的資訊圖表，是說明在 2011—2014 年，F 塑膠加工廠對可再生材料的運用比例。

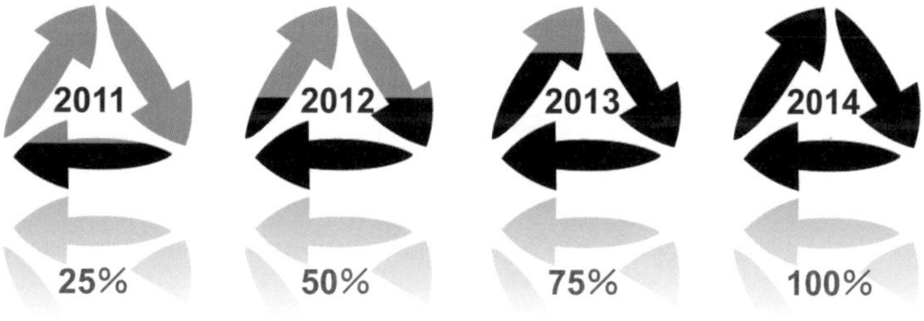

F 塑膠加工廠對可再生材料的運用比例

分析後圖表

可再生材料的運用，利於環境與地球資源的保護，因此，設計者特意選擇了循環再生標誌作為主體。印象當中，綠色象徵著自然與生態，純度極低的灰褐色可表現出未使用可再生材料時所造成的環境危害（突然遭受污染）

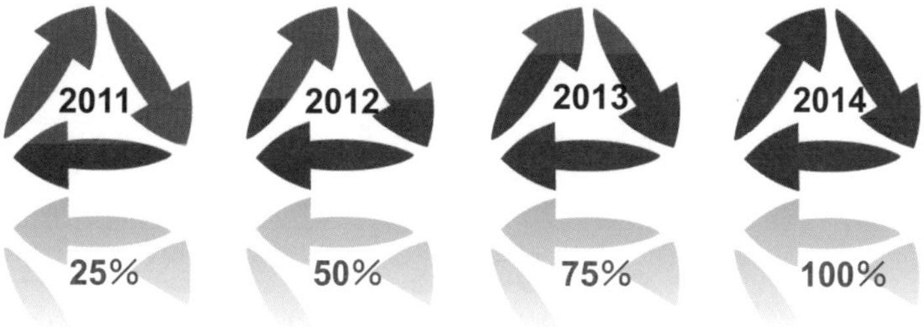

F 塑膠加工廠對可再生材料的運用比例

教育行業的資訊圖表配色

節日儼然成為資訊視覺圖中炙手可熱的主題。每一個節日對應著不同的配色方式，此處僅以一種配色思維作為案例。

▭ 假設需要一幅以春節消費為主題的資訊圖表進行配色……

待配色圖表

如下圖所示資訊圖表主要是用於展現2013年春節各城市紅包及旅遊支出排行情況。

分析後圖表

提及春節，映入腦海的必定是鞭炮、春聯、中國結這些喜慶熱鬧的元素，而其共同的特徵皆為紅色。因此，紅色是表現春節特徵的最佳用色，除此之外，還可加入少量橙色用來渲染熱鬧氛圍。

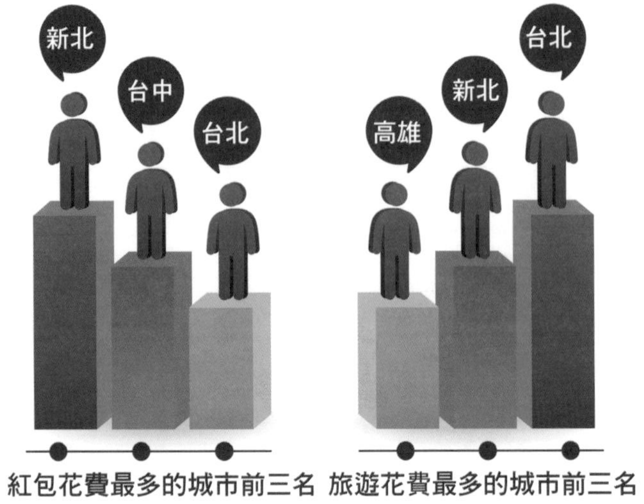

思考案例 某國捐血人群結構分佈情況

根據調查結果，以資訊圖表化的方式告訴觀者，哪些人在無償捐血，並著重於配色方案的制訂。

待圖解訊息

某國參與無償捐血的人群結構情況見下表：

學生	32%
公務人員	25%
私人企業	28%
其他	15%

男性	63%
女性	37%

注：以上資料為抽樣調查結果，僅為參考。

釐清設計流程

首先，通創意化的表現方式將待圖解資訊展現出來，而後確定一個配色出發點，並圍繞著該出發點，為其制訂出一套合理的配色方案。

敲定方案

經過思考，我們將待圖解資訊表現為以下形式（本案例著重於配色講解，具體的創意思路便不再詳細講解）。

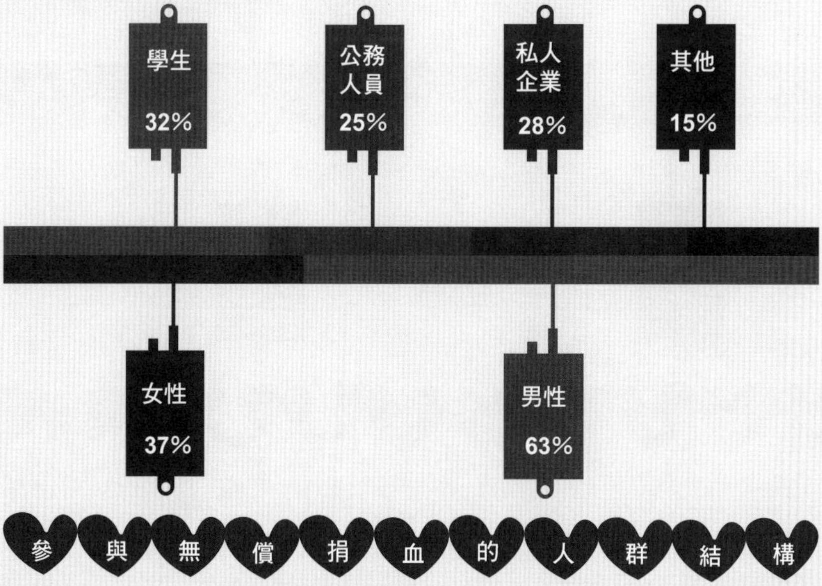

由於本案例的行為與醫療行業相關，而在前面提到與醫療行業相關的配色方式有三種（具體配色方式參考本章 6.3）。為了緊扣捐血這一關鍵資訊，我們參考了血液本身的顏色，最終挑選出配色方式一（紅系色彩與白色的搭配）作為本案例的配色依據。

與此同時，為了避免大面積紅色帶來的濃郁血腥氣息，我們可試著加入小面積的綠色來從中調和。

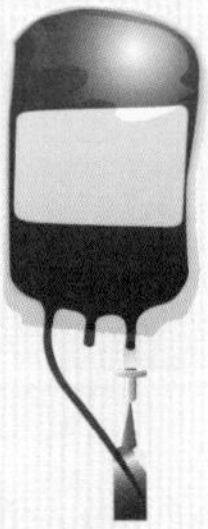

注意：在這裡，我們之所以選擇綠色，是為了在不脫離醫療行業特徵的基礎上，來借用綠色所特有的清新氣息。

最終，我們得到了如下圖所示的用色範圍。並根據選色範圍，完成圖表配色。

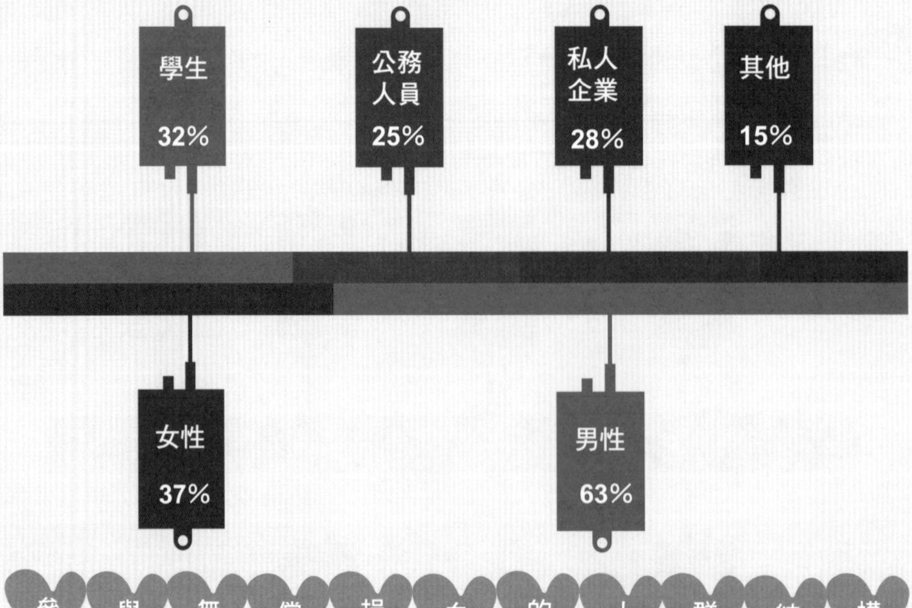

CHAPTER 6
解析資訊圖表中的文字元素

在人們印象中，文字僅僅是一種傳遞資訊的載體而已，但在資訊圖表的設計中，文字除了用於傳遞關鍵資訊，還可作為創意化的設計元素。

接下來，將試著從不同的角度來解析資訊圖表中的文字元素，讓你知道，即使是簡單的文字，也可以玩出大花樣！

6.1 從契合度的角度，解析文字元素

此處的契合度是指字體與圖表的契合度。一般來說，要想讓文字元素與資訊圖表達到一定的契合度，通常會採用兩種方式，其一是從圖表主題或行業特徵的角度來挑選字體，其二是透過分析構成元素的造型特徵來挑選字體。

從契合度的角度來挑選文字時，應當對文字個性（風格）有初步認知，幫助我們快速找到與圖表高度契合的文字元素。

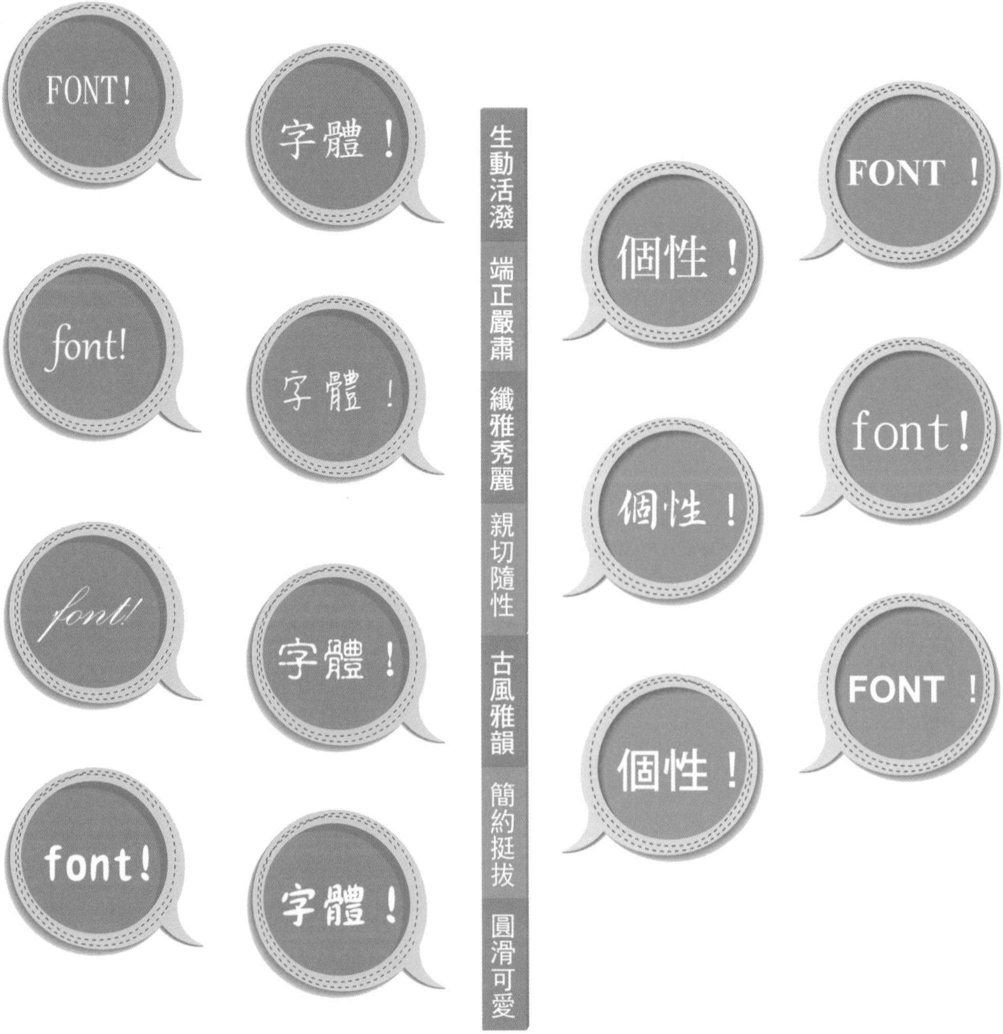

注意：文字的個性（風格）是由文字筆劃的曲折、粗細等多種因素所決定的。

方式一 從圖表主題或行業特徵的角度挑選字體

透過分析作品的主題特色，抑或是抓住圖表所隸屬的行業特徵來挑選字體，是為了讓文字元素與其所在的資訊圖表，在內涵及本質上達到契合。

如下圖所示，為隸屬於電腦行業的一幅資訊圖表框架，該圖表主要是用於列舉網路技術的實訓專案，具體需要填滿的文字內容與對應編排位置已標註在圖示中。

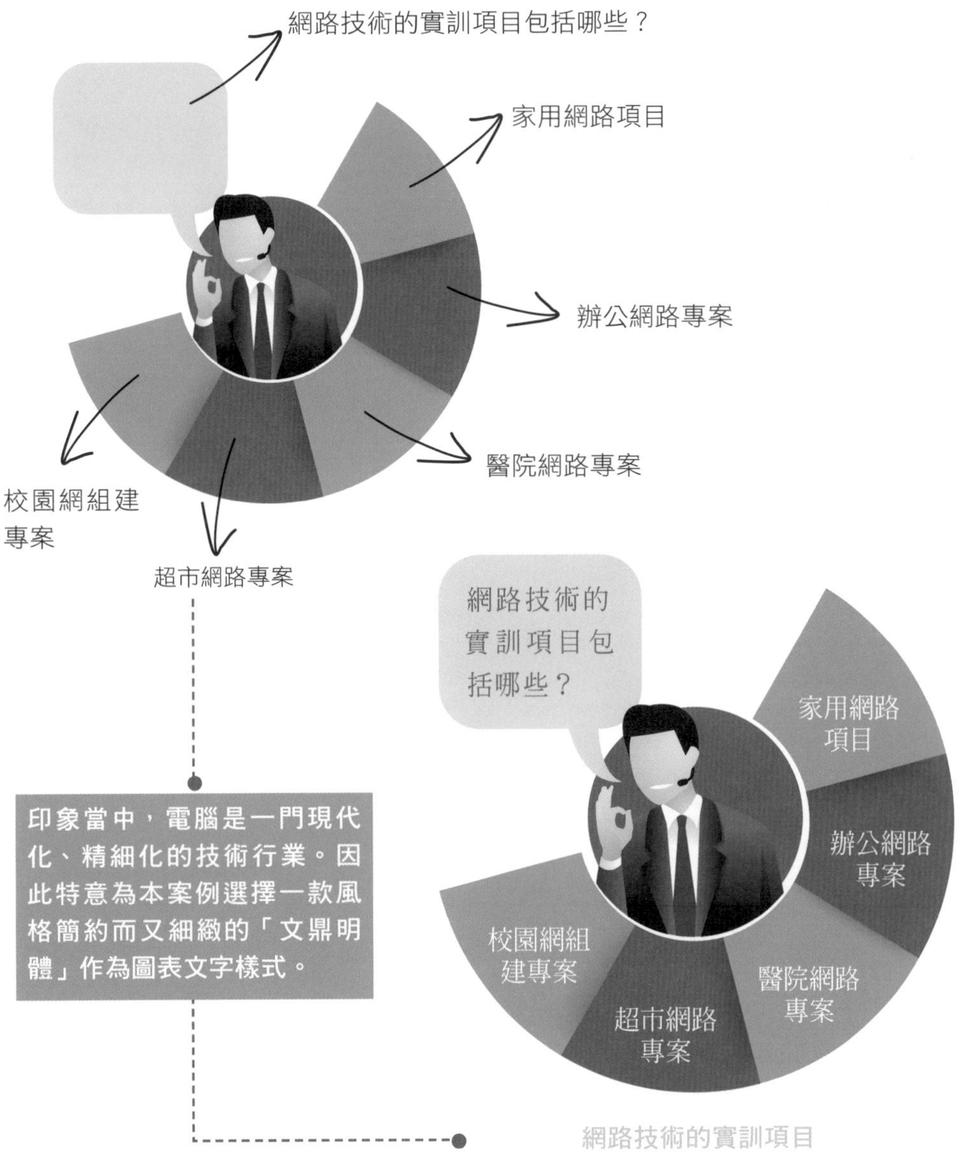

方式二 透過分析構成元素的造型特徵來挑選字體

透過資訊圖表中其餘構成元素（一般是指圖像元素）的造型特徵來挑選字體，是為了讓文字元素與其所在的資訊圖表，在視覺上達到契合。

如下圖所示，為某小學以「當個文明小市民」為主題，所設計的一幅資訊視圖框架，具體需要填滿的文字內容與對應編排位置已標註在圖示當中。

本案例中，所用到的卡通圖形元素，其外形輪廓皆相對圓潤，因此，我們在挑選字體時，特意為其選擇了一款造型圓滑的文字「華康圓體W5」作為圖表文字的字體樣式。

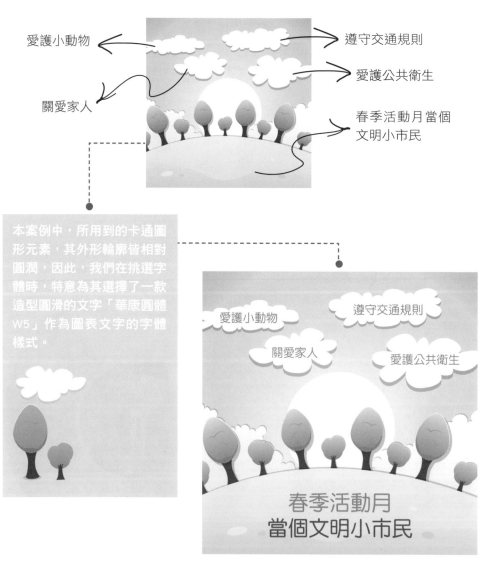

當個文明小市民的行為指南

6.2 從編排的角度，解析文字元素

我們這裡所要講到的文字編排，其重點主要放在文字基本屬性的設置，段落文字的排列，以及一些讓文字更加醒目的編排技巧上。

文字編排的基本原則

文字編排的基本原則是指文字在基本屬性上的設置原則。文字的基本屬性包括字體、字型大小、間距、色彩。

在6.1節中，我們已經詳細講解了字體的挑選方式，在但資訊圖表的設計中，字體樣式不應過於複雜。
01 字體的編排原則
字型大小的編排原則 02
文字字型大小的設置，一般是根據版面的實際情況來定，但同時要注意不同層級文字在字型大小上的區分。
間距是指文字的字間距與行間距，其設置方式沒有絕對的標準，但保證文字辨識度與閱讀流暢度是最基本的原則。
03 間距的編排原則
色彩的編排原則 04
在為文字選擇配色時，可試著從現有的圖表中挑選配色，當然，辨識度是最基本的配色原則。

段落文字的排列方式

在資訊圖表的設計中，段落文字的編排方式並沒有絕對標準，一般來說，都是設計者根據實際情況進行設計，此處僅列舉出幾種常見的段落文字編排方式，並告訴你對應的特點，以便於日後設計的選擇。

齊行（末行靠左對齊）

讓段落文字的首尾兩端均以對齊的方式進行排列（首行文字可縮排兩個字元），末行靠左（或中、右）排列，這樣一來，便可構成一種工整且端正的視覺效果。

自由泳技術特點

人體俯臥水中，頭肩稍高於
水面，游進時軀幹繞身體縱
軸適當左右滾動，兩臂輪流
劃水推動身體前進。

文字居中

將段落中每一行文字的軸心進行對齊排列，這樣一來，便可賦予文段一種相對工整的韻律感，同時也能讓文段的視覺焦點相對集中。

自由泳技術特點

人體俯臥水中，
頭肩稍高於水面，
游進時軀幹繞身體縱軸適當
左右滾動，
兩臂輪流劃水推動身體前進。

左右對齊

讓文段的左右兩端皆以完全對齊的方式排列，進一步形成一種工整的矩形形態，最終使得文字版面趨於嚴謹，傳遞出一種頗為嚴肅的視覺情感。

自由泳技術特點

人體俯臥水中，頭肩稍高於
水面，游進時軀幹繞身體
縱軸適當左右滾動，兩臂
輪流劃水推動身體前進。

齊左齊右

將每一行文字的左端或右端進行對齊排列，便可得到一種節奏感極強的文段效果。一般來説，齊左排列的視覺流暢度更高。

自由泳技術特點

人體俯臥水中，
頭肩稍高於水面，
游進時軀幹繞身體縱軸適當
左右滾動，
兩臂輪流劃水推動身體前進。

讓文字更加醒目

在資訊圖表的文字編排中，我們不可避免地需要對一些重點文字資訊進行突出強調，而在這時，究竟要使用何種設計方式，便是我們這裡所要講到的重點內容。

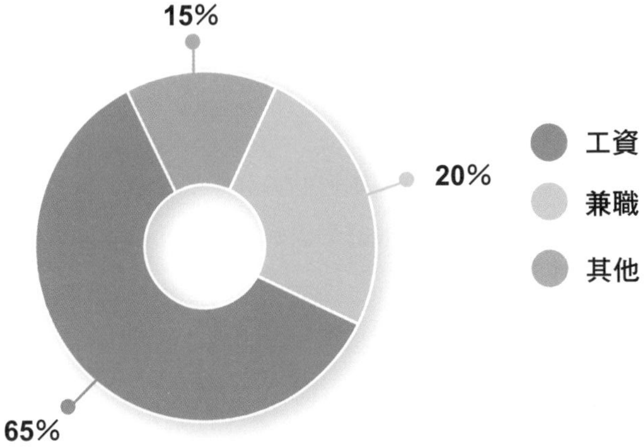

假設需要對如左圖所示的圖表中的兼職收入數據「20%」進行強調，可試著採用如下幾種方式……

小王 2013 年年總收入具體情況

方式一 增大字形大小

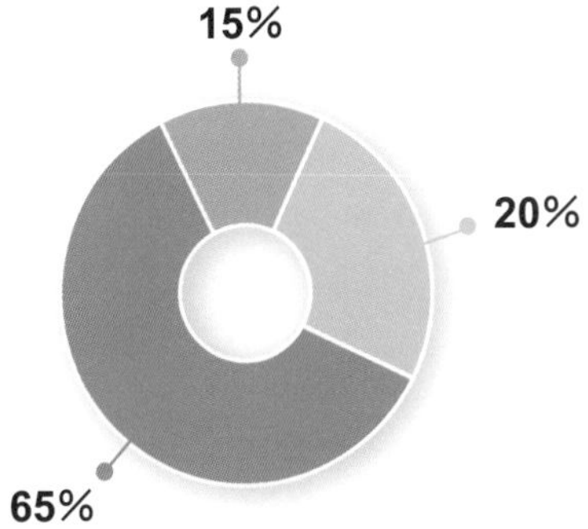

方式二 挑出的配色

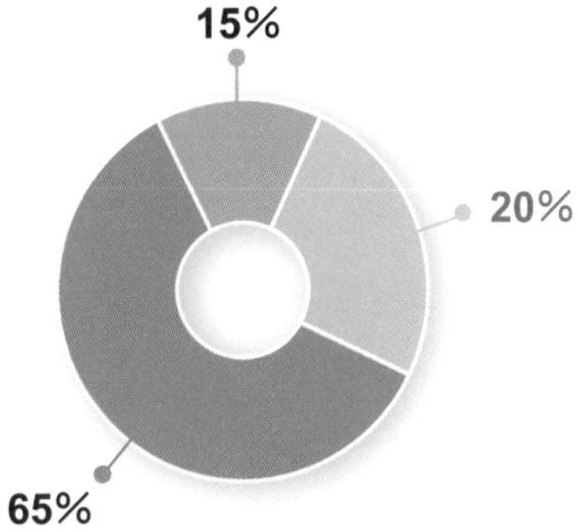

方式三 借助其他元素

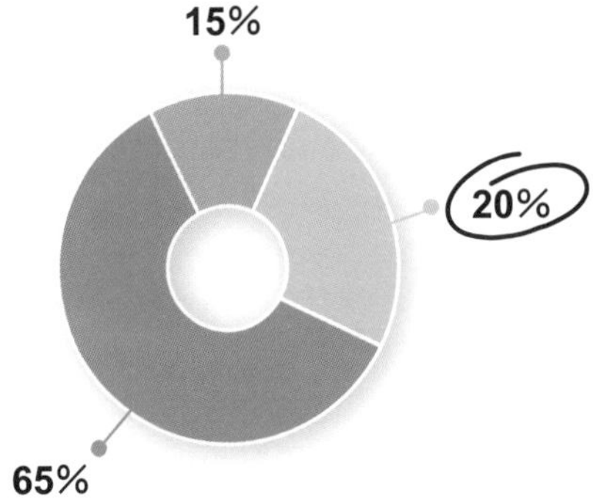

方式四 多方法混合運用

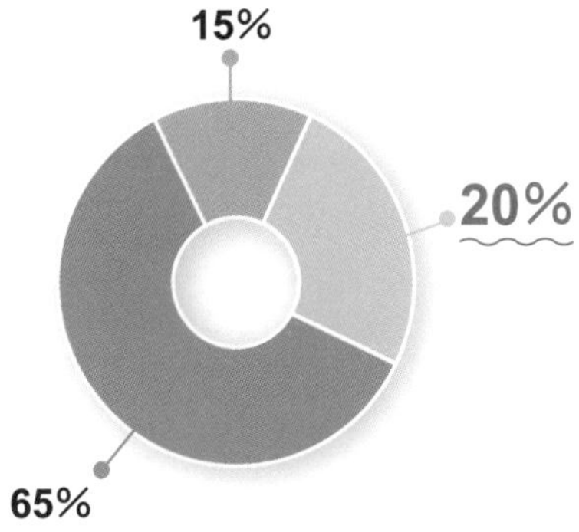

6.3 從創意的角度，解析文字元素

本書已經多次提到，創意對於一個設計來說的重要性，接下來，便會從創意的角度，來解析文字元素，讓你知道，文字並不是只能平鋪直述而已。

群組直條圖的實例運用

聚集型文字的編排方式與我們前面所講到的聚集型圖形的設計手法類似，皆是將大量的構成元素聚合成一個新的形象，只不過前者的最終形象是文字，而後者的最終形象是圖形。

方式一 以文字聚集成文字

構成元素＝文字　　　　**最終形象＝文字**

待圖解訊息

優秀團隊的必備特質為：和諧通暢、靈活開放、上下同欲、內外同心、反思總結、自覺創新的團隊。

分析後結果

團隊的英文為「team」，在這裡，我們會將其作為最終文字形象。

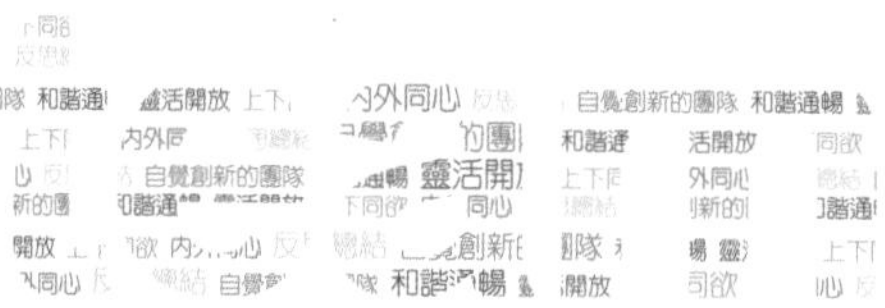

➲ 將必備條件元素——文字，拼湊成「team」形態。

為了讓「team」形態更加清晰，我們特意為其增加了一個淺色背景。

優秀團隊的必備特質

方式二　將圖像元素聚集成文字

構成元素＝圖像元素　　　　　最終形象＝文字

假設需要透過聚集型文字來表達女性最喜歡的三種花卉……

待圖解訊息

經抽樣調查，女性最喜歡的三種花卉為：玫瑰、百合、向日葵。

玫瑰

百合

向日葵

綠葉

分析後結果

為了貼合主題，首先繪製出了如上圖所示的四種圖樣作為構成元素。

將前面得到的構成元素，拼湊成文字「花」的形態，完成最後設計步驟。

女性最喜歡的三種花卉

文字圖形化的創意表達

文字圖形化，顧名思義，就是將文字變成圖形。簡單來說，就是將文字元素拼湊成某種圖形形態。

方式一 文字對圖形的局部形象替換

將文字的局部形態替換成文字元素，是文字圖形化的其中一種創意方式。

🗀 假設需要透過文字圖形化的創意，來表達推動企業發展的關鍵因素。

待圖解訊息

推動企業發展的兩大元素為創新與品質改善。

分析後結果

假設將企業比作一輛自行車，那麼創新與改善品質就是驅動自行車前進的動力。根據這一要點，決定將自行車的輪子進行文字圖形化設計。

推動企業發展的關鍵因素

方式二　文字對圖形的整體形象替換

將文字的整體形態替換成文字元素，也是文字圖形化的一種創意方式

待圖解訊息

愛是什麼？愛是 love、愛是 darling、愛是 girl and boy，愛是 desire、愛是……

分析後結果

一提到「愛」，一定會聯想到紅色的愛心圖形。因此，決定將如右圖所示的圖樣作為本案例的創意載體。

將代表著愛的真諦的文字，拼湊成愛心形態，並透過多種字體的設置，暗示出愛的多樣性。

透過配色，提升圖表的層次感，完成最後的設計步驟。

感悟愛的真諦

文字材質的多元化選擇

將文字的肌理替換成其他材質，也是一種極為常見的文字創意方式。文字材質的選擇十分多元化，最簡單的選擇方式便是根據字意進行選擇。經過材質替換後的文字，可運用範圍極廣，接下來僅提供部份材質的文字效果，以供參考。

DIAMOND（鑽石）

CHRISTMAS（聖誕）

WOOD（木材）

PAPER（紙）

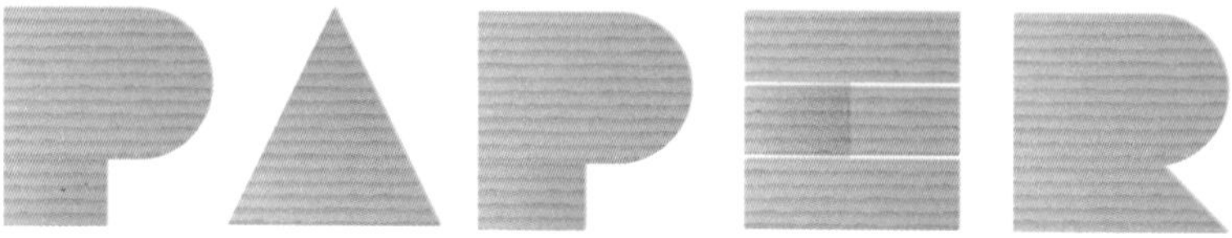

思考案例 表現運動的多元化

接下來需要設計一幅資訊圖表來表現運動的多元化，進一步激發觀者的運動熱情。

待圖解訊息

直覺表現出運動的多元化，常見的運動項目有網球、跑步、武術等。

釐清設計流程

我們需要將各種運動專案融合在本圖表的設計當中，同時要直接點明運動的本質。以上兩點，便是本案例的創作基點。

敲定方案

根據前面提出的兩個設計關鍵點進行思考，我們決定採用聚集型文字來作為本圖表的創意基點，所採用的設計手法為前面正文中所提到的方式二——將圖像元素聚集成文字。

我們這裡所要使用的圖像元素為各種各樣的運動小人。所要聚集成的文字形態為「SPORT」, 即運動。

在設計之初，我們首先要確定文字「SPORT」的基本形態，如下圖所示，為了貼合運動的特質，我們特意選擇了一款造型活潑的字體樣式，作為模型。

按照字體的輪廓排列構成元素——運動小人。

去除圖表中的字體參考樣式。

挑選與運動主題相符的配色組合——高純度多彩色搭配。

將配色運用到圖表當中，完成整個設計。

運動的多元化表現

CHAPTER 7

資訊圖表中的版式設計

簡單來說，版式設計就是將不同的構成要素，按照一定的秩序進行排列。相較於其他構成要素而言，在許多設計師的眼中，版式設計在資訊圖表中的重要性可能稍顯薄弱。

一個優秀的版式設計，除了能美化作品以外，還具備著多種功能。例如，賦予版面情感、引導觀者的視覺動向、延長觀者視覺停留時間……接下來，就請一同進入版式設計的世界吧！

7.1 簡單俐落的單向型版面

‖ 各種版面類型中，單向行版面試最簡單也是最基礎的一種版面類型。

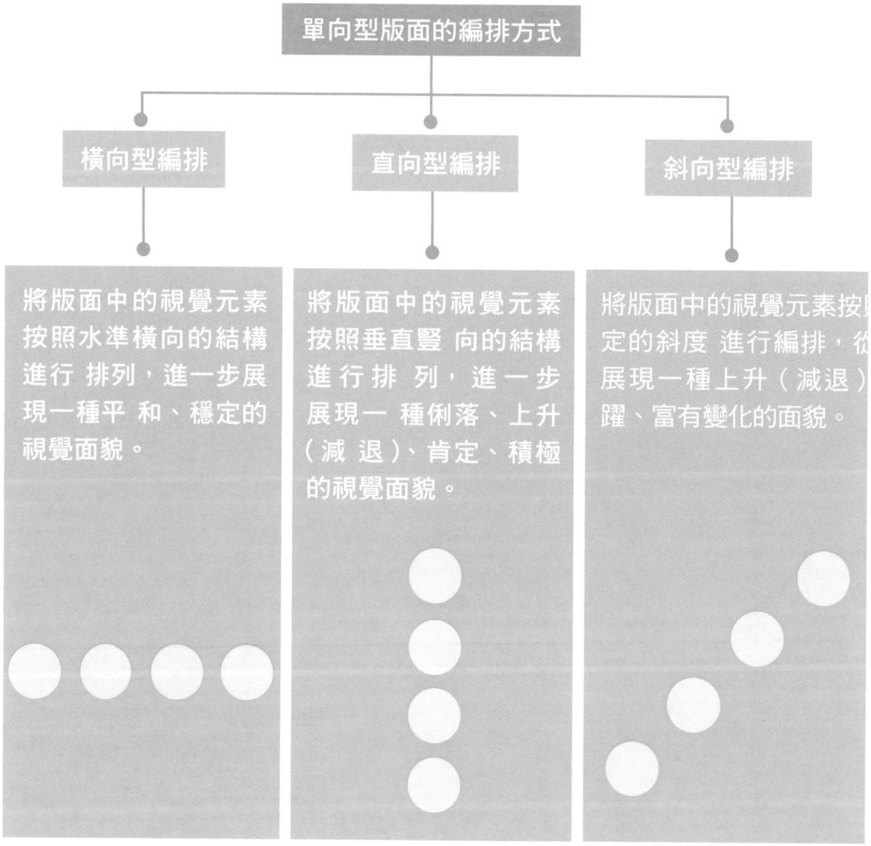
單向型版面的編排方式
橫向型編排
直向型編排
斜向型編排
將版面中的視覺元素按照水準橫向的結構進行 排列，進一步展現一種平 和、穩定的視覺面貌。
將版面中的視覺元素按照垂直豎 向的結構進行排 列，進一步展現一 種俐落、上升（減 退）、肯定、積極的視覺面貌。
將版面中的視覺元素按
定的斜度 進行編排，
展現一種上升（減退）
躍、富有變化的面貌。

▭ 假設需要在以上三種單向型版面中，挑選一種來編排下面所提供的待圖解資訊……

待圖解訊息

展現企業發展進程中的不同階段——創業期、成長期、成熟期、蛻變期。

分析後結果

從客觀上來說，企業的整個發展進程所呈現出的發展趨勢為上升態勢，因此，根據這一要點考慮，可從直向型版面與斜向型版面中挑選適合本案例的版面類型。除此之外，考慮到企業的發展之路是逐步且連續的變化過程，因而最終決定選擇斜向型流程來編排本案例。

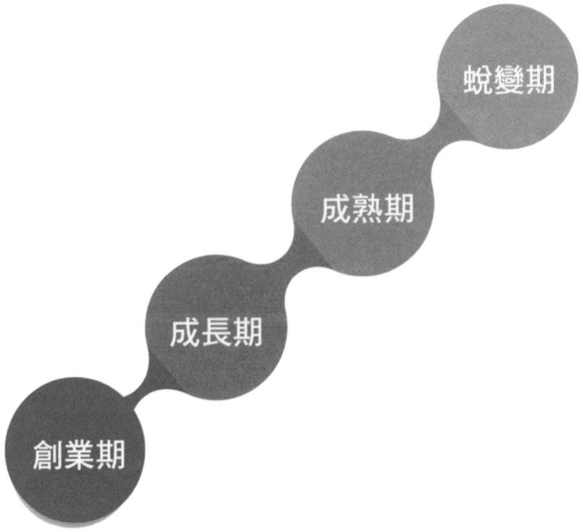

企業發展進程中的不同階段

7.2 對比鮮明的聚散型版面

在資訊圖表的編排中，聚散型版面的運用範圍較窄，但其所擁有的視覺感染力與塑造力，卻不可替代。

聚散型版面的編排方式

聚集型編排

將版面中需要排列的各視覺元素，按照聚攏的形態進行編排，進一步讓版面具備較強的視覺凝聚力。除此之外，這樣的編排，還能讓圖表在視覺上也顯得相對飽滿。

分散型編排

與聚集型版面截然相反，分散型版面是將版面中需要排列的各視覺元素，按照分散的形態進行編排，進一步讓整個圖表得到一種自由、多樣、隨性的視覺情感。

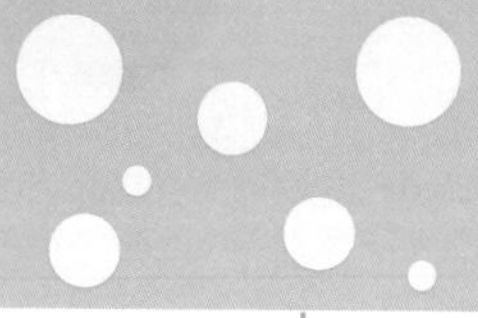

聚散對比型編排

聚散對比型版面是前面我們所講到的的兩種版面的混合運用。簡單來說，就是讓同一版面中，即具有聚集形態，又具有分散形態，而最終所呈現出的視覺效果不僅蘊含多重情感，還能透過對比，加強整個作品的視覺衝擊力。

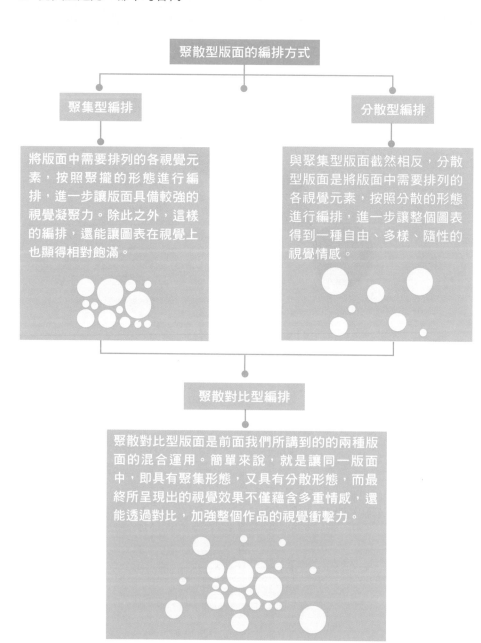

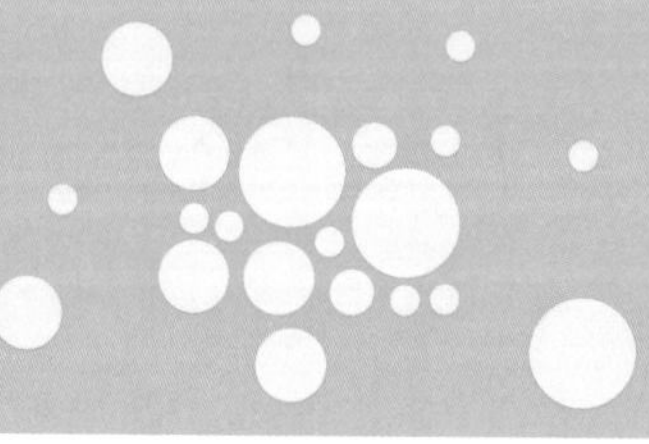

假設需要透過聚散型版面中的一種，來編排下面所提供的圖解資訊……

待圖解訊息

生活每天都充斥著各種各樣的廣告，但你又是否知道這些廣告究竟是做給誰看？接下來便是透過資訊圖表化的方式，告訴觀者這些廣告是給顧客、潛在顧客、投資者及競爭對手看。

廣告做給誰看？如果我們能更深層次地來剖析這個問題，那就是設計者想要將廣告中的資訊資訊傳遞給誰？假設，我們將廣告資訊的接收者比作是岸邊釣魚的人，那麼廣告中所涵蓋各種資訊諮詢不就是水中的魚嗎？

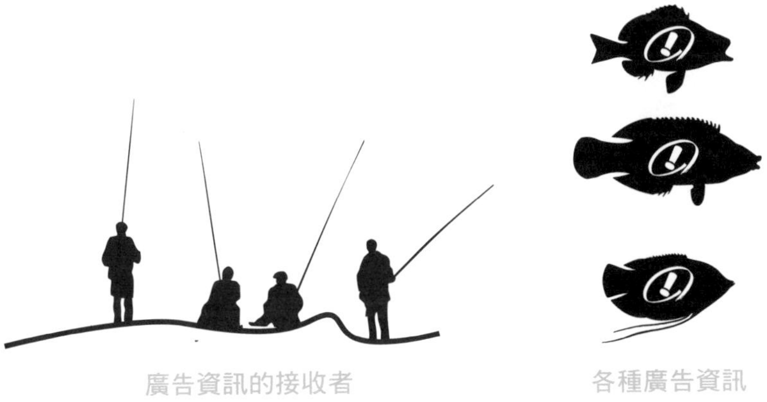

分析後結果

將前面得到的創意元素按照分散狀進行編排，可展現出大眾得到廣告資訊的自由度，以及廣告資訊的多樣性。

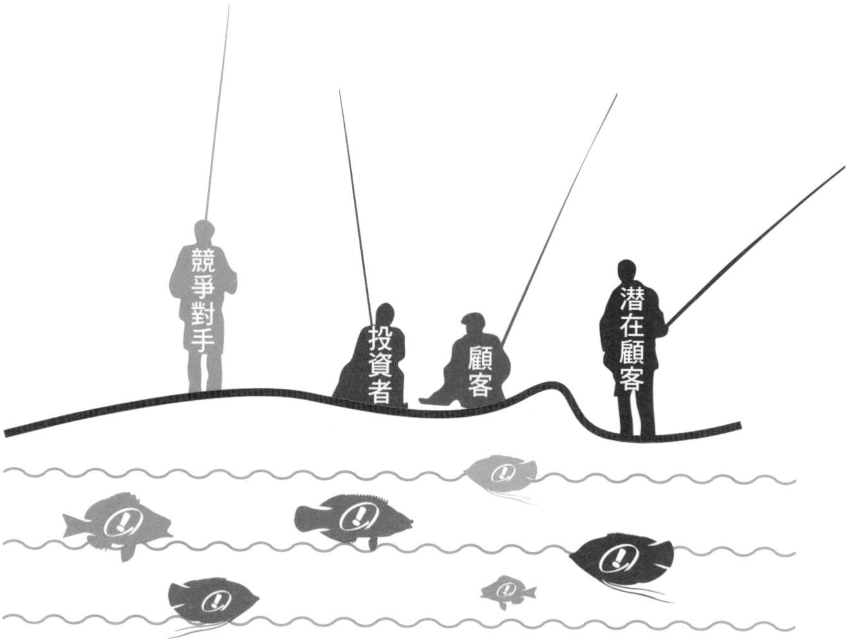

廣告究竟是做給誰看？

7.3 中規中矩的版面類型

如果想讓圖表版面得到一種相對工整，形式感較強的視覺效果，那麼可以考慮採用提及的幾種中規中矩的版面類型。

重複型格點式資訊版面

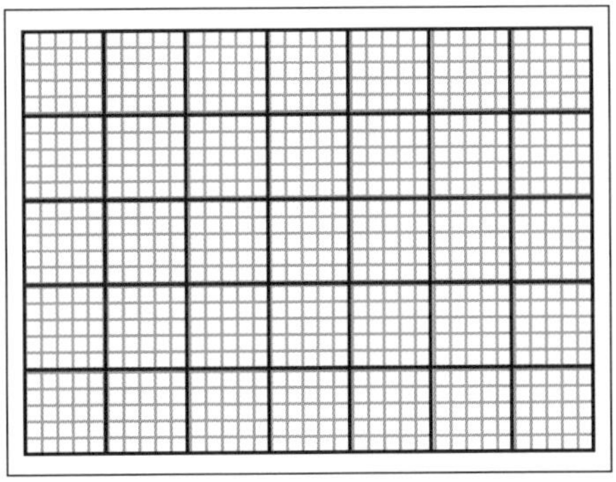

在版式設計中，格點是一個十分重要的輔助工具，在學習格點式版面之前，首先要學會建立格點。簡單來說，就是將版面劃分成多個均等的儲存格。

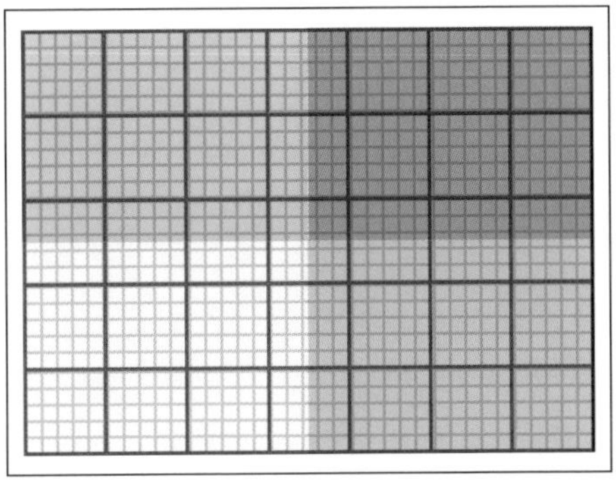

透過格點可產生多種版面，但此處將著重介紹較為常見的重複型格點版面。其構建方式，就是將格點劃分成多個均等的矩形區域，並將各個視覺元素進行分組，最後排列在這些重複的矩形區域中。

注意：重複型格點式版面適合用來排列處在同一層級的多元素組。

假設我們需要採用重複型版面對某個元素眾多的視圖進行編排……

待圖解訊息

根據調查，一提及耶誕節，人們往往會聯想到聖誕老人、聖誕樹、氣球等元素，而我們所要做的便是將這些元素進行圖表化展現。

分析後結果

重複型格點

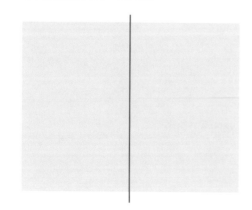

大眾心中的耶誕節

對稱式資訊版面

對稱式構成是一種最符合大眾審美的版面類型。它能帶來一種穩定、均衡、傳統，且不失高格調的視覺效果。在建立對稱式版面之初，應首先繪製一條對稱線。

在建立了對稱線以後，便可試著將所需排列的視覺元素，按照一種複製般的形式，進行對稱排列。

▱ 假設需要採用對稱式版面來重新排列前一頁中所提供的資訊圖表⋯⋯

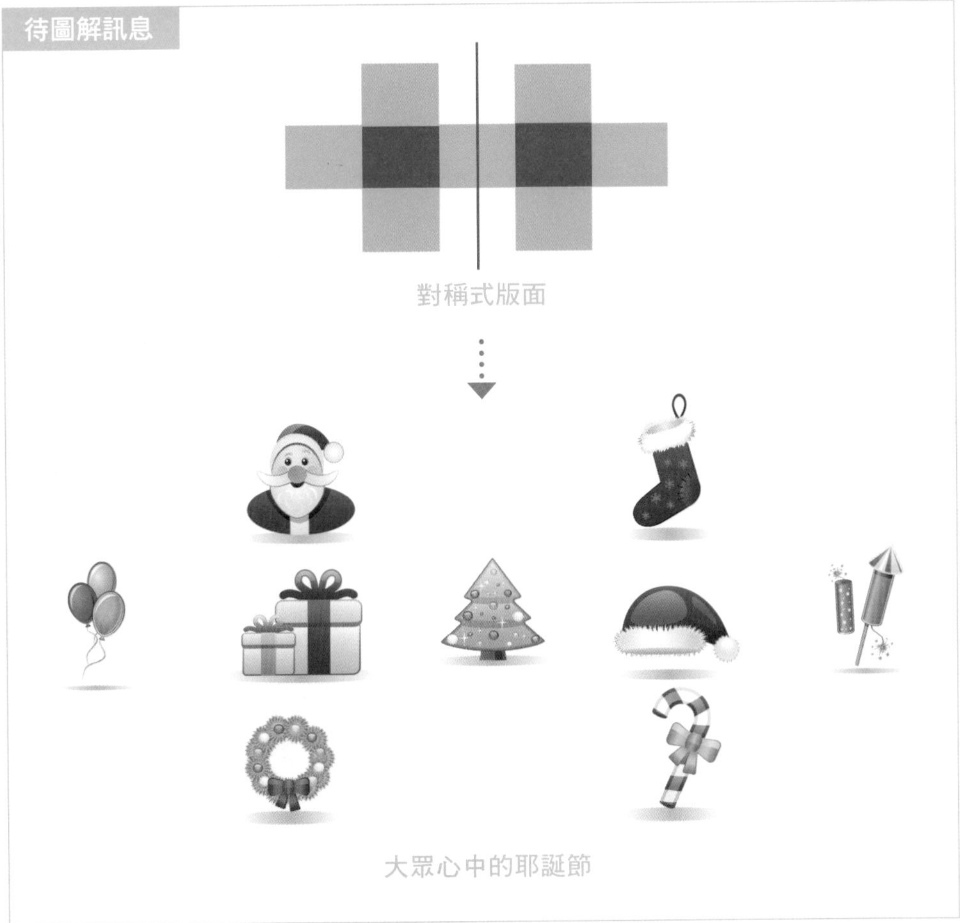

直線型幾何式資訊版面

直線型幾何式資訊版面的種類有許多。簡單來說，直線型幾何就是以直線線段拼湊而成的幾何圖形，此處所要提到的直線型幾何式版面，就是將視覺元素依照某種直線型幾何圖形的結構進行編排，使之擁有一種稜角分明、堅挺、穩定且缺一不可的視覺效果。

常見的直線型幾何資訊圖形（版面）及具備特質有這些……

矩形——正直、工整。

三角形——穩定、硬朗。

多邊形——開放、多元化、不拘一格（該類版面適合分組資訊較多的圖表）。

□ 假設需要選擇一種直線型幾何版面，來編排下面所提供的待圖解資訊……

待圖解訊息

在勞動力多元化條件下，現代企業文化有如下幾個方面的特徵——❶ 多元性；❷ 整合性；❸ 滲透性；❹ 學習性；❺ 動態性；❻ 創新性。

分析後結果

經過分析後，六邊形結構能夠讓前面所提供的六條關鍵資訊（資訊數量相對較多）得到合理編排。同時，也能在一定程度上契合勞動力多元化的主題。

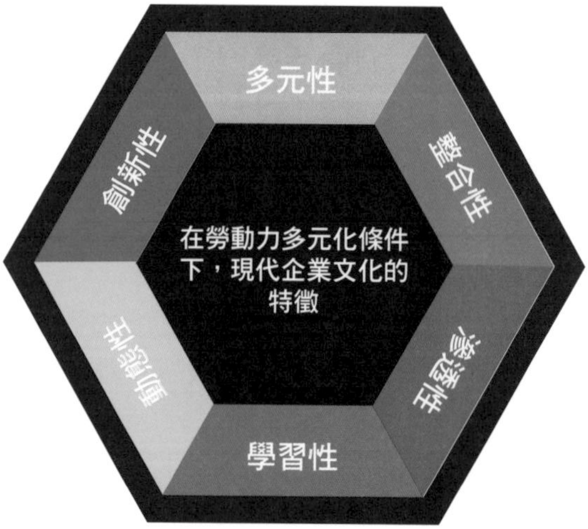

7.4 焦點集中的版面類型

在資訊圖表的版面設計中，存在著這樣一種版面類型，當它出現在版面中時，不論圖表是否具備較高的創意度，美感的強弱與否，它皆能在第一時間吸引住觀者的目光。我們暫且將其稱為集中焦點的版面類型。

交叉式資訊版面

所謂交叉式資訊版面，就是將版面中的各視覺元素按照交叉線的形式進行編排，而由各元素所構建出的交叉點，便是整個版面中吸引觀者的焦點所在。

如下圖所示為一些較為常見的交叉版面形式（紅圈標註出的區域便是版面中的吸睛交叉點）。

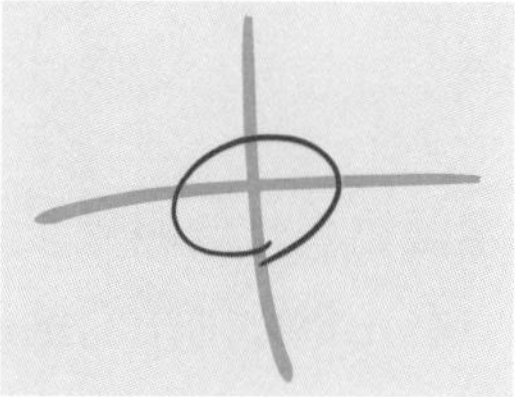

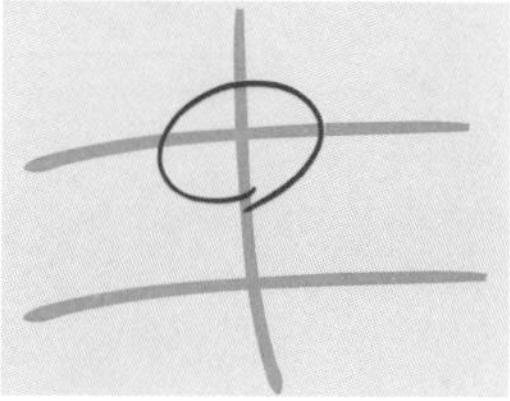

假設需要採用交叉式版面對下面所提供的資訊進行圖表化編排……

待圖解訊息

突出強調網路的特點——❶ 多點性；❷ 連結性；❸ 交互性；❹ 快速性。

分析後結果

由方塊構建出的交叉點區域讓重點得到了有效凸顯。與此同時，透過箭頭元素來構建交叉版面，能夠從側面暗示出網路給人的四通八達印象。

現代網路的特點

向心與離心式資訊版面

此處所提的向心與離心式版面，其實是建立在本書第 4 章所講到的集中型結構模式與擴散型結構模式上。它們分別是這兩種結構模式的其中一種編排方式。其中集中型結構對應向心版面，擴散型結構對應離心版面。

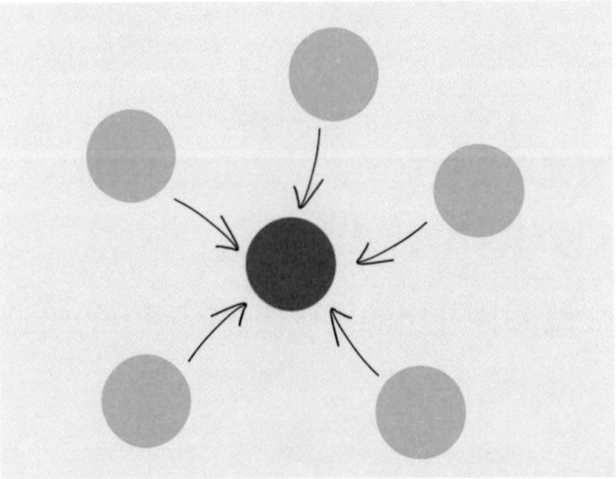

讓多組視覺元素圍繞著一個視覺元素進行排列，並讓週邊元素同時指向中心元素，這便是向心式版面的基本編排方式，其具體特徵可參考集中型結構。

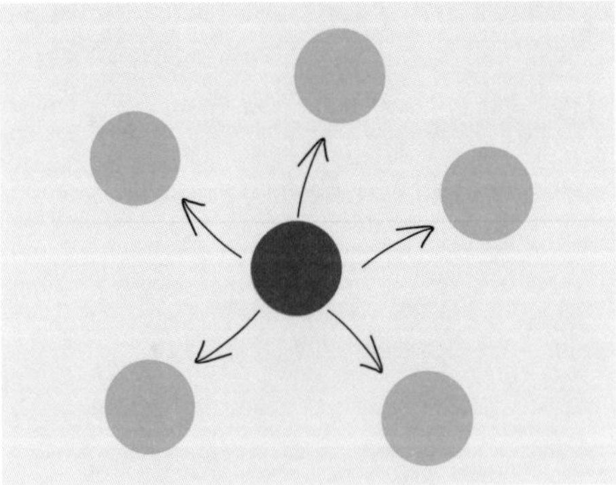

讓多組視覺元素圍繞著一個視覺元素進行排列，並讓中心元素分別指向週邊元素，這便是離心式版面的基本編排方式，其具體特徵可參考擴散型結構。

注意：以上兩種版面構成，皆是以突出中心焦點為主，只不過向心版面的聚焦能力更強，離心版面的視覺擴展性更佳。

▱ 假設，我們需要從向心版面與離心版面中挑選一種，來對下面所給出的資訊進行視圖化編排……

待圖解訊息

銷售人員需具備的特質有哪些？例如，對自身銷售的產品有十足的信心，高度的熱忱和服務心，非凡的親和力，善用潛意識的力量，明確的目標和計畫等。

分析後結果

挑選離心型版面來編排上述資訊，除了能突出中心資訊（銷售人員具備的特質）以外，還能透過一種擴散式的視覺導向，引發人們對沒有列舉的資訊的思考。

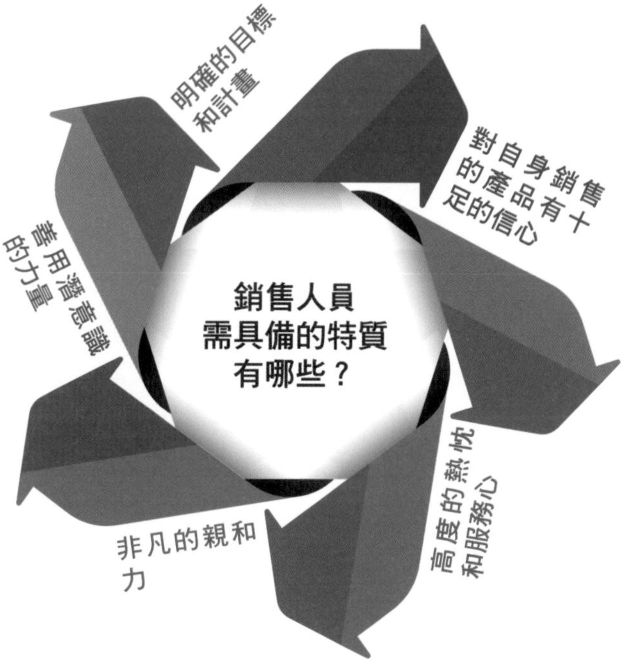

7.5 具備延時性的版面類型

在設計資訊版面時，如果想要在延長觀者視線在版面中的停留時間，那麼可以試著採用接下來的兩種版面類型，可引導觀者視線在版面中做曲線或折線運動，這樣一來，便可發揮一定的延時作用。

交叉式資訊版面

折線型版面是將版面中的視覺元素按照一定的折線形態進行排列。如下圖所示為常見的折線型版面及對應的特質表現。

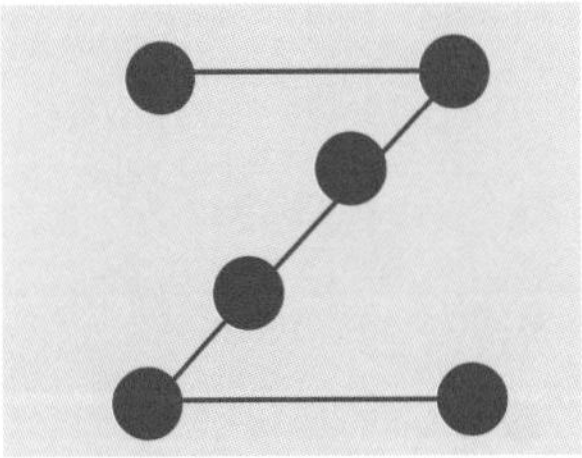

「Z」型折線版面——最常見，俐落，簡潔。

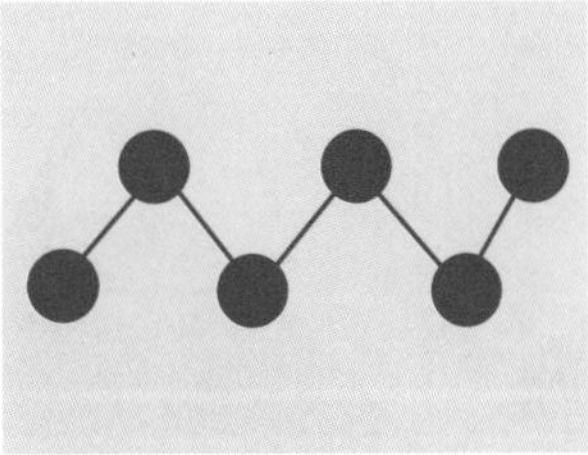

穩步推進型折線版面——平穩、有序。

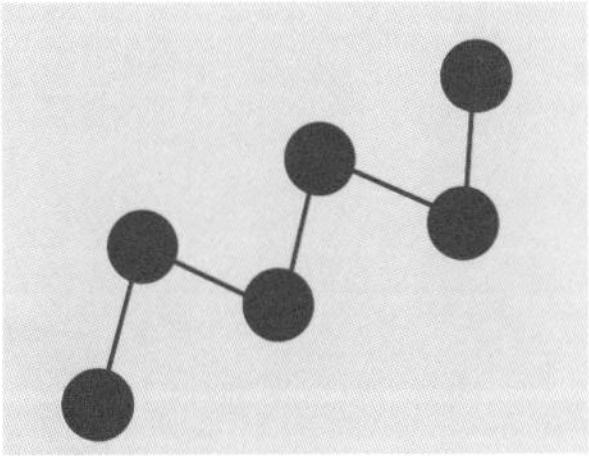

上升型折線版面——穩步漸進、積極。

假設，我們需要挑選一種折線型版面來對下面資訊進行視圖化編排……

待圖解訊息

新員工快速成長的途徑——❶ 具備一個積極的心態；❷ 注意溝通與交流；❸ 掌握 科學的工作方法；❹ 對工作盡心盡力

分析後結果

在上面所列舉的三種折線型版面中，上升型版面可形象地展現員工的成長過程，因此，我們決定選擇該種版面來編排本案例中的資訊元素。

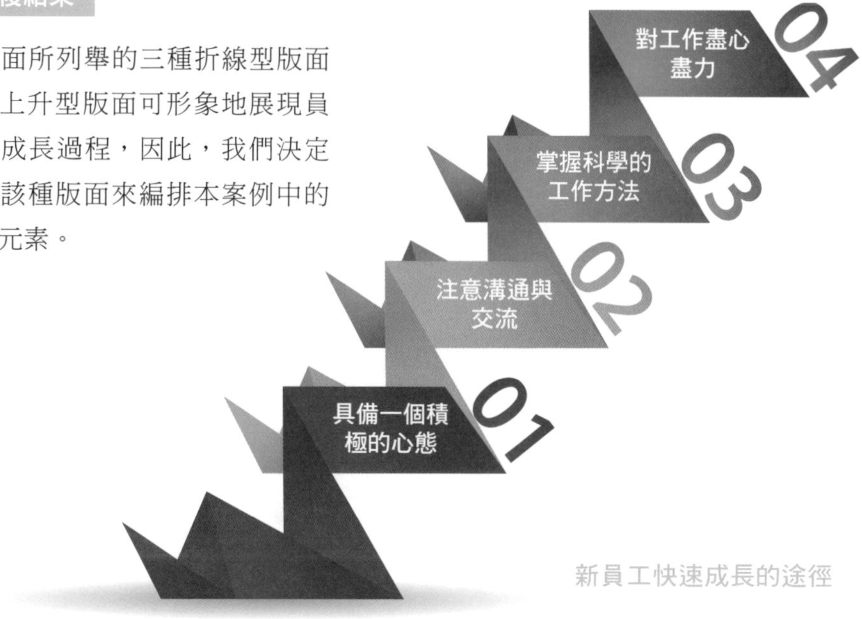

曲線型資訊版面

將版面中的視覺元素按照一定的曲線形態進行排列，便是曲線型版面的基本編排方式。如下圖所示為常見的曲線型版面及對應的特質表現。

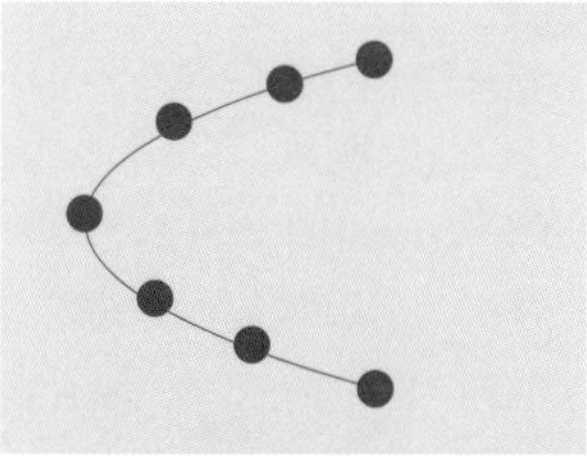

「C」型曲線版面——簡約、圓滑（適合資訊點較少的曲線版面）。

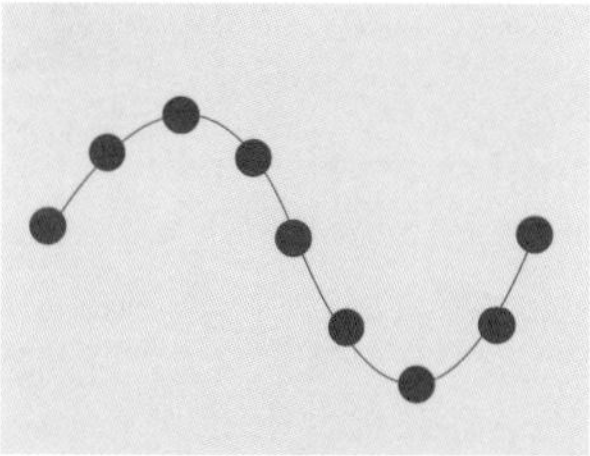

「S」型曲線版面——優美、靈動。

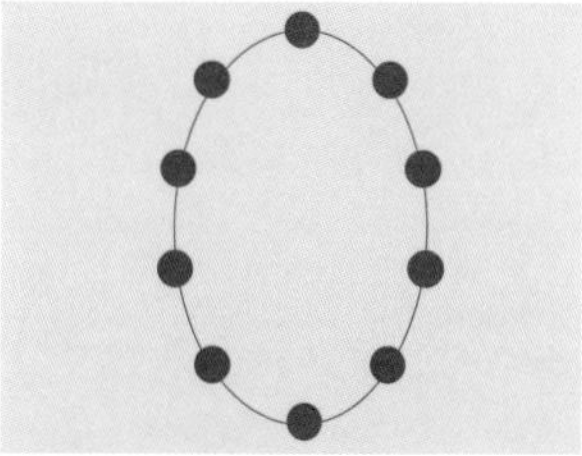

「O」型曲線版面——飽滿、循環。

注意：雖然折線型版面與曲線型版面皆為延時類版面，但折線型給人的感覺更加俐落，理性色彩更加濃厚，而曲線型給人的感覺更加柔和，感性色彩更加突出。

假設，我們需要挑選一種曲線型版面來對下面的資訊進行視圖化編排……

待圖解訊息

音樂的基本元素——❶ 節奏；❷ 曲調；❸ 和聲；❹ 力道；❺ 速度；❻ 調式；❼ 曲式；❽ 織體；❾ 音色。

分析後結果

在我們的印象當中，音樂是一門極具感性色彩，且蘊含著濃郁美感的藝術，因此，為了表現出音樂所特有的靈動、悠揚特質，我們決定採用「S」形曲線版面來編排以上資訊元素。

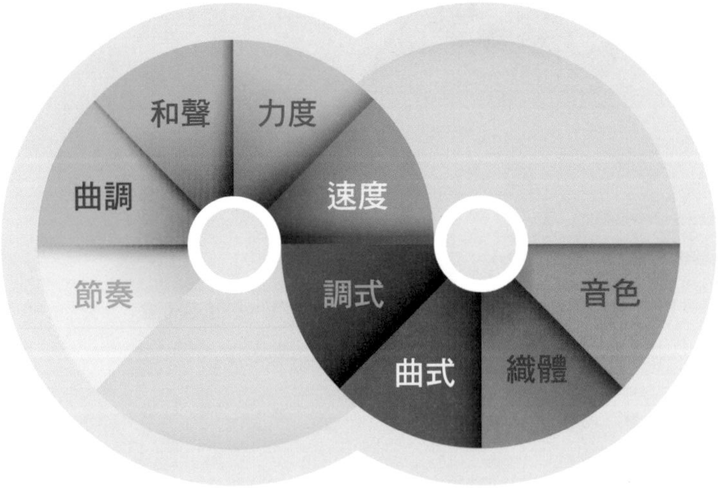

音樂的基本要素

7.6 資訊圖表中的版式注意事項

在資訊圖表的版式設計中，除了要對其大方向進行掌握以外，一些極易忽略的小細節也同樣需要花上許多心思下面提供一些注意事項，希望能幫助你在今後的設計中，打造出更加完善的圖表作品。

注意細節一：注意圖文間的對應關係

➲ 看似工整的編排，卻讓圖文間缺乏基本的對應關係，這樣的設計，會在一定程度上造成觀者的閱讀障礙。

➲ 找準圖文對應關係，可大幅度提高資訊圖表的傳播效率。

注意細節二：注意細節元素的間隔控制

➲ 同類元素不均等的間隔設置，會造成版面的混亂。

➲ 均等的間隔設置，是保持版面美感的一大條件。

注意細節三：注意細節元素的大小控制

- 同類元素在大小上的不統一，也會造成版面混亂。

- 若非創意需要，那麼請儘量保證同類元素的大小統一，得以維持版面美感。

思考案例　提高學生學習積極性的方式

根據所提供的待結合之前所學，透過資訊圖表化的方式以提高學生積極性的方式展現。圖解資訊，從各基本圖解模式中，挑選一種最佳的圖表類型，將下列資訊資料以一種更加生動的形式呈現出來。

待圖解訊息

提高學生學習積極性的方式有：❶ 給學生確定一個恰當 的期望值；❷ 以鼓勵為主，讓學生感到學習的進步和快樂；❸ 良好的師生關係，能使學生更加渴望學習；❹ 對學生學 習的積極性要善於引導。

釐清設計流程

本章主要圍繞著版式設計來表達，因此，在本案例計會著重在版式編排的角度，來策劃整個圖表的構成。與此同時，從案例命名可以看出，積極性是本案例的一大核心。

敲定方案

在我們前面正文中所講到的各種版式設計方案裡，有三種方案能在一定程度上展現積極的視覺風貌，它們分別是單向型版面中的直向型版面與斜向型版面，以及上升型折線版面。

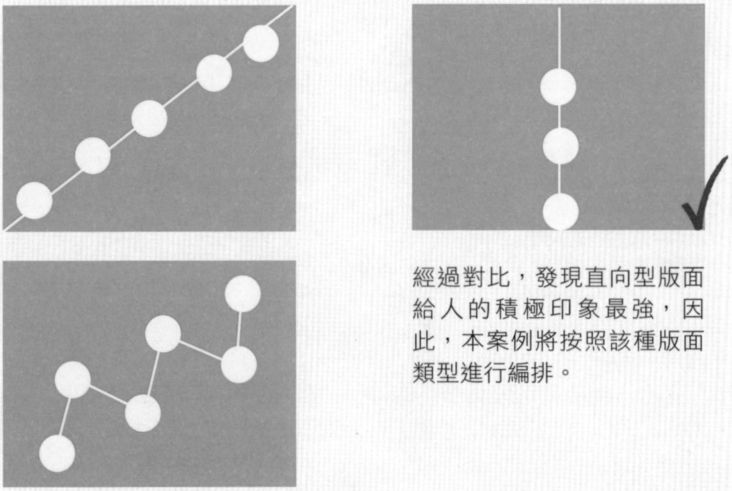

經過對比，發現直向型版面給人的積極印象最強，因此，本案例將按照該種版面類型進行編排。

而後，為了貼合學生的特質，特意使用鉛筆元素作為創意載體（這裡，我們採用了文字到圖形的間接轉化方式進行聯想思考），並最終得到了如右圖所示的視覺元素。

注意：將筆頭朝向上方，是為了賦予直向版面上升感，進一步表現出積極性！

將前面提供的資訊合理編排在創意結構中，進一步完成整個設計。

CHAPTER 8

綜合化的資訊圖表設計

你是否知道要怎樣將各種構成要素，合理用在同一幅視覺化作品的設計當中？本章節便著重在多個綜合化的資訊圖表案例，將前面所學的各個構成要素（包括圖形、色彩等），綜合運用在同一案例的設計當中，讓你從多個角度對案例進行剖析，並知曉一幅資訊圖表的完整設計流程。

8.1 Y 品牌主推產品的年度銷售趨勢

Y 品牌為了對其在 2013 年所推出三款行李箱 (主推產品) 的年銷售情況進行分析，需要我們根據以下資料，設計出一幅形象生動的圖表化作品，並且要求該圖表能夠表現出每款產品銷售量最高的一個時期，以及各時間段的資料變化趨勢。

待圖解訊息

Y 品牌三款主推產品 2013 年的銷售情況

單位：件

產品＼月份	一月	二月	三月	四月	五月	六月
A 款行李箱	280	280	330	310	240	420
B 款行李箱	320	260	300	350	320	370
C 款行李箱	250	220	260	390	190	340

產品＼月份	七月	八月	九月	十月	十一月	十二月
A 款行李箱	400	450	460	280	260	320
B 款行李箱	360	400	400	320	220	280
C 款行李箱	450	370	350	210	180	220

釐清設計流程

為了對 Y 品牌三款主推產品在 2013 年的銷售情況進行分析，首先應從圖表模式中，選擇一個合理的基本框架，而後從圖形的角度強化圖表的創意，並同時處理配色與字體，完成圖表設計（本案例是以圖表框架為主，因此，版面相對固定，基本不涉及版式設計）。

敲定方案

結合 Chapter03 所學知識，我們發現在各種圖表類型中，折線圖表最適合用來表現隨時間演進，資料的變化趨勢，因此，我們決定選擇折線圖作為本案例的基本結構框架。除此之外，考慮到各時間段資料變化的表現，我們會為折線圖增加資料標記。

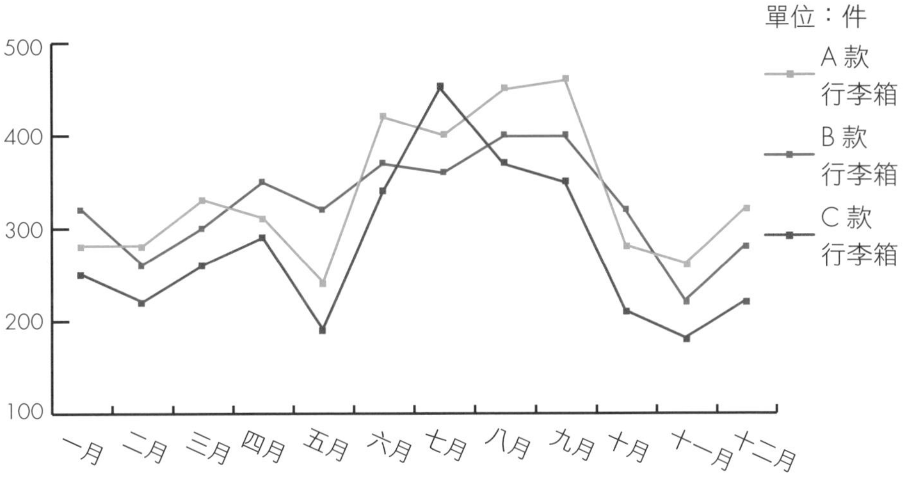

Y 品牌 2013 年三款主推產品的年銷售趨勢分析

在對前面繪製出的折線圖進行改造之前，我們首先按照三款行李箱的實物，繪製出了如下圖所示的簡約圖形，作為創意元素。

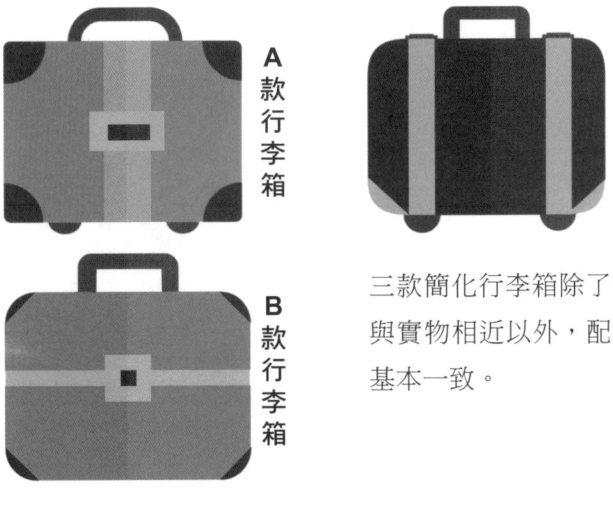

三款簡化行李箱除了造型與實物相近以外，配色也基本一致。

出於創意考慮，我們決定將原折線圖上的資料標記替換成我們前面繪製出的產品圖形，並且在配色上也儘量與現有圖形配色相協調。

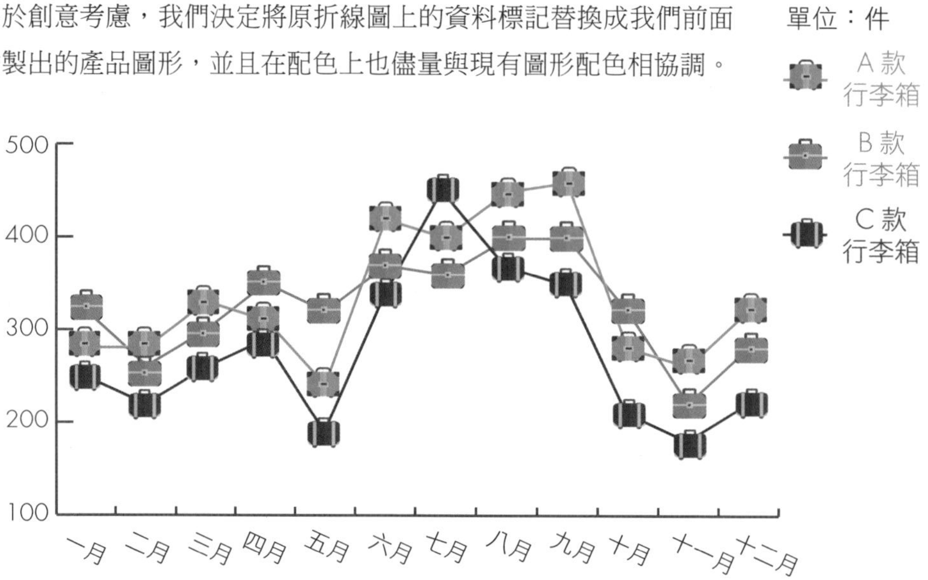

Y 品牌 2013 年三款主推產品的年銷售趨勢分析

在我們的生活中，皇冠元素常常被用來表現崇高的權力、排行裡的第一名等。因此，在這裡，我們將採用皇冠元素來突出每款產品銷售量最高的時期。增加最後的視覺元素，完成設計。

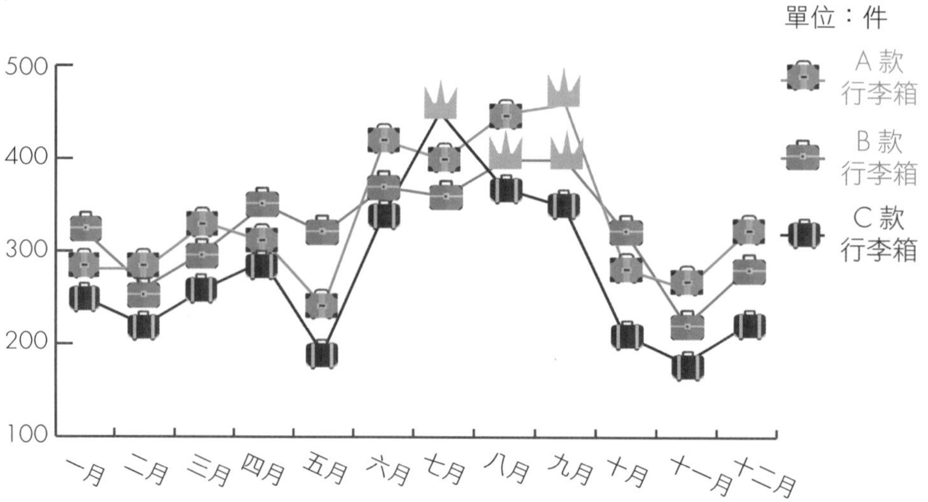

Y 品牌 2013 年三款主推產品的年銷售趨勢分析

8.2 市內各中學植樹造林排名

XX 市教育局為了迎接植樹節的到來，組織全市中學生開展植樹造林活動。現在便是根據各中學植樹造林排名情況，製作出一幅形象生動的資訊圖表。

待圖解訊息

全市各中學的植樹造林排名情況如下：

第一名：市一中
第二名：市四中
第三名：市六中
第四名：市二中
第五名：市三中
第六名：市五中

釐清設計流程

這是一幅隸屬於教育行業的公益圖表作品，經過思考，大致確定將設計重點放在圖形創意與色彩搭配上，並透過合理的版面設計與字體選擇，力求最大程度地表現出一種學生所特有積極、昂揚的視覺風貌，並同時讓環保公益主題得到表現。

敲定方案

在圖形的選擇上，基於以下幾點考慮，選擇出兩種基本圖形作為創意元素。

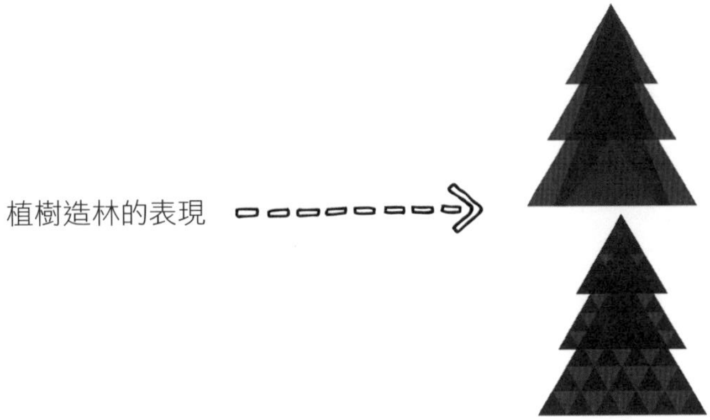

在前面的分析中，我們已經提到本案例是一幅隸屬於教育行業的公益圖表作品。因此，在配色的選擇上我們應儘量呈現出這兩種屬性。

結合本書 6.3 所學配色知識，選擇了如上配色組合，來表現出學生所特有的氣質與活力。

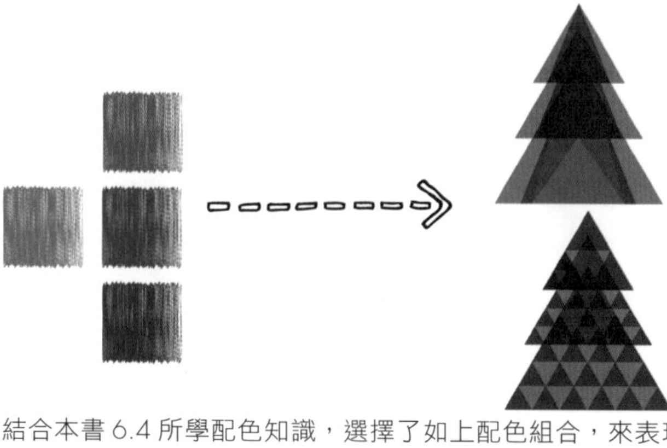

結合本書 6.4 所學配色知識，選擇了如上配色組合，來表現出環保公益主題。

針對前面的創意元素進行編排時，為了進一步表現出積極昂揚的視覺效果，選擇單向性版面中的直向型版面進行編排。

調低背景透明度，區分圖表中的主次元素，避免混亂的視覺效果。

將各中學的名稱標註在圖表版面中，並為其選擇一款具備活力的字體樣式——華康海報體 W12(P)。

全市各中學植樹造林排名情況一覽

8.3 團隊合作對金融行銷團隊的重要性

在下面的待圖解資訊列舉出了團隊合作對金融行銷團隊的重要性，而接下來我們所要做的便是透過資訊圖表的形式，將原本枯燥的文字轉換成更加有趣的圖示化效果。

待圖解訊息

團隊合作對金融行銷團隊的重要性：❶ 可提高員工間的互補互動性；❷ 讓員工具有歸屬感，進一步提高工作積極性；❸ 讓全體員工的步調保持一致；❹ 讓團隊獲取更多的發展機遇；❺ 讓員工個人獲取更多的資源與助力。

釐清設計流程

對於文字類的資訊來說，可為其選擇一種結構性圖解模式作為創意基礎，而後再從圖形、色彩等角度，來逐步完成整個創意。同時還需注意金融行業特質的表現。

敲定方案

透過分析圖解資訊，我們選擇了一種緊密式並列型結構作為其圖解模式。

同時，為了加強結構模式的緊湊性，選擇了拼圖創意來強化這種關係。

而後，為了表現出合作這一關鍵資訊，決定採用握手的創意來呈現。

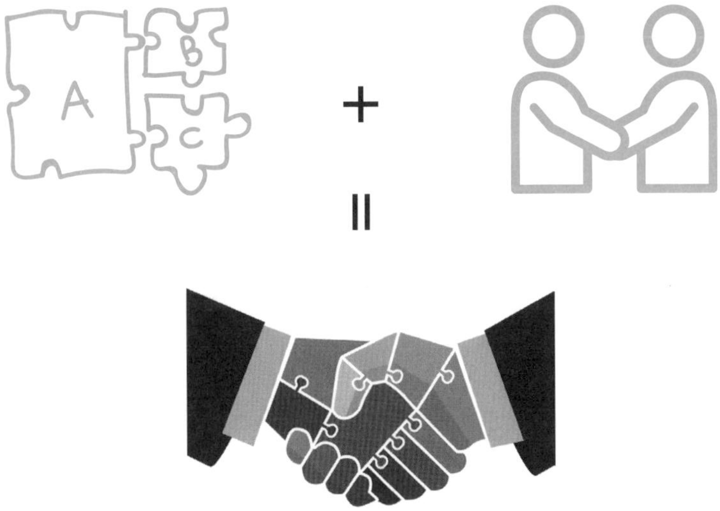

根據前面得到的創意理念，繪製出基本草圖。

注意：在繪製創意圖形時，特意融入了橫向型版面流程的設計理念，其目的是表現出團隊合作所追求的那一種平和與穩定印象。

在選擇配色時，為了緊扣金融行業的行業特質，參考了本書 6.3 制訂出了如下圖所示配色方案。

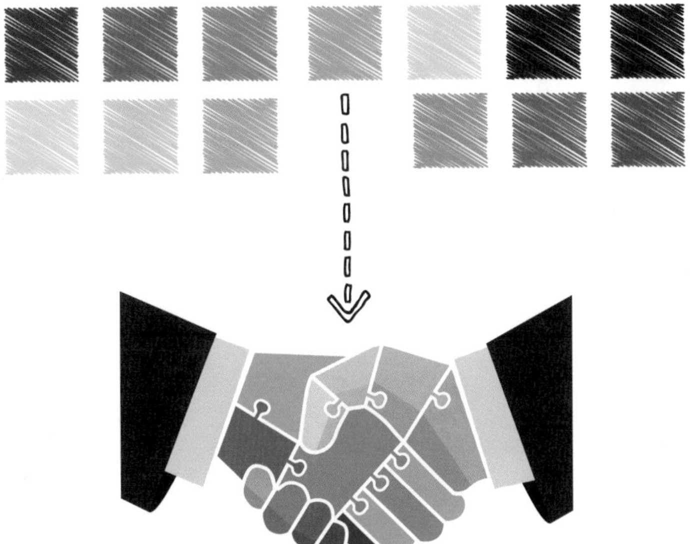

在字體方面，選擇了一款筆劃圓潤且不失俐落感的字體樣式——華康圓體 W7，其目的是表現出金融行銷團隊對員工個性的要求——正直、無稜角、夠圓滑。

（1）可提高員工間的互補互動性；
（2）讓員工具有歸屬感，進一步提高工作積極性；
（3）讓全體員工的步調保持一致；
（4）讓團隊得到更多的發展機遇；
（5）讓員工個人得到更多的資源與助力。

按照圖形框架的結構對文字進行編排，並在對齊方式上也做出了更多的選擇，而文字配色則是在現有的圖形中提取。

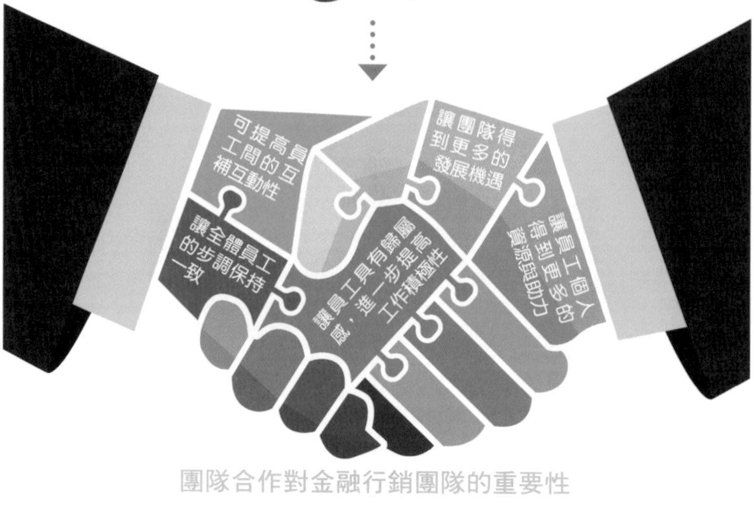

團隊合作對金融行銷團隊的重要性

8.4 企業建立與失去品牌信任感

對於企業來說，消費者對其旗下品牌的信任感可能會成為企業發展路上的一大阻力或障礙，而接下來，要透過圖表化呈現建立與喪失品牌信任感的條件。

待圖解訊息

企業建立品牌信任感的條件：❶ 用誠實、正直和誠信的態度，讓消費者安心；❷ 用優質產品（服務）說話；❸ 打造企業社會責任感。

企業喪失品牌信任感的條件：❶ 在銷售過程中，存在欺騙消費者的行為；❷ 為追求經濟利益，售賣劣勢產品（服務）；❸ 售後服務不完善。

釐清設計流程

從前面的待圖解資訊中，可以看出該組資訊屬於對比型結構，因此可從不同的設計角度來強化這種結構模式，同時也讓圖表變得更加生動。

敲定方案

首先，經過思考，我們覺得採用對稱式的樓梯結構，來構建出一種利於對比的資訊框架結構。

同時，還可透過上樓與下樓，暗示出一種積極、好的理念（上樓）與負面、消極的理念（下樓）。

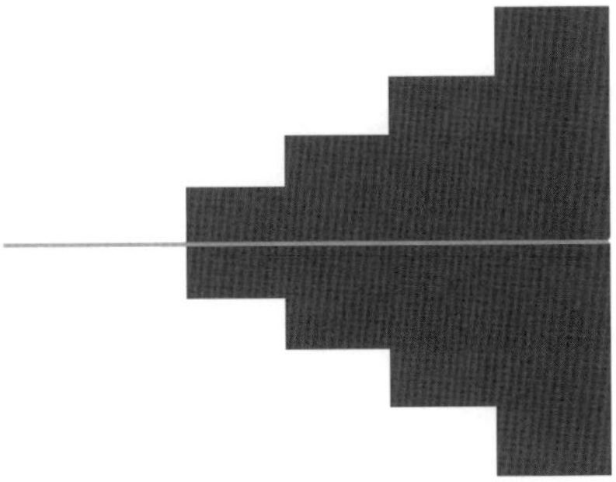

加入正在上樓的人物剪影圖形，從側面表現出我們對正確觀念（排放在上升區域的資訊）的認同。加入路牌圖形，能在一定程度上增加圖表創意，同時還為之後兩組資訊的辨識標註，預留下了排列區域。

在字體的選擇上，根據信任感來思考，為本圖表中需要排列的文字，選擇了一款筆劃較為粗壯，且結構相對筆挺的字體樣式——華康黑體 W5。

將文字資訊標示在圖表中，並將其字體設置成前面所選擇出的字體樣式。

最後，配色依然立足於對比的角度，但這裡的對比，則是著重於情感的對比，即積極與消極的情感對比。根據 Chapter06 所學知識，我們選擇了如下圖所示配色組合。

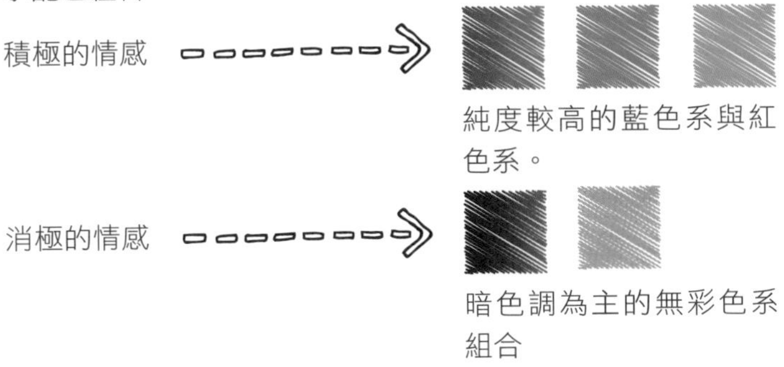

將配色組合運用於圖表中，完成整個設計。

企業建立與喪失品牌信任感的條件匯總

8.5 烘焙坊 2014 年 Q1 的銷量情況

某手工烘焙坊為了對顧客喜好進行調查，特意對 2014 年第一季各種麵包的銷量情況進行了匯總，接下來便是根據以下資料，繪製出形象生動的資訊圖表。

待圖解訊息

手工烘焙坊 2014 年第一季度各種烘培食品的銷量情況見下表：

單位：個

牛角麵包	曲奇餅	巧克力杯子蛋糕	甜甜圈兩種口味	草莓瑞士卷
980	1160	760	1350	980

注：本烘培坊僅專注於以上幾款食品的烹飪與售賣。

釐清設計流程

首先應為其選擇一款適當的基本圖解模式（圖表），來作為圖表框架，而後再從其他角度來賦予圖表創意表現，當然，本圖表所隸屬的美食行業，也是一個重要的設計著手點。

敲定方案

由於本案例不涉及時間變化，且用於資料間的比較，因此最終選擇圓形圖作為圖表框架。根據前述資料，首先計算出了每款食品的銷量占總銷量的百分比。

牛角麵包 ≈19%

曲奇餅 ≈22%

巧克力杯子蛋糕 ≈14%

甜甜圈（兩種口味）≈26%

草莓瑞士卷 ≈19%

根據前述資料繪製出了如下圖所示的圓形圖框架。

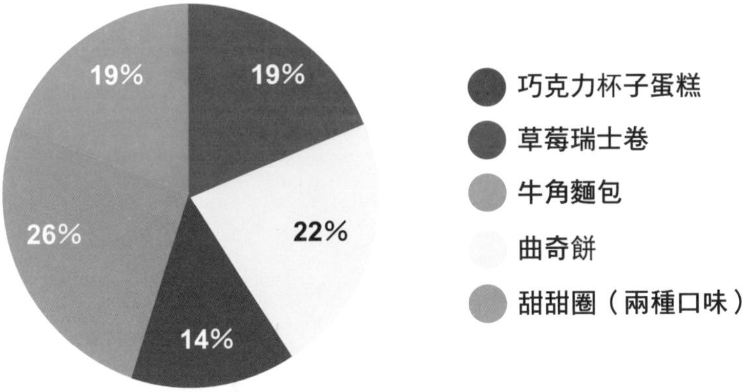

手工烘焙坊 2014 年第一季各種烘培食品的銷量情況比較

為了在圖表中，更加形象地展現各款烘培食品，我們按照各食品的實物，繪製出了如下五種圖形元素（各圖形的色彩也是參考實物進行填滿）。

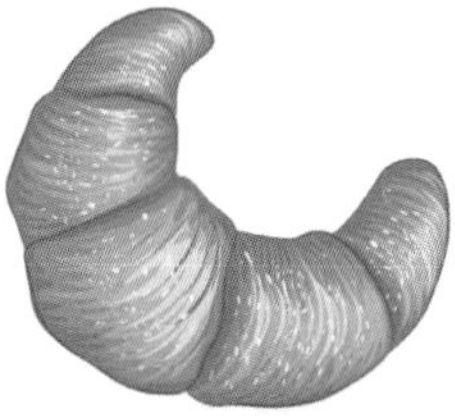

牛角麵包

曲奇餅

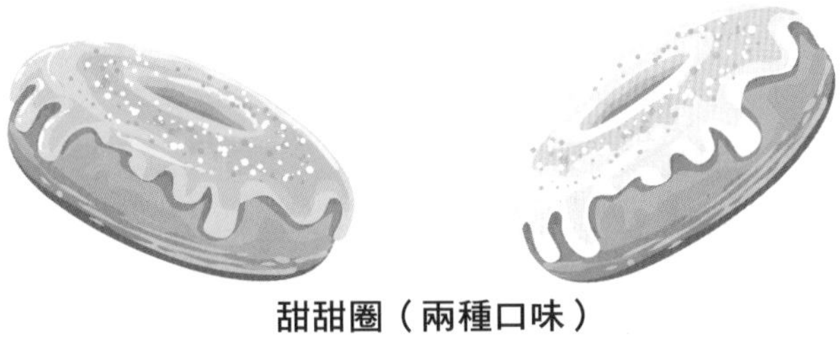

甜甜圈（兩種口味）

草莓瑞士卷

巧克力杯子蛋糕

將代表各款烘培食品的圖形元素，融入到前面所得到的圓形圖框架中。

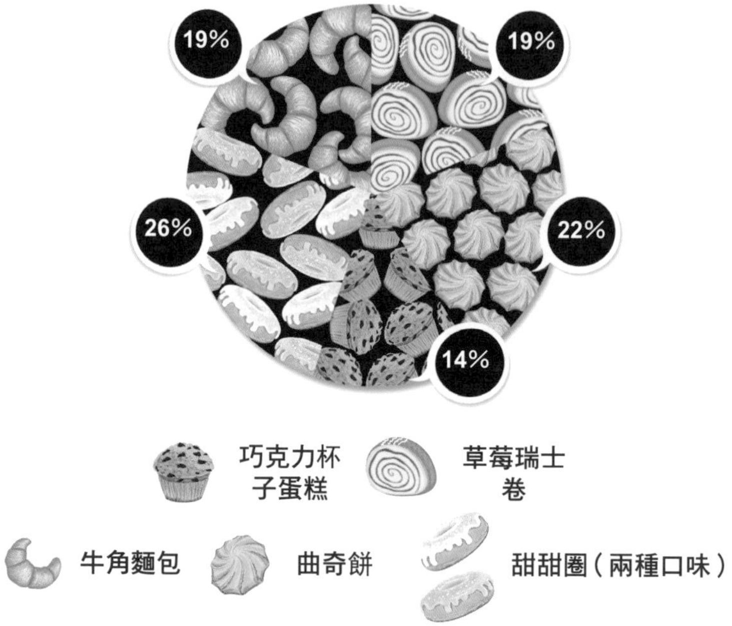

在字體的選擇上，我們為本圖表選擇了一款造型圓潤而可愛的字體樣式──華康少女文字 W5，並運用在圖表中。

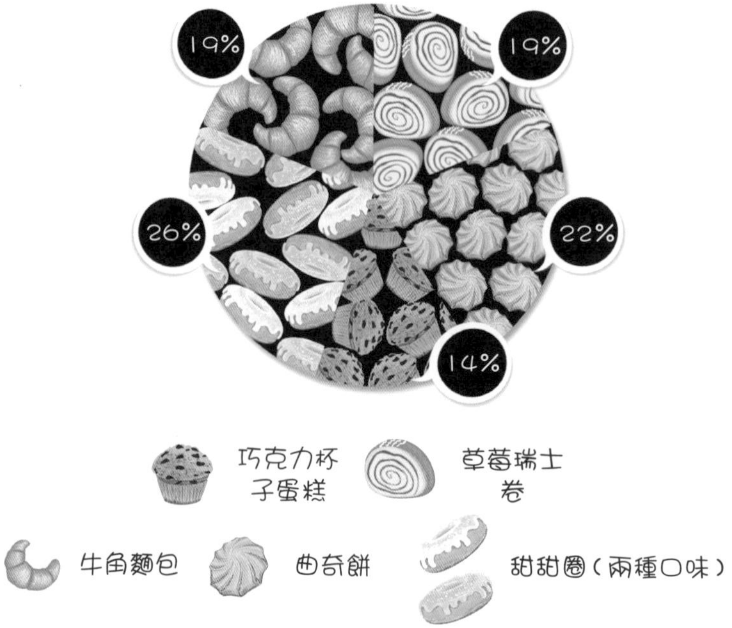

最後，在圖表配色方案主要根據以下三點進行考慮。

參考本書 5.3 所學知識，以暖系色彩來刺激觀者食慾。

以低純度、高明度的暖系色彩，來表現食品的香甜口感。

取樣現有食物圖形上的配色。

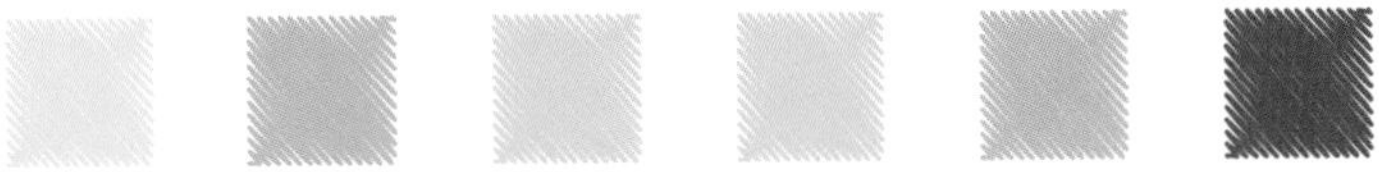

將得到的配色組合運用在圖表當中，進一步完成整個圖表的設計。

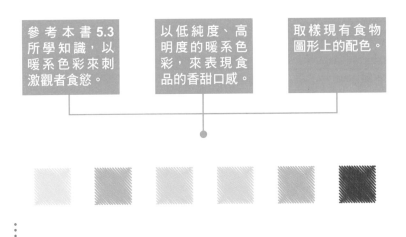

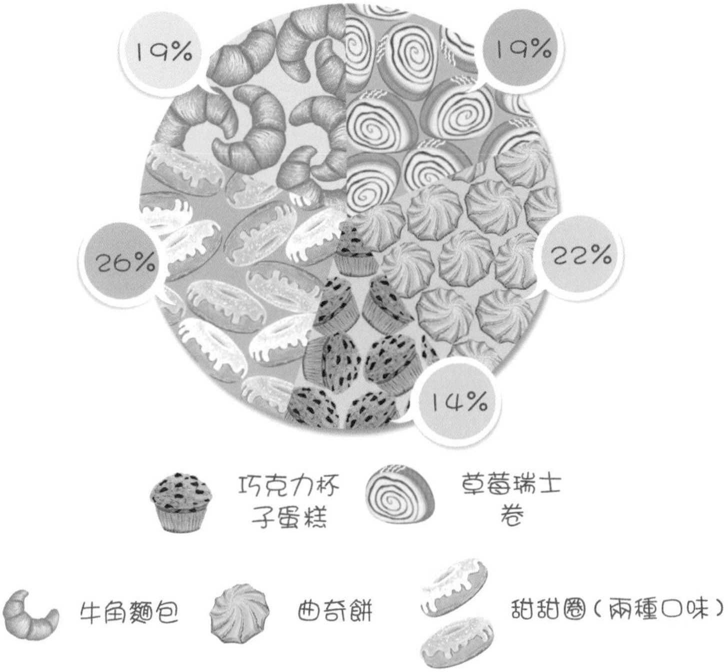

手工烘焙坊 2014 年第第一季各種烘培食品的銷量情況比較

8.6 白貓快遞公司物流流程示意

白貓快遞公司為了將公司完整的物流基本流程呈現給大眾看，需要提供如下的待圖解資訊來設計出一幅生動的物流流程圖。

待圖解訊息

白貓快遞公司的物流基本流程主要分為以下幾個步驟：

❶ 快遞上門取件（發貨方將貨物送至網站）；
❷ 貨物入庫儲存，並分揀出庫；
❸ 根據收貨地點，運送出庫貨物（主要運輸途徑有汽運、空運、水運）；
❹ 貨物入庫儲存，並分揀出庫；
❺ 貨物配送；
❻ 貨物簽收成功。

釐清設計流程

經過思考，首先，我們應當根據前面所提供的待圖解資訊，挑選出一個合理的結構性圖解模式作為圖表的基本框架，而後，再將物流流程的文字步驟轉換為圖形化效果，並對其進行合理的版面編排，最終，再為其制訂一套合理的配色方案（預期中的圖表方案，涉及文字較少，因而不會在文字設計上放入過多的心思）。

敲定方案

經過分析，不難發現前面提供的待圖解資訊主要呈現出一種隨時間變化的演進關係，因此，展開型結構模式無疑是最適合該組資訊的框架結構。

根據資訊內容，我們大致繪製出如下圖所示的展開型框架。

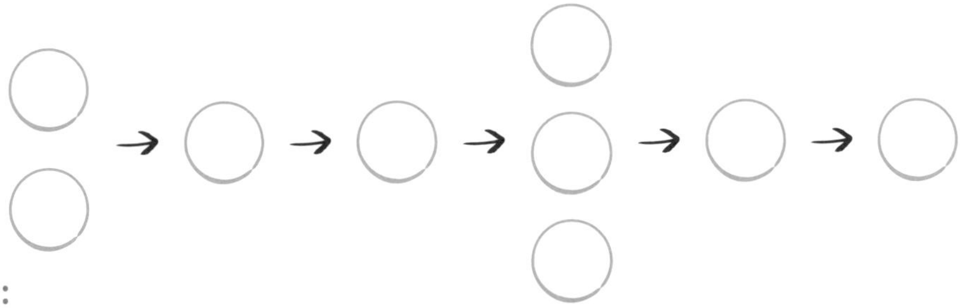

根據待圖解資訊，繪製出每個流程所對應的圖形元素。

快遞上門取件

發貨方將貨物送至網站

貨物入庫儲存，並分揀出庫

根據收貨地點，對出庫貨物進行運輸（主要運輸途徑有汽運、空運、水運）

貨物配送

貨物簽收成功

快遞公司隸屬於服務行業，因此，在制訂配色方案時，我們主要參考本書 5.3，並挑選出如下配色，作為本案例的用色，以突顯出該公司熱情、誠信的服務態度。

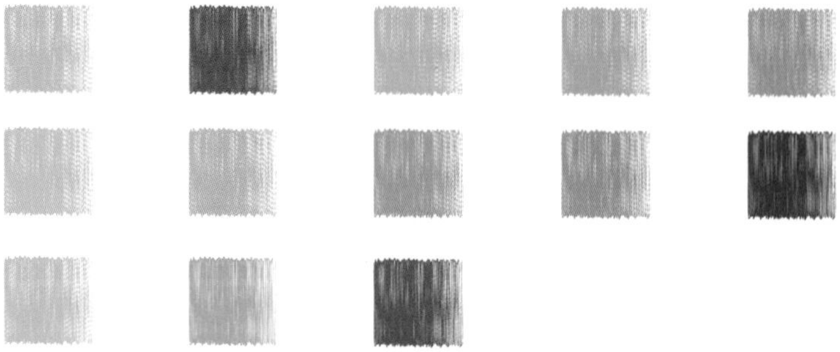

由於本案例中所要使用的構成元素較多，考慮到篇幅問題，我們不再對前面得到的圖形元素一一進行上色處理，會在最後的完整案例中，提供配色效果。

最後，在版面設計中，我們考慮到該快遞公司名為「S」，因此，我們最終決定選擇「S」型曲線版面來編排前面我們所得到的各種流程元素，當然，這一切是建立在最初得到的展開型框架上。

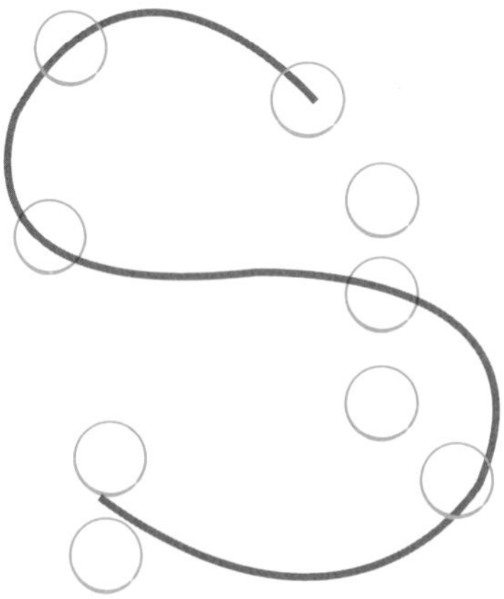

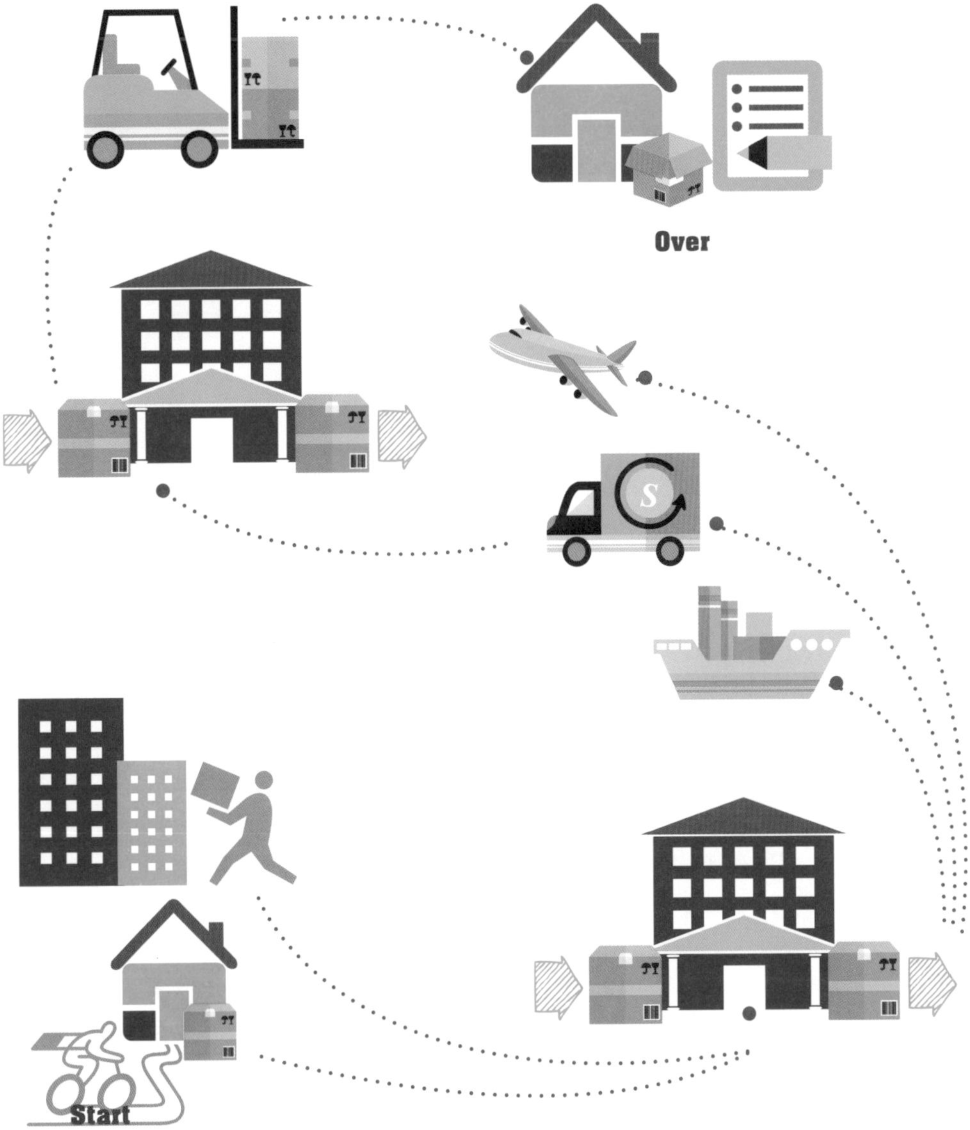

S 快遞公司物流基本流程示意圖

8.7 保護綠色植物的途徑

在日常生活中，每天都在享受著大自然的饋贈，我們有權利享受這一切，但同樣有責任去保護它，並愛護它。在這裡，我們將透過圖表化的形式，來清晰且直覺地展現保護綠色植物的幾大途徑，而這也是保護大自然的一種方式。

待圖解訊息

保護綠色植物的途徑：❶ 回收廢棄的紙筷，用來再生利用，減少樹木的砍伐；❷ 加強肥水管理，施足肥料，做到平衡施肥，合理供水，促進綠色植物生長；❸ 建立專門的保護區，主要指國家保護的綠色植物；❹ 為樹木注入營養液（還可預防蟲害），以保證存活率。

釐清設計流程

緊扣綠色植物與環保公益主題的特徵是本則圖表設計的關鍵所在，因此，我們的設計將圍繞著以上兩點來展開。

敲定方案

首先，對上述面提出的四條保護綠色植物的途徑，進行圖形化轉換。

1. 回收廢棄的紙筷，用來再生利用，減少樹木的砍伐。

以循環再生標誌來表示再生利用這一理念。

2. 加強肥水管理，施足肥料，做到平衡施肥，合理供水，促進綠色植物生長。

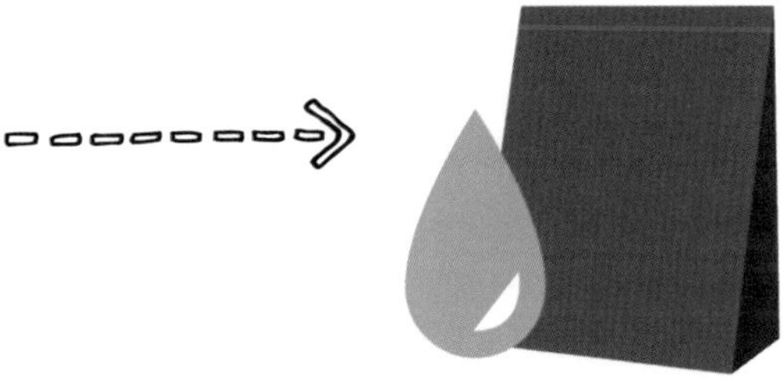

以紙袋與水滴，來表現出本途徑中包含的肥料與水。

3. 建立專門的保護區，主要指國家保護的綠色植物。

以遮擋在樹苗前方的柵欄圖形，來表示保護區的建立。

4. 為樹木注入營養液（還可預防蟲害），以保證存活率。

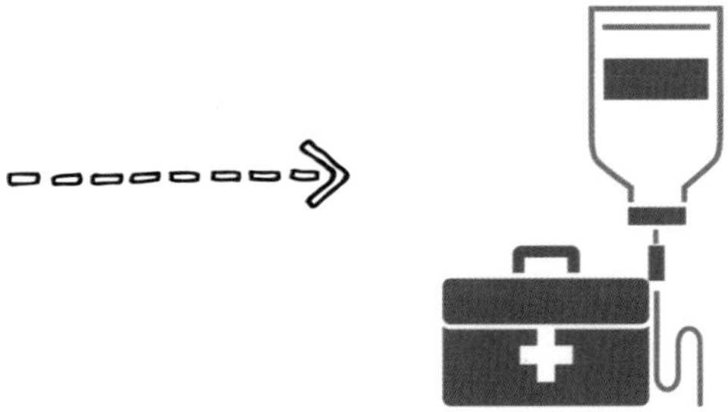

以醫療箱與輸液袋來暗示本條途徑的本質。

透過對本組資訊的關係分析，我們發現其符合緊密式並列型結構的特點，因此，為了展現這種關係，並對這種關係進行強化，我們選擇了本書 7.3 節中所使用的拼圖結構。

與此同時，為了進一步點明綠色植物的本質，我們決定選擇樹葉圖形作為與拼圖結構的創意載體。

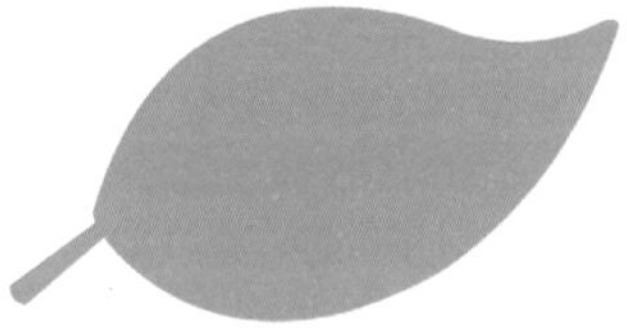

根據拼圖與綠葉圖形，繪製出創意圖形，用於排列前面我們得到的由文字資訊轉換得到的圖形元素。

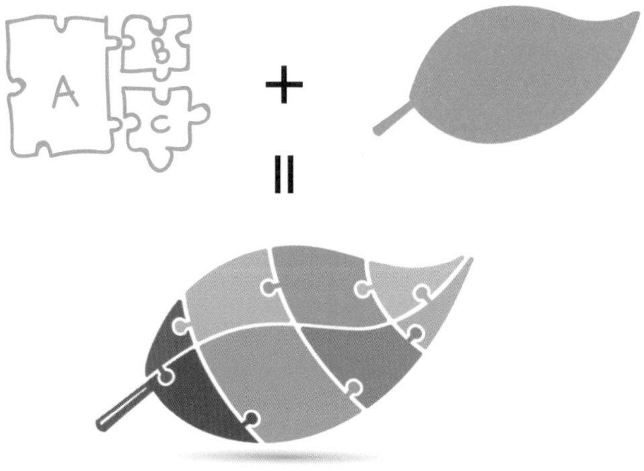

將代表文字的圖形元素，排列在創意圖形中的拼圖碎片上。

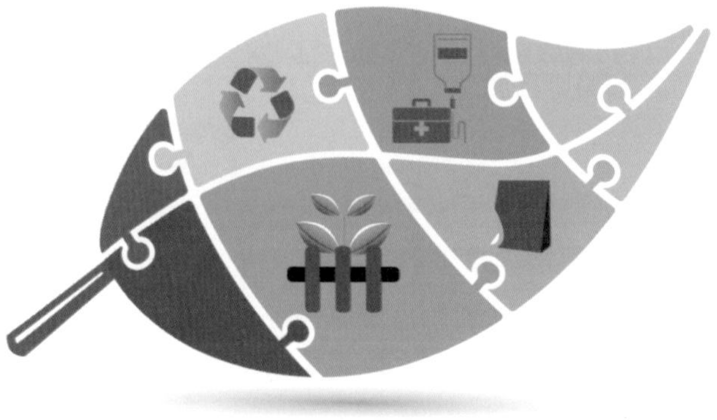

與此同時，為了讓觀眾對圖表中的資訊能有一個更加清晰的認識，我們會在圖表中增加詳細的說明性文字。而在說明性文字的字體選擇上，我們主要出於環保給人的整潔印象表現與公益傳遞出的正能量表現，為其選擇了一款大方得體且不失活潑氣息的字體樣式——華康明體，並結合首字突出的編排方式，來提升文字區域的吸睛力。

1 回收廢棄的紙筷，用來再生利用，減少樹木的砍伐。

2 加強肥水管理，施足肥料，做到平衡施肥，合理供水，促進綠色植物生長。

3 建立專門的保護區，主要指國家保護的綠色植物。

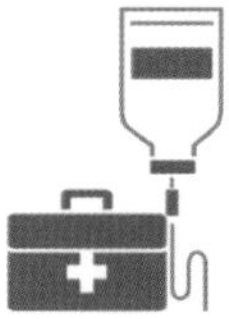

4 為樹木注入營養液（還可預防蟲害），以保證存活率。

在對前面得到的各視覺元素，進行整合編排時，我們著重於形式美感的表現，採用了一種相對對稱的構成方式來編排它們。

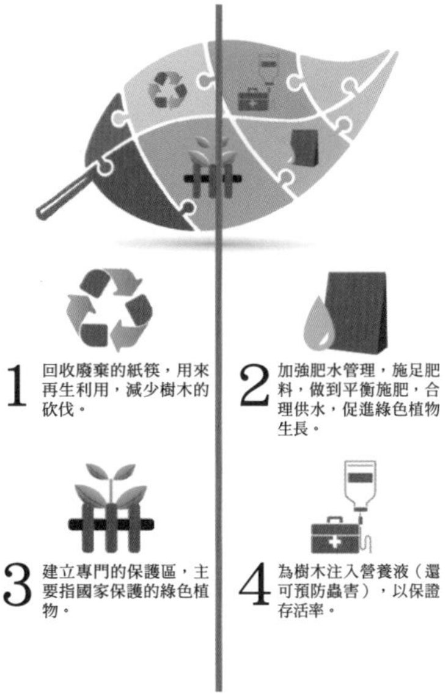
1 回收廢棄的紙筷，用來再生利用，減少樹木的砍伐。
2 加強肥水管理，施足肥料，做到平衡施肥，合理供水，促進綠色植物生長。
3 建立專門的保護區，主要指國家保護的綠色植物。
4 為樹木注入營養液（還可預防蟲害），以保證存活率。

最後，為了緊扣環保公益主題以及少量醫療印象的表現（有關於第 4 條資訊的內容），我們參考了本書 5.3 與 5.4 所學配色知識，訂出了如下圖所示的配色方案，並運用在實際的案例中。

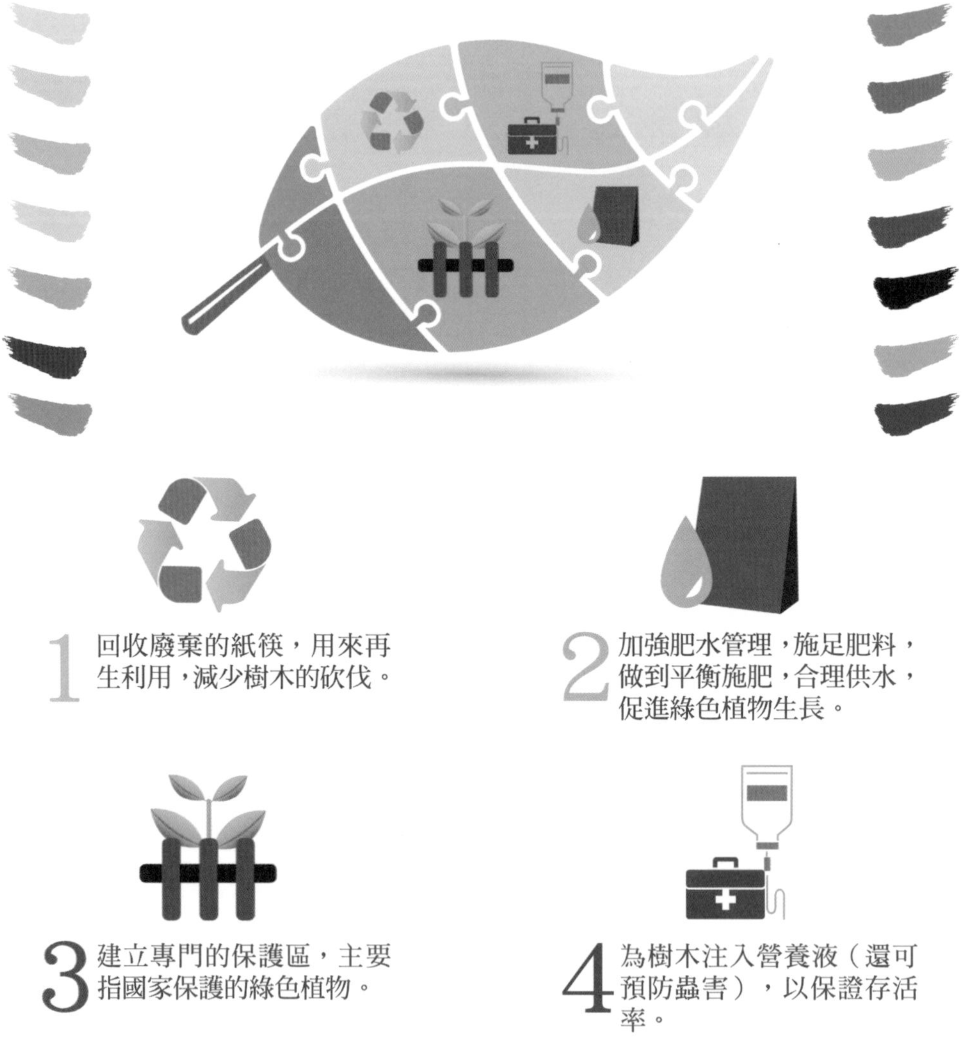
1 回收廢棄的紙筷，用來再生利用，減少樹木的砍伐。
2 加強肥水管理，施足肥料，做到平衡施肥，合理供水，促進綠色植物生長。
3 建立專門的保護區，主要指國家保護的綠色植物。
4 為樹木注入營養液（還可預防蟲害），以保證存活率。

保護綠色植物的途徑

8.8 大眾眼中的夏日世界

為了迎接夏日的到來，某雜誌在街頭進行了一項調查，該調查的主題為——「大眾眼中的夏日世界」，調查人員對被調查者提出問題，而後需要被調查者說出一個最具夏日特色的物象。而我們接下來所要做的便是，根據調查結果，設計出一幅趣味性較強的資訊圖表。

待圖解訊息

具調查結果顯示，在大眾的印象當中，最具夏日特色的物象主要有：霜淇淋、溫度計、涼拖鞋、陽光、冷飲、太陽眼鏡。

注：本調查結果為抽樣調查結果，並不是定論。

釐清設計流程

透過對前面提出的方案進行分析，不難發現本案例的設計重點主要放在夏季主題的表現與具備夏季特色的物象展現上，因此，我們需要結合圖形、配色等方面的規劃，來點明以上兩個要點。

敲定方案

綜合本書前面所講到得各種知識要點，我們決定選擇 6.3 所講到的聚集形文字手法——將圖像元素聚集成文字，來作為本案例的設計參考。

點明夏季主題的文字 ＋ **最具夏季特色的物象圖形** ＝ **得到反映大眾眼中的夏日世界的圖表作品**

首先，我們決定將片語「SUMMER」作為點明夏季主題的文字。

挑選出了帶有些許夏日休閒氣息英文字體——007-CAI978，作為片語「SUMMER」的字體樣式。

SUMMER

而後，根據前面提供的待圖解資訊，繪製出對應的圖形元素，將文字資訊直接轉化為簡單的圖表。

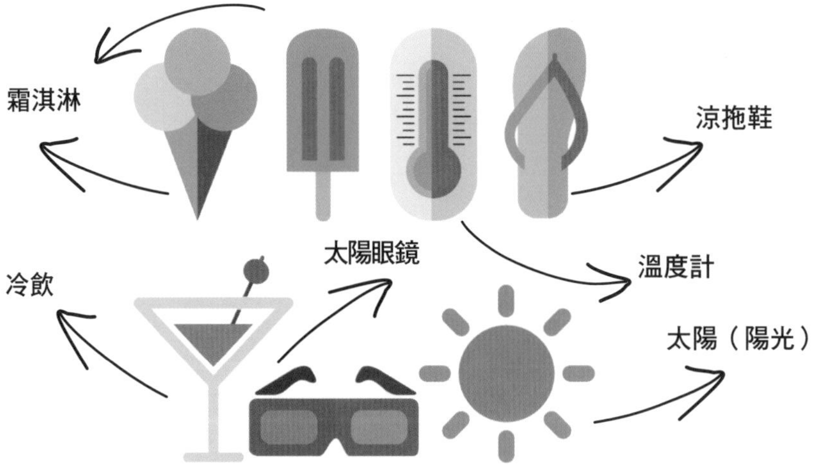

接下來，我們需要對以上圖形進行上色處理，為了緊扣夏日主題，我們需要挑選出具備夏日特徵的用色——以藍系色彩與少量的綠系色彩來表現夏日的清涼氣息，以暖系色彩來表現夏日氣候的炎熱感，同時將配色的整體明度控制在較高範圍，來烘托夏日的輕鬆與休閒感。

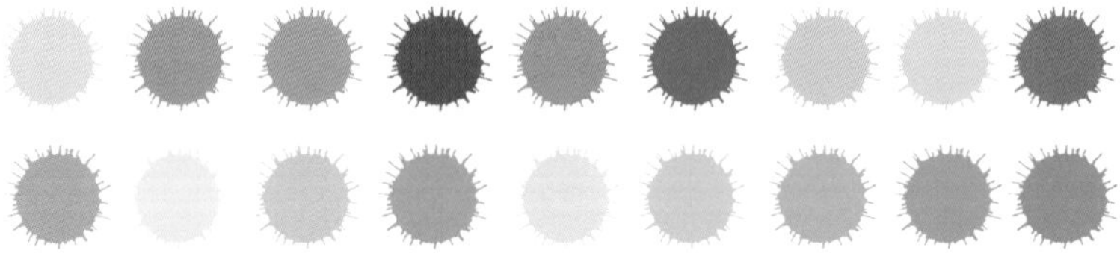

最後，我們讓前面得到的片語「summer」中的每個字母保持合理的間距，以便於之後的圖形排列。

將前面得到的圖形元素，按照片語「summer」的輪廓進行排列。

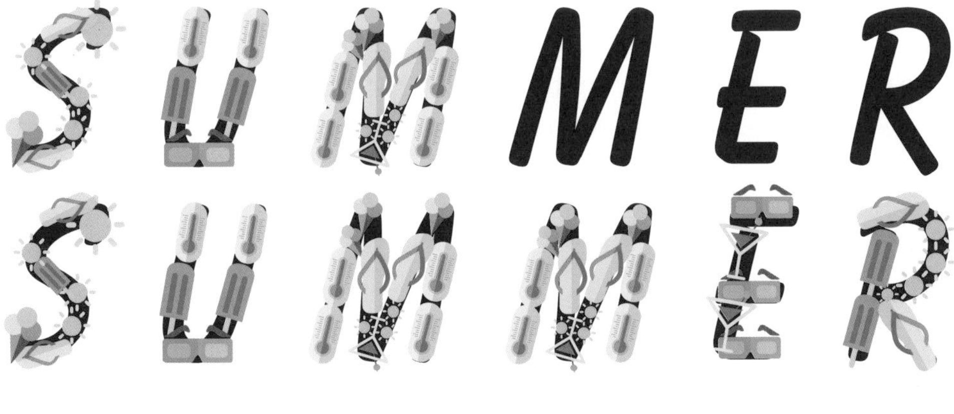

去除黑底文字，並加入創意化飛機、橫幅元素（配色取至我們前面提供的配色組合）來作為標題文字的排列載體，並加入幾朵雲（配色取至我們前面提供的配色組合）來表現夏日所特有的晴朗氣息。

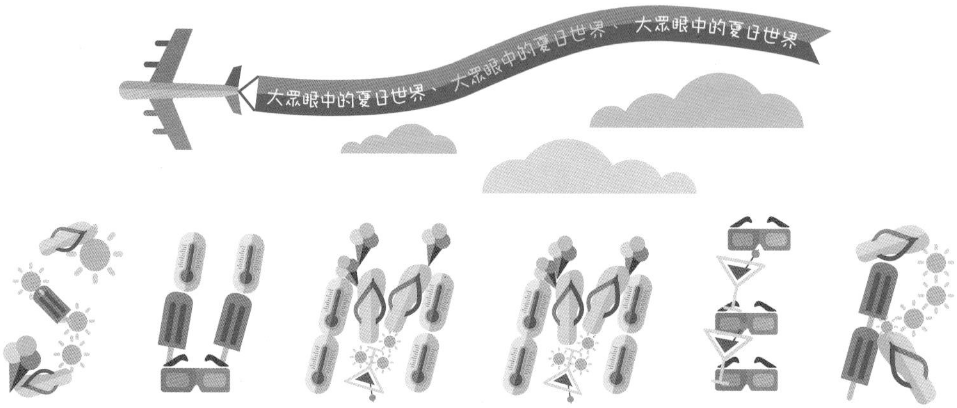

8.9 傳統二十四節氣一覽

二十四節氣是我國古代人民訂立的一種用來指導農事的補充曆法，是我國古代人民智慧的結晶。接下來，需要根據下面所提供的資訊，製作出一幅生動形象的二十四節氣圖表。

待圖解訊息

春季所包括的六個節氣是立春、雨水、驚蟄、春分、清明、穀雨。

夏季所包括的六個節氣是立夏、小滿、芒種、夏至、小暑、大暑。

秋季所包括的六個節氣是立秋、處暑、白露、秋分、寒露、霜降。

冬季所包括的六個節氣是立冬、小雪、大雪、冬至、小寒、大寒。

釐清設計流程

根據前面所提供的資訊，對每個季節所對應的六個節氣進行區分展示，並且表現出每個季節的特色。從另一個角度上來分析，可以將上述待圖解資訊，看作四組擴散型結構資訊，試著將這種資訊結構融入到圖表的設計當中。

敲定方案

在前面的設計流程中已經提到，本案例所要圖解的資訊可劃分成四組擴散型結構資訊，但如果我們單純地進行擴散設計，可能會稍顯簡單，因此，我們決定選擇經過創意畫的樹木圖形，來作為擴散型結構的框架。

如下圖所示為代表四個季節的創意畫樹木（對話方塊的加入，融入了一種擬人化的創意，顯得生動有趣。

創意樹木結構——春季

創意樹木結構——夏季

創意樹木結構——秋季

創意樹木結構——冬季

為了加強每個季節的特色與圖表的裝飾性，在每個季節對應的樹木結構旁，繪製了一些裝飾圖形。

完整創意樹木結構——春季

完整創意樹木結構——夏季

完整創意樹木結構——秋季

完整創意樹木結構——冬季

為了上面繪製出的四組圖形，一一制訂出對應的配色方案。

具備春天特徵的用色技巧──以明度較高，但純度較低的綠系與黃系色彩，來表現春季的新生感，同時配合少量藍系色彩為圖表注入些許清爽的春季氣息，當然，你也可以加入適量的高純度多色搭配，借此為春季圖表帶來一些鮮活氣息，進一步迎接夏季的到來。

在 8.10 節中，已經詳細講解了具備夏日特徵的用色技巧──以藍系色彩與少量的綠系色彩來表現夏日的清涼氣息，以暖系色彩來表現夏日氣候的炎熱感，同時將配色的整體明度控制在較高範圍，來烘托夏日的輕鬆與休閒感。

具備秋季特徵的用色技巧——以橙、黃色系來表現秋季所特有的收穫與富饒印象，除此之外，還可考慮加入棕褐色系作為配色。

具備冬季特徵的用色技巧——嚴寒、冷清、蕭條是人們對冬季的一貫印象，因此，在制訂配色方案時，我們一般會選擇中、低純度的藍色系來傳遞出一種冰涼的視覺溫度，並配合白色與灰系色彩，來表現冬季所特有的冷清與蕭條感。

雖然本案例是以傳統民俗文化為主題，但在圖形元素的塑造上，我們採用了風格可愛且不失親切感的卡通式繪製手法，因此，為了在視覺效果上達到統一與協調，在案例字體的選擇上，我們選擇了造型相對可愛的字體——華康少女文字 W5(P)，來作為本案例中各文字的字體樣式。

傳統二十四節氣一覽

8.10 2014 年動物世界盃賽程表

在某卡通手繪本中，存在著這樣一種場景——繪本中來自世界各地的動物們召開了一屆動物世界盃，並且推選出 8 組參賽隊員，來共同爭奪冠軍獎盃……而我們接下來所要做的便是根據賽程資訊，設計出一幅相對直覺的圖表化賽程表，這樣一來，不僅能讓讀者更加輕鬆地得到賽程資訊，還能讓賽程資訊與繪畫場景在視覺上擁有更高的貼合度。

待圖解訊息

參加 2014 年動物世界盃賽的隊伍有：斑馬隊、驢子隊、老虎隊、豹子隊、猴子隊、企鵝隊、公雞隊、貓頭鷹隊，其中斑馬隊與驢子隊被分到 A 組，老虎隊與豹子隊被分到 B 組，猴子隊與企鵝隊被分到 C 組，公雞隊與貓頭鷹隊被分到 D 組。

具體的比賽進程與時間安排如下：

06-01A 組比賽日，並決出勝者 AW。

06-02B 組比賽日，並決出勝者 BW。

06-03C 組比賽日，並決出勝者 CW。

06-04D 組比賽日，並決出勝者 DW。

06-05AW 與 BW 的比賽日，決出進軍決賽的隊伍。

06-06CW 與 DW 的比賽日，決出進軍決賽的隊伍。

06-10 決賽日，兩支進軍決賽的隊伍向冠軍發起衝擊。

釐清設計流程

首先，我們可試著採用適當的圖解模式將上面提供的賽程安排轉換成簡單的圖表框架，而後再從其他的設計角度，來完善整個圖表的設計。

敲定方案

經過思考，我們發現整個比賽流程主要呈現一種收縮型結構，因此，我們決定選擇集中型結構模式來作為本圖表的框架。

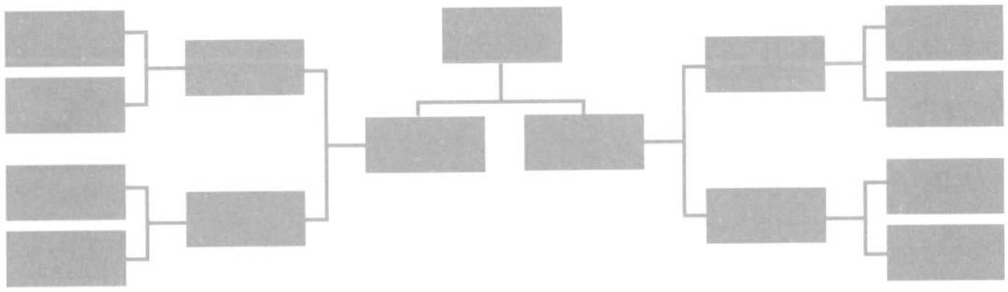

按照集中型框架，對賽程資訊進行簡單編排，得出如下圖所示的圖表框架。

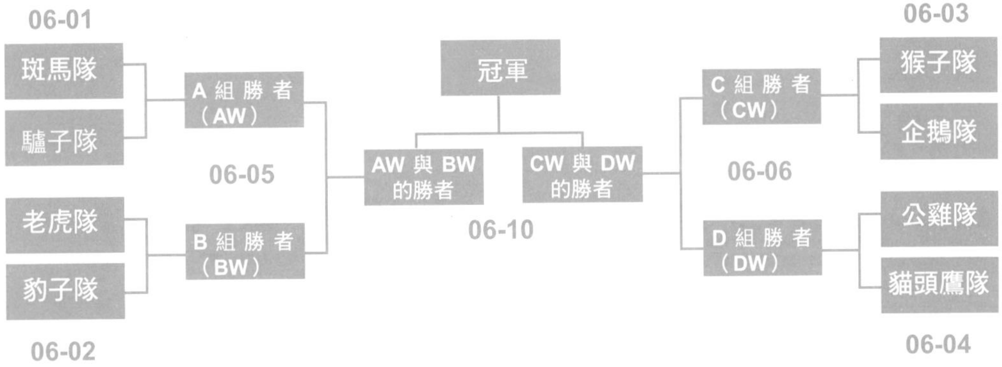

為了讓賽程表更加生動，我們用繪製出的各種動物，來代替圖表中的隊伍名稱。

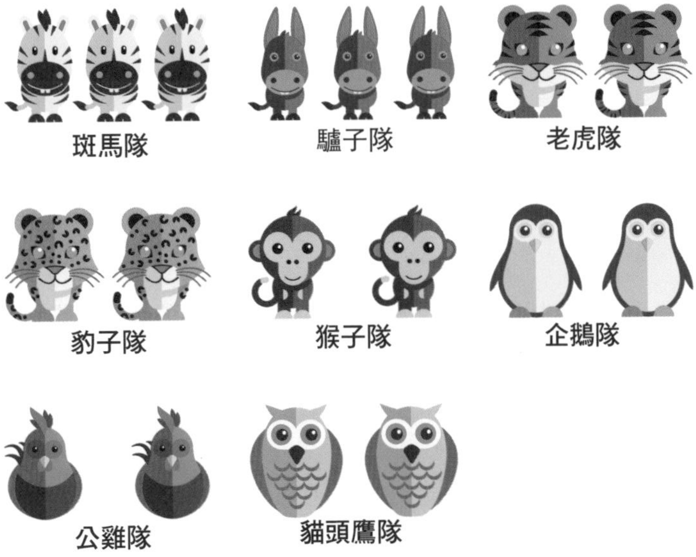

並且特意繪製出如右圖所示的獎盃圖形，來象徵冠軍。

當我們在對圖表中的文字進行設計時，我們決定從兩個角度切入，其一是利用木質材質的文字效果來表現動物們生存的自然環境，其二是利用手繪風格的字體設置，來貼近繪本的整體風格。

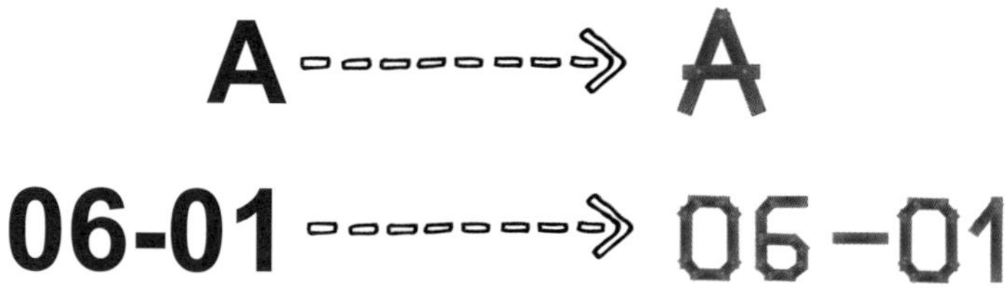

在各種手繪風格的文字中，我們挑選出了華康 POP1 體作為部分文字的字體樣式。

在圖表框架元素的配色選擇中，我們挑選出了如下圖所示的三種色彩。

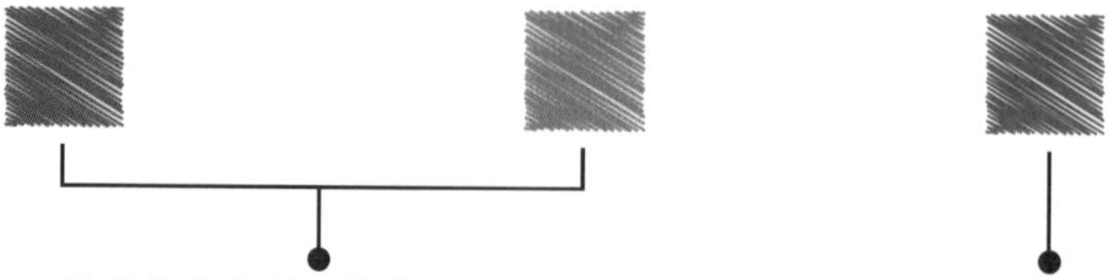

沙棕色與綠茶色的使用，是為了突顯出大自然的特徵。

緋紅色的運用，是為了對決賽部分的圖表進行強調。

將前面得到的各構成元素進行合理編排，完成最終的賽程表設計。

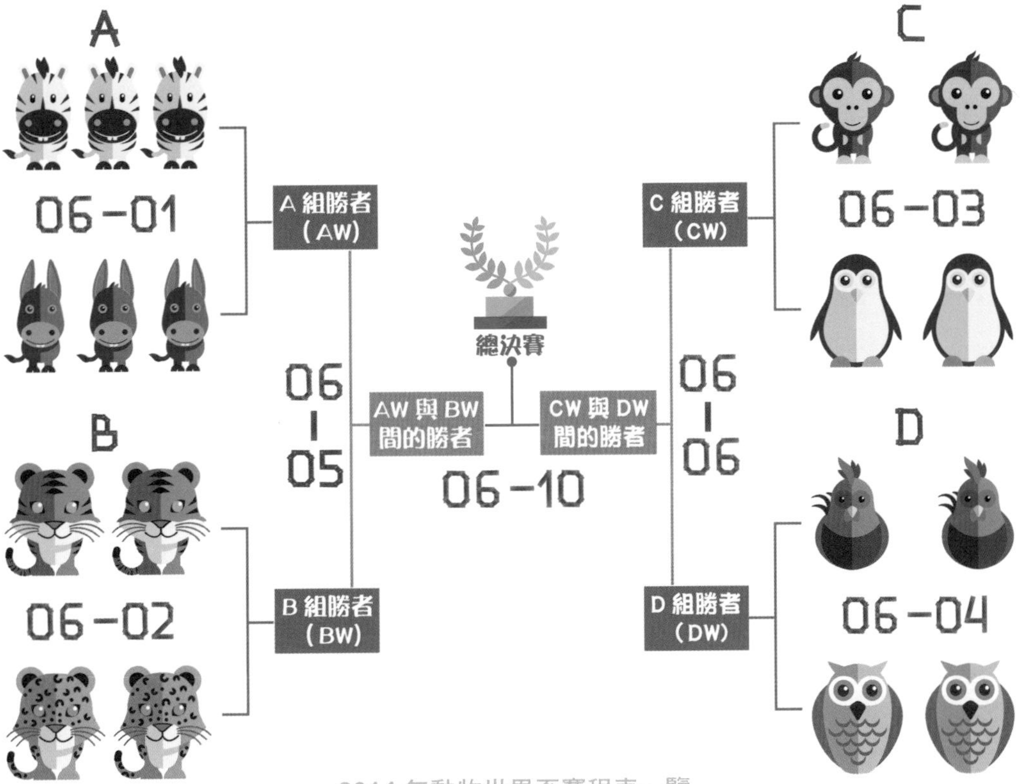

2014 年動物世界盃賽程表一覽

8.11 都市家庭情感劇主要人物關係示意圖

應某雜誌要求，需要對現今正在熱映的都市家庭情感劇《摩登家庭》中的主要人物關係進行圖表化表示。

待圖解訊息

都市家庭情感劇《摩登家庭》中的主要人物關係如下（括弧中的內容為對應角色的個性特徵）：

男女主角分別為張浩天（理性儒雅）與李明月（溫婉賢淑），他們在劇中是夫妻關係。

李沐雨（開朗樂觀）是李明月的妹妹，李雲天（感性隨和）是李明月與李沐雨的父親。

張洪濤（嚴肅古板）是張浩天的父親，程玲（和藹，但有一點八卦）是張浩天的繼母。

李雲天與程玲是大學同學，同時也是彼此的初戀情人。

釐清設計流程

本案例的設計核心是將劇中的主要人物關係整理清楚，此外，在設計過程中，還可適當表現出每個人物的個性特徵與都市家庭情感劇的特點。

敲定方案

不同於其他圖表化案例的設計流程，設計之初要先確定案例中使用的字體。考慮到都市的現代特質，決定選擇造型簡約且不失現代感的字體——華康細黑體，作為本案例的字體。

接下來，我們將透過相對簡單的示意圖結構，將劇中的主要人物關係表示出來，作為圖表設計的基本框架。

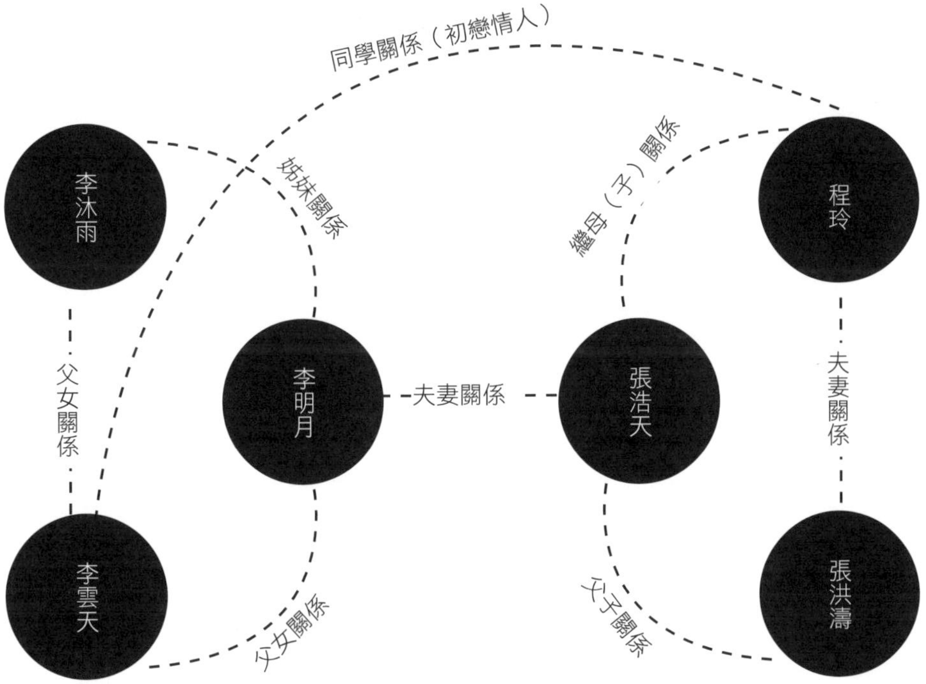

根據劇中每個人物的造型特色，並繪製出對應的人物圖形元素。

根據每個人物的性格特質，為每個人物圖形制訂出了一套合適的配色方案。

將上色後的人物圖形融入到我們前面所得到的人物關係圖表框架中，並透過簡單的配色，來區分出圖表中的三種主要關係。

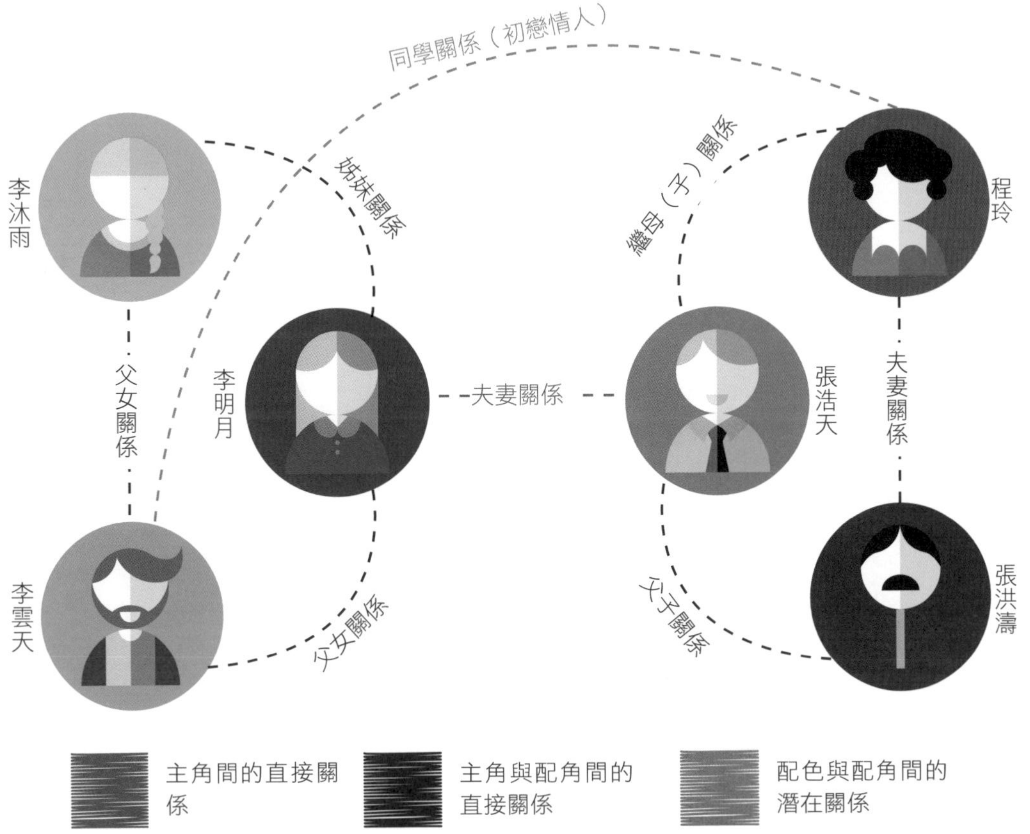

最後，為了讓本圖表看上去更加精緻、美觀，並點明都市家庭情感劇這一題材特質，我們繪製出了一幅與人物造型風格相近的都市場景作為裝飾元素。並採用藍色系與灰色系來表現都市所特有的現代風格，橙色與黃色則用來表現家庭的溫馨氛圍。

將都市裝飾圖放置在人物關係圖的下方，完成最後的設計步驟。

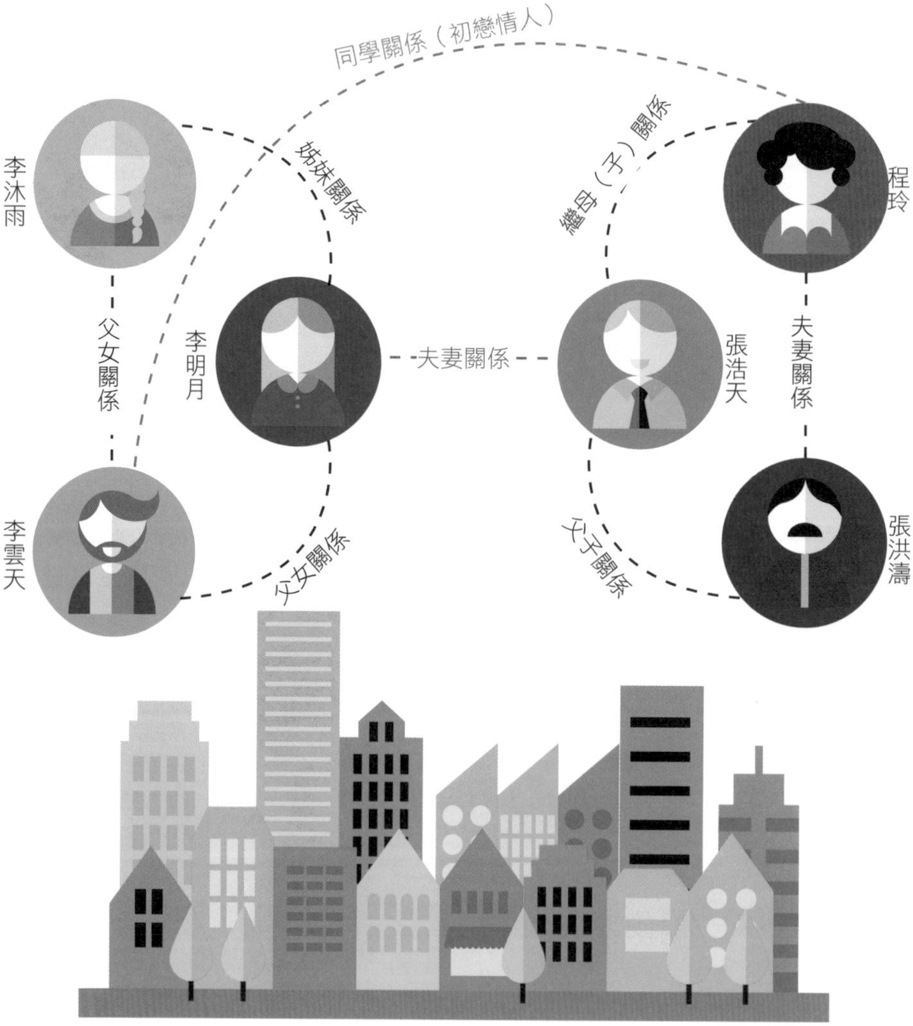

都市家庭情感劇《摩登家庭》中的主要人物關係示意

8.12 週末健身運動計畫表

OL 妙妙為了讓自己的身體更加健康，決定將每週末定為自己的健身運動日，並為此制訂出了一套完整的健身運動計畫表，接下來便是根據下面的運動計畫表，設計出一幅形象而生動的資訊圖表，借此來提高妙妙的運動興趣。

待圖解訊息

妙妙週末健身運動計畫表：

7:00-7:30	8:00-8:40	10:00-10:30	15:00-16:30	17:30-18:30
做早操	慢跑	借助器材健身	騎自行車	游泳

注：每項運動間所預留的閒置時間主要用於滿足運動者休息、吃飯等正常的生理需求。

釐清設計流程

在本計畫表的設計中，有 4 個需要格外用心的設計重點：

1 運動項目的展現；

2 每個運動項目對應的時間展現；

3 運動主題的展現；

4 運動順序的展現。

敲定方案

首先需要解決第一個設計重點，透過圖形繪製，對每個專案進行展現。

做早操

慢跑

借助器材健身

騎自行車

游泳

為了解決第二個設計重點，決定以鐘錶元素來表達時間。

7：00-7：30

8：00-8：40

10：00-10：30

15：00-16：30

17：30-18：30

而後，為了解決第三個設計重點，我們需要透過配色方案的制訂來表達計畫表的運動主題——藍色系表現出運動風格，除此之外，還可考慮加入純度較高的綠色系、紅色系或橙色系來表現運動所特有的活力感。

在制訂本案例的配色方案時，我們還需考慮對人體自然膚色、髮色、瞳孔顏色的還原。

將配色組合運用到前面所得到的各種元素中，並將鐘錶元素與運動專案進行一一對應組合。

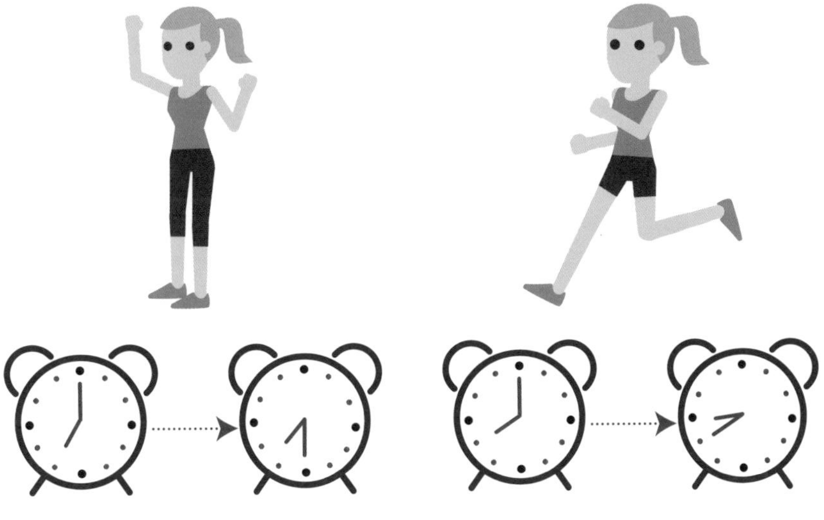

最後，為了解決第四個設計要點，我們會按照時間的演進順序，為圖表制訂一套合理的排版方案。

考慮到各運動項目是按照從早到晚的時間順序進行演進，因此，我們決定選擇參考太陽的運動軌跡──「C」型曲線，來編排整個版面。

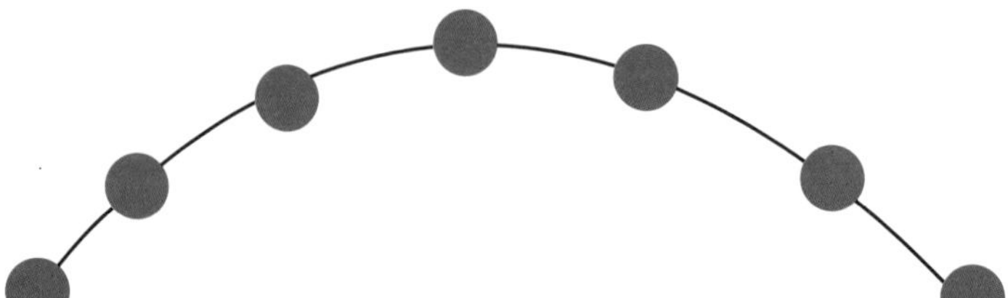

為了對流程的時間順序進一步強調，同時也發揮一定的美化裝飾效果，我們繪製出了兩個景觀圖形放置在流程的首尾，而這兩個圖形分別是日出景觀（表示一天的開始）與星月景觀（表示一天的結束）。

將各個元素按照「C」型曲線版面進行編排，完成整個設計。

注意：考慮均衡的問題，圖表中每個專案的所在位置，並不是自然界中當前時間段太陽的所在位置！

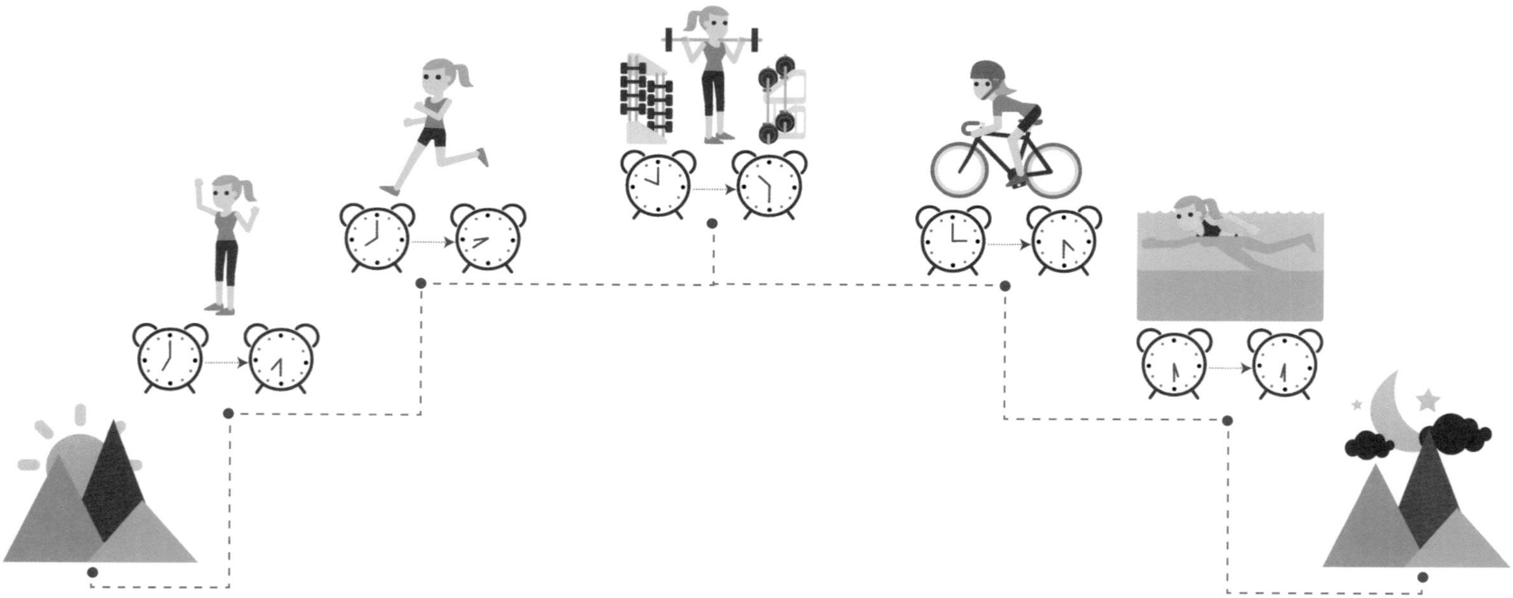

妙妙週末健身運動計畫表